디디의 우산

디디의 우산

황정은 연작소설

창비

d

1

다섯시 의례가 시작되기 직전에 d는 번개를 보았다. 동급
생들은 모두 하교한 교실에서였다. 희고 가느다란 팔뚝
같은 것이 먼지 쌓인 검은 창틀을 넘어 교실 바닥에 닿았
다. 탄내가 났다. 가서 보니 조그맣게 그을린 자국이 남아
있었다. d가 웅크리고 앉아 그것을 들여다보고 있을 때
dd가 교실 문 앞에 서서 말했다.

뭐 해?

d는 dd를 향해 손짓했다.

이리 와봐.

dd가 그리로 왔다.

이거 봐.

d는 바닥을 가리켜 보였다.

번개가 떨어졌어. 조금 전에.

d가 먼저 손가락으로 그 자국을 만져보았고 dd도 만져보았다.

여기만 뜨거워.

굉장하다.

d와 dd는 머리가 닿을 정도로 바짝 앉아 있다가 자국을 한번씩 더 만져보고 일어났다. d는 바람에 날리는 커튼을 잡아서 한쪽으로 젖히고 밖을 내다보았다. dd도 곁에 섰다. 곧 비가 내릴 것 같았다. 가방을 멘 학생들이 운동장 곳곳에 서 있었고 선생도 몇 있었다. 모두 한 방향을 바라보며 꼼짝도 하지 않았다. 끊임없이 바람이 불어 사람들의 옷자락이 몸에 달라붙은 채로 펄럭였다. 국기에 대한 맹세가 끝나가고 있었다. d와 dd는 사람들이 각자의 방향으로 흩어지는 것을 보고 있다가 창문을 닫고 교실을 나섰다. 운동장을 가로질러 교문을 나설 무렵 비가 내렸다. d는 우산을 펼쳤다. dd는 판 초콜릿 절반을 d에게 내밀었다. d와 dd는 초콜릿을 먹으며 함께 우산을 쓰고 걸어갔

다. d가 먼저 집에 당도했다.

잘 가.

어두컴컴한 목공소 앞에서 d는 말했다.

dd는 d의 우산을 쓰고 집으로 갔다.

d는 그날을 기억하고 있었다. 낙뢰를 보았다. 바로 앞에
서 떨어졌다. 그런 일은 그 전에도 이후에도 없었다. 바닥
에 남은 자국이 어떻게 생겼는지도 기억했다. 한쪽 끝이
올라간 작은 입처럼 생겼었지. 손가락으로 문지르면 지워
질 줄 알았는데 지워지지 않았다. 홀린 듯 그걸 들여다보
았다. 옆에 누가 있었던 것도 같았다. 그게 전부였고 다른
것은 기억나지 않았다. dd와 말하고 dd와 우산을 쓰고 집
까지 걸었다는데 그 기억이 d에게는 없었다. d는 후회했
다. 자기가 잘못해 그 기억을 잃어버린 것 같았다. 몇번이
고 꿈을 꾸었다.

그리고 그 순간이 왔다.

d는 젖은 얼굴을 닦으려고 수건을 잡았다가 놓았다. 놓쳐
버린 것이나 다름없었다. 수요일 오후 아홉시 직전이었

다. 욕실 벽에 걸린 시계가 째깍거렸다. 거품 섞인 물이 세면대에 고여 있었고 d는 맨발로 타일을 밟고 있었다. d가 조금 전에 잡았다가 흠칫 놀라 놓아버린 것, 그건 평범한 수건이었다. 언제부터인지 모르게 집에 있던 물건. d는 매일 아무 때나 그걸로 얼굴이며 목을 닦은 뒤 수건걸이에 도로 걸거나 빨래바구니에 던져 넣었다. 여러번 빨아 말리길 반복한 탓에 좀 뻣뻣해지고 납작해진 아이보리색 면 직물이었다. 무늬도 이니셜도 없어 d로서는 다른 수건과 구별하기도 어려웠다. 그것의 온도가 갑자기 매우 낯설었다. 체온을 가진 것처럼 온기를 띠고 있었던 것이다.

불을 켜지 않은 부엌을 향해 욕실 문이 열려 있었다. d는 컴컴한 부엌을 가로지르다가 식탁에 놓인 탁상달력을 떨어뜨렸다. 바닥을 더듬어 그것을 주웠을 때 d는 표지까지 열세장인 두꺼운 마분지와 좁은 간격으로 말린 스프링에서 온도를 느꼈다. 달력을 올려두고 식탁을 짚어보니 그것 역시 미지근했다. 그것 말고도 더 있었다. 가구와 식기, 유리, 각종 손잡이들. d는 그날부터 서서히 그것을 눈치챘다. 공기보다는 싸늘해야 마땅한 사물들이 미묘한 생물처럼 미열을 품고 있었다. 그 미적지근한 온기를 참을 수 없어 d는 사물과의 접촉을 줄였다. 모든 것이 이렇게 될 수는 없으니 변한 것은 내 쪽이라고 d는 생각했다.

내가 차가워졌다,라고.

d의 아버지 이승근은 한때 목수였다. 목공소에 붙은 다락방에서 이승근과 그의 아내 고경자, 그리고 d가 살았다. 목공소 구석에서 신발을 벗고 시멘트 계단을 세개 올라가면 그들이 먹고 자는 데 사용하는 방이었다. 옷장과 낮은 책상 하나, 브라운관 텔레비전이 있었다. 조그만 부엌이 딸려 있었는데 그 공간엔 창이 없어 고경자가 국을 끓이거나 고기를 삶으면 냄새 밴 수증기가 방을 거쳐 목공소로 내려왔다. 목공소에 쌓인 목재들엔 국과 밥과 고춧가루가 섞인 반찬 냄새가 배어 있었고 세 식구가 사용하는 방엔 목공소에서 올라온 목재 냄새가 배어 있었다. d가 어릴 적엔 목공소에서 자란다는 이유로 나무에 관해 질문해 오는 선생이나 동급생이 있었는데 d는 나무에 관해 아는 것이 없었다. 목공소에는 나무가 없었으니까. d가 생각하기에 목공소를 채운 것은 목재였지 나무가 아니었다. 이미 톱이나 날에 썰렸고 이윽고 다시 썰린 뒤 못이나 아

교에 붙들려 형태가 바뀔 예정인 널빤지들, 껍질이 벗겨진 토막과 막대들이었고 그것들은 생긴 것부터 나무와 전혀 닮지 않았잖아. 목공소 옆에는 바랜 색종이와 먼지 쌓인 고무풍선을 파는 문구점이 있었고 거무스름하게 마른 고기를 진열장에 내버려두는 정육점이 있었다. 비좁고 후미진 그 가게들과 마찬가지로 목공소는 사계절 밤낮으로 어두컴컴했다. 톱밥은 늘 매운 냄새를 풍겼고 구석에 쌓인 오래된 목재들은 시큼하게 썩어가며 부풀었다.

이승근은 솜씨가 별로 없는 목수였다. 고객들이 목공소로 찾아와 항의하는 일이 적지 않았다. 결과물에 만족하지 못하는 고객이 많았으므로 고객을 대하는 그의 태도에는 친절과 불안과 비굴함이 섞여 있었다. 예상된 상황이 벌어지면 품삯을 깎으려는 수작이라고 고객을 비난했다. 인간들 참 뻔하고 뻔뻔하다고 이승근은 불평했지만 d가 보기에도 아버지의 목공은 볼품없었다. 아버지가 만들어내는 것들은 정확하지 않았으며 안정적이지도 않았고 실용적이지도 아름답지도 기발하지도 심지어 기괴하지도 않았다. d는 그가 고객에게 왜 사실을 말하지 않는지, 목공소를 찾아온 고객에게 자신은 솜씨가 없다고 왜 고백하지 않는지, 그것을 제대로 말하지 않고 같은 상황을 왜 거듭해 겪는지를 의아하게 여겼다. 이승근은 d를 때리지 않았고 아내가 만든 음식을 불평하지 않고 남김없이 먹었으며 술이나 경마에 관심을 보이지도 않았지만 자기 목공으로 세 사람이 먹고산다는 말을 끊임없이 했다. 그것이 얼마나 신성한 일인가도. 마끼다, 히타치, 렉슨, 보쉬의 전동기구들, 끌과 망치와 대패, 접는 톱과 실톱. 이승근이 그것들을 사용해 목재를 절삭하고 구멍을 내고 깎아내고 문지르는 소리는 d에겐 세계의 배음背音이었다. 작업공간과 주거공간이 제대로 분리되어 있지 않아 d는 방에서 밥을 먹고 낮잠을 자고 텔레비전을 보고 숙제를 하는 동안 그 소리를 들었다. d가 특별히 끔찍하게 여겼던 것은 톱날의 회전으로 목재를 자르는 절삭기들이 내는 소리였다. 작업이 없는 순간에 목공소는 적막했지만, 어느 순간 그 소리가 시작되면, 어느날에나 틀림없이 시작되고는 했는데, d는 어두운 방에서 연필을 쥐고 숙제를 하거나 낙서를 하면서, 귀가 빨개진 채로 생각했다. 나는 저 회전의 대가로 먹고산다 아름답지 않고 솔직하지도 않은 목공의 대가로. 은반처럼 돌아가는 톱날에 자신의 조그만 손가락을 올리는 광경을 상상해보기도 하며 d는 기다렸다. 톱날이 아버지의 피로 흥건해진 채 멈추는 순간을. 아버지가 자신의 신성함을 그만 멈추고 목공소가 마침내 고요해질 순간을. 그런 순간에 관한 상상들은 d를 부끄럽게 만들곤 했고 죄책감을 느끼게 했으며 갑작스럽게 치솟는 분노로 아버지를 노려보거나 비슷한 정도의 환멸로 그를 외면하게 만들었다. d에게는 신성한 것이 없었다. 자주 귀를 붉혔고 잡음을 들었다. 쪼개진 목재를 잡아 뜯는 듯한 소리, 아주 얇은 철판을 찢는 듯한 소리일 때도 있었고 보푸라기들이 작은 뭉치로 귓속을 구르는 것처럼 부스럭거리는 소리일 때도 있었다. 고요한 장소에 있을 때 d는 자신이 듣고 있는 것이 정적이나 고요가 아니라는 것을 알았다. 소리의 흔적, 잡음들. 그것이 세계를 상시적으로 메우고 있었다. d는 별로 말하지 않는 어른으로 자랐고 말을 좋아하지도 않았다. d에게는 세계가 이미 너무 시끄러웠다.

d는 dd를 동창회에서 다시 만났다. 종일 차가운 비가 내린 날이었다. 동창 중 누군가 술을 엎질러 d의 왼쪽 무릎이 젖었는데 티슈로 닦고 그대로 두자 곧 말랐다. 자정 무

렵에 주점 입구에서 d는 우산을 잃어버린 것을 알았다. 누군가 가져간 듯 사라지고 없었다. dd가 곁에 서 있다가 자기 우산을 내밀었다. 내 거 가져가.

아냐.

아냐 가져가.

한사코 거절하려는 d에게 dd는 네게 우산을 빌렸다고, 빌렸는데 돌려주지 못한 일이 내게 있었다고 말했다. d가 기억하지 못하는 일이었다. 어렸을 때…… 낙뢰를 같이 보았다는데 그 기억도 d에게는 없었다. 그러니까 낙뢰는 있었는데 dd는 없었다. 그때 우리가 같이 있었다고? dd는 우산을 쥐고 난처하다는 듯 d를 보았다. 결국 d와 dd는 우산 하나를 둘이 쓰고 dd의 집에 먼저 들르는 루트를 짰다. 조금 시간이 걸리지만 걸어서 갈 수 있는 거리였다. 우산을 d가 쥐었다. dd는 물웅덩이를 만나면 매번 우산 밖으로 나갔다가 돌아왔다. dd의 머리와 얼굴이 젖었고 d는 그게 신경 쓰였다.

잘 가.

배웅하는 dd에게 손을 흔들어 보인 뒤, d는 dd의 우산을 쓰고 집으로 갔다. 파란 천에 붉은 동백이 그려진 우산이었고 손잡이는 어두운 밤색이었다. 깨끗한 상태였지만 오래 사용한 듯 손잡이가 반질반질했고 살 두개에 고친 흔적이 있었다. d는 그걸 베란다에 펼쳐 마르게 두었다. 다 마른 뒤엔 착착 접어서 베란다 창틀에 걸린 그의 우산 곁에 걸어두었다. 베란다에는 빨래바구니와 세탁기가 있었고 d는 빨랫감을 내다놓거나 빨래를 널기 위해 매일 거길 드나들며 매일 그 우산을 보았다. 참, 이상하다고 d는 생각했다. 그걸 볼 때마다 그 사물도 d를 골똘하게 보는 것 같았다. 우산이라는 사물이 아니고 작은 dd인 것처럼, dd의 일부를 빌려다 거기 둔 것 같았다.

d는 김포공항 식자재 센터에서 방수복을 입고 장화를 신고 일했다. 항공기가 도착하면 음식물쓰레기와 포장재로 미어터질 듯한 카트를 받아 쓰레기를 버리고 카트를 세척했다. 퇴근할 때는 밀반출할 목적으로 주머니나 모자 속에 조그만 술병이나 기내용 음식을 숨기지 않았는지 점검받았다. 버스를 타고 집으로 돌아갔다.

어느날 퇴근하는 길에 버스에서 d는 이튿날 비가 올 것이라는 예보를 들었다. d는 집에 들렀다가 우산을 돌려주러 갔다. dd가 우산을 받으러 집 앞으로 나왔다. dd에게 간단한 안부를 물은 뒤 d는 집으로 돌아왔다. 우산은 그렇게 없어졌다. 돌려줬으니까. d는 매일 빨랫감 때문에 베란다로 들어섰고 이제 dd의 우산이 아닌, 그것이 걸려 있던 S자 모양의 고리를 매일 보았다. 참 이상하다고 d는 생각했다. 그 사물은 없어지고도 있는 것처럼 생생하고, 있는 것 같은데 없는 것이 너무 허전해서, 안 되겠다, 하고 웃으며 d는 dd를 다시 만나러 갔다.

dd를 만난 이후로는 dd가 d의 신성한 것이 되었다. dd는 d에게 계속되어야 하는 말, 처음 만난 상태 그대로, 온전해야 하는 몸이었다. d는 dd를 만나 자신의 노동이 신성해질 수 있다는 것을 알았다. 사랑을 가진 인간이 아름다울 수 있으며, 누군가를 혹은 무언가를 아름답다고 여길 수 있는 마음으로도 인간은 서글퍼지고, 행복해질 수 있다는 것을 알았다. d를 이따금 성가시게 했던 세계의 잡음들도 문제가 되지 않았다. 행복해지자고 d는 생각했다. 더 행복해지자. 그들이 공유하는 생활의 부족함, 남루함, 고단함, 그럼에도 주고받을 수 있는 미소, 공감할 수 있는 유머와 슬픔, 서로의 뼈마디를 감각할 수 있는 손깍지, 쓰다듬을 수 있는 따뜻한 뒤통수…… 어깨를 주무르고, 작고 평범한 색을 띠고 있는 귀를 손으로 감싸고, 따뜻한 목에 입술을 대고, 추운 날엔 외투를 입는 것을 서로 거들며, dd의 행복과 더불어, 행복해지자.

d와 dd는 양천구 목2동 505번지 B02호에 살았다. 대규모 아파트단지와는 거리가 있는 동네로 이십여년 된 빌라와 단독주택들이 모인 곳이었다. 말하자면 양천구의 가장자리로, 정류장이 있는 대로에서 길을 건너면 강서구였다. 집들은 대체로 붉은색이었고 낮고 낡은 담에 둘러싸여 있었다. B02호의 문은 크고 두꺼웠으며 사람의 얼굴 높이에 불투명한 유리가 끼워진 창이 있었다. 녹슨 문턱을 넘으면 발바닥에서 발목 정도의 낙차로 지면보다 낮은 현관이 있었고 거실과 부엌과 욕실과 방이 있었는데 순서대로 모든 공간이 열차처럼 일렬로 이어져 있었다. 편의에 따라 B라고 칭하기는 합니다마는 이 정도 깊이는 반지하라고도 할 수 없기 때문에, 사실 1층입니다? 부동산 중개인이 사실을 묻고 확인하듯 말했으나 집 자체가 미묘한 경사에 자리를 잡고 있어 가장 바깥쪽인 현관에서 가장 안쪽인 방으로 들어갈수록 지하로 완만하게 들어가는 구조였

다. 방에는 옆으로 긴 창이 나 있었는데 창의 높이가 지면이었으므로 그쪽은 이미 반지하였다. 그러나 결국엔 지층이라는 핸디캡이 적용되지 않은 월세로 결정되었다. dd와 d가 그 방을 얻기로 결정한 이유는 각자의 직장에서 정확히 중간에 위치한 동네였고 다른 방들보다 훨씬 쌌기 때문이었다. 임대인인 김귀자는 글을 읽거나 쓸 줄 모르는 노인이었다. 그녀는 매월 집세를 입금 받을 계좌를 알려달라는 중개인의 요구에 난처해하며 자신에게 직접 주면된다고 그러니까 이런 식으로 자기가 문을 두드리면……문을 열고 손만 내밀어서 이 할미한테…… 주기만 하면돼,라고 말하며 손바닥을 위로 해 손을 내밀어 보였다. 작고 흰 손이었다. d는 자신의 얼굴 앞으로 불쑥 다가온 그것을 보고 놀랐다. 노인의 얼굴이 d에게 익숙했다. 기괴한방법으로 집세를 지불하는 방법을 일러주며 비굴하게 웃는 그 얼굴이. d는 언짢고 불쾌했지만 그 방을 얻을 수밖에 없었으므로 그 방을 얻었다. dd는 방을 얻을 때 채광을 중요하게 여겼고 그 집은 그 점에서 dd가 원하는 바에 별로 근접하지 않은 공간이었지만 잘 적응했다. 잠을 자고 먹고 씻고 출근 준비를 하고 퇴근해 돌아오고 영화를 보고 음악을 듣고 고양이를 기르고 싶어하고 다육식물이 담긴 작은 화분을 모으고 다가오는 겨울을 대비해 사고 싶은 외투와 d가 작업장에서 신을 부츠의 방수에 관해 말하고 d를 만지고 늦잠을 자고 고지서를 걱정하거나 이따금 불면하기도 하며 크게 바라거나 크게 비관하는 일 없이 그 집에 잘 적응해 살았다. 들뜬 벽지나 낡아서 도금이 벗겨진 손잡이에 손을 베이는 일이 잦았고 기묘하게도 일요일에, 일요일만 되면, 욕실 천장 한구석에서 흙탕물이 타일의 골을 따라 흘러내렸으며 보일러를 사용하지 않는 계절에는 눅눅해진 이불 위에서 등이 차가워진 채로 잠을 깨게 되는 방이었다. 그 방으로 돌아오다가 dd는 죽었다.

내동댕이쳐졌다.

d는 그것을 반복해 생각했다. 많은 것을 생각했는데 마지막엔 늘 그것을 생각했다. 내동댕이쳐졌지. 그 많은 사람이 타고 있던 버스에서. 정교하고도 무자비한 핀셋이 집어 내던진 것처럼 오로지 dd만, dd만 바깥으로. 충돌의 결과, 우리가 매일 오가던 딱딱한 도로 위로.

d는 거의 모든 사물에서 온기를 감각하게 된 뒤로 외출하

지 않았다. 출근도 하지 않고 집에 머물렀다. 누구와도 통화하지 않고 그다지 먹지도 마시지도 않으면서 사물들을 부수고 쪼개고 버렸다. 공들여 그 일을 하다보면 사물들의 온기로 손이 뜨거워졌다. d는 작열감을 줄이려고 머리를 긁거나 몸에 손을 문질러가며 작업했다. 쓰레기를 계속 버려 골목을 지저분하게 만든다고 툴툴거리며 누군가 문을 두드리기도 했으나 d는 대꾸하지 않고 하던 일을 계속했다. 상자를 채우고 물건을 버리고 상자를 채웠다. 사물들은 내내 기묘하고도 기괴한 생물들처럼 온기를 띠고 있었고 그것을 만질 때마다 d는 역겨워 견딜 수가 없었다. 그럼에도 그것들을 내버려둘 수 없는 이유는, 거짓말을 하니까.

d는 어리둥절한 채 한동안 기다렸다. 사물들은 대부분 그대로 남아 있었다. 급하게 외출할 일이 있을 때 dd가 머리에 눌러쓰곤 했던 모자가 옷장에 걸려 있었고 실내용 슬리퍼는 dd가 마지막으로 벗어둔 그대로 현관 매트 위에 남아 있었으며 출근하기 직전에 차를 담아 마셨던 컵은 갈색 차를 조금 담은 채 탁자에 놓여 있었다. 신발장에 아끼던 우산이 잘 접힌 채 세워져 있었고 욕실엔 낡아서 교

체할 때가 된 칫솔과 절반 넘게 남은 헤어제품이 있었으며 탁상달력에는 dd의 필체로 메모가 적혀 있었고 이불과 베개에는 dd의 냄새가 배어 있었다. 그것들을 고스란히 남겨두고 dd는 잠시 외출한 것 같았다. 어딘가에 틀림없이 있는 것 같았고, 그래서 오늘 저녁이나 내일 아침, 혹은 며칠 뒤, 아무렇지 않게 이 공간으로 돌아올 것 같았다. 그것은 언제일까. 지금이 아니고 아직은 아니지만 다음에서 다음으로 건너가는 지금이자 다음. d는 매 순간 벅차게 그 순간을 실감했고 매 순간 그 실감을 배반당했다. 사물들은 그런 착각을, 나중에 몇배나 되는 상실감과 배신감으로 돌아오는 기대와 희망을 품게 만들었다. d는 물건을 버리며 그 기만적인 기대와 거짓된 실감을 버렸다.
예컨대 dd의 갈색 구두. 그것과 같은 구두는 세상에 없었다. dd의 발 모양으로 늘어났고 dd의 걸음걸이 습관 그대로 굽이 닳았으며 반복해 접혔고 주름졌으니까. 그것을 상자에 넣으며 d는 생각했다. 이것을 이 상자에 넣었으므로 저쪽 상자엔 넣을 수 없지. 동시에 있을 수는 없으니까 사물은…… 이 상자에 있는 동시에 저 상자에 있을 수는 없다. 이제 여기 담겼으니 저쪽엔 없다. 여기에 있으면 저

d 23

기엔 없지. 사물이 그렇지만 구두를 신던 사람은…… 인간은 사물과는 달라서 여기에도 있고 저기에도 있을 수 있다고…… 내가 언젠가 그와 같은 이야기를 어디선가 읽은 것 같은데 적어도 들은 적이…… 누군가가 없어져도 그를 기억하는 인간이 있다면 그는 여기 없어도 여기 있고…… 있는 것이나 마찬가지다 그러냐? 사기를 치지 마라…… 인간은 너무도 사물과 같이…… 없으면 없어. 있지 않으면 없고 없으니 여기 없다…… 상자에 담긴 사물들을 바닥에 쏟기도 하고 도로 담기도 하며 d는 묵묵하게 작업했다. d가 판단하기에…… 도저히 버릴 수 없는 사물 몇가지는 dd의 가족에게 보내야 했는데 나중엔 어떤 사물이 도저히 버릴 수 없는 것인지를 판단할 수 없었다. 마침내 모든 사물을 버리거나 상자에 넣은 뒤 나흘 동안 우체국을 오가며 dd의 물건을 담은 상자를 dd의 가족에게 부쳤다. 마지막 상자를 우체국에 맡긴 뒤 d는 집으로 돌아왔다. B02호에 머물렀다.

2

목2동 505번지 건물은 장식 없는 외벽에 유약을 바른 검
붉은 벽돌과 파란 기와로 덮였고 B층에 두 집, 1층에 두
집, 2층에 한 집이 있는 구조로 김귀자 노인은 2층에 홀로
살고 있었다. 김귀자의 마당엔 김귀자가 직접 흙을 나르
고 벽돌로 가장자리를 둘러 만든 화단이 있었는데 사루비
아, 맨드라미, 코스모스, 치자와 쑥갓, 노란 앵두가 열리는
아직 어린 앵두나무 하나…… 그리고 우연하게 발아했다
가 김귀자가 씨를 받아 화단에 심은 양귀비가 자라고 있
었다. 붉거나 노랗거나 흰 꽃들의 중심은 검었고 홑으로
피는 꽃이 지고 나면 올리브 모양의 씨방이 남았다. 동네
노파들이 양산을 쓰고 김귀자의 양귀비를 보러 왔다. 이
것이 앵속이냐…… 배앓이나 치통이나 흉통엔 이만한 것
이 없다 이게 진짜배기야…… 가장자리가 들쭉날쭉한 청
록색 잎으로 둘러싸인 줄기는 무척 가늘었는데 꽃이 떨
어지고도 꺾이거나 휘어지는 일 없이 바로 선 채 말라갔
다. 김귀자는 덜 익은 씨방에 칼집을 내 유액을 수집했고
줄기와 씨방이 다 마르면 뿌리째 뽑아 다발로 보관해두었

다. 김귀자의 마당으로 놀러 오는 노파들이 양귀비 달인 물을 나눠 마시고 마당에 드러누워 놀았다. d는 그녀들에게 떡과 수정과를 받아먹었다. 그녀들이 햇빛을 피해 돗자리를 펼치는 응달이 B02호의 창 앞이었으므로.

자 자 이 떡을 드시오…… 젊은 양반 그리고 이것을 마셔 보시오 계피를 듬뿍 넣고 끓여 이게 맵싸하니 가슴에 좋고…… 김귀자와 그녀의 방문객들은 인견으로 만들어진 여름옷을 입었고 각자 가지나 당초 문양이 그려진 부채로 얼굴을 부치며 떡과 마실 것을 d에게 권했다. d는 그녀들이 창 너머로 내미는 접시를 받았다. 그녀들이 접시를 내밀 때 접시 가장자리를 잡은 손과 부채를 쥔 나머지 손은 짙은 색이었고 부드러우면서도 질겨 보였다. 그들은 해가 있는 동안 응달에 머물면서 그들의 자식들과 날씨와 차츰 달아나는 입맛과 더는 장을 직접 담가 먹지 않는 세계와 전쟁에 관해 말했다. 김귀자 노인은 어제 오후에…… 낮잠을 자고 일어났다가 사이렌을 들었고 그녀가 분명하게 알기로 민방위훈련이 있는 날이 아니었으므로 틀림없는 공습경보라고 여기고 아이고 어머니…… 주저앉고 말았는데 조금 뒤에야 꽃과 화분을 파는 트럭 행상의 확성기 소리라는 것을 알았다고 했다. 노파들은 크게 공감하면서 자신들도 그런 착각을 한 적이 있고 똑같은 이유로 가슴 철렁한 적이 있다고 말했다. 더구나 그중에 한번은 실제 상황이기도 했으므로 그런 착각이 아주 터무니없지만은 않은 일이라며 1983년 2월 25일에 인천이 폭격당하고 있다는 오보로 시작된 이웅평 대위의 귀순 사건을 말했다. 당시 각각 서울과 오산과 경기도 광주에 살고 있던 그녀들은 신문과 텔레비전을 통해 이웅평 대위를 목격하고 너무나 경악하고 말았는데 그 이유는 그가 너무나도 훤칠하고 잘생긴 남자였으므로. 북한에 사는 모든 인간은 인민이나 군인이나 할 것 없이 모두 못 먹고 못사는 못생긴 인간, 즉 빨갱이 괴뢰들이라고 생각해왔는데 뜻밖에 세련된 전투기를 타고 나타난 북한군 대위는 괴뢰군이라기보다는 미남, 그러면 북쪽 상황은 생각만큼 괴뢰한 상태는 아닌지도…… 모른다는 의심이 들었다가도, 저 잘생긴 군인이 자유에 목말라 자신의 전투기로 북쪽에서 이륙한 뒤 단 한차례도 어딘가 기착하지 않은 채 논스톱으로 남한으로 날아와버렸다는 것은 다시, 북쪽이 얼마나 괴뢰한 상태인지를, 동시에 우리네 사는 이쪽이 얼마나 자유

롭고 좋은 상태인지를 알게 해주는 증표였다고 그녀들은
서로의 첨언을 긍정해가며 말했다. 그래그래 그러나……
그 좋은 것은 언제든 전쟁 한번으로, 하루 혹은 반나절도
되지 않는 폭격으로 아무것도 아닌 것, 잿더미가 될 수 있
다는 것을 우리는 알지…… 젊은 양반은 그것을 아는가
우리는 사무치게 그것을 알아…… 젊었을 때 첫번째 전쟁
을 겪은 그녀들은 자신들의 인생 중에 언제고 두번째 전
쟁이 있을 거라는 생각을, 생각이라기보다는 거의 무의식
적인 확신과 예감을 지닌 채 살아왔기 때문에, 부지불식
그와 같은 방식으로 과거의 여전한 현재를 이따금 확인하
게 되며, 그런 것을 보면 자신들의 내적 삶에서…… 그러
니까 그 맴속에서…… 전쟁은 완전하게 중단된 적이 없는
것 같다고 말했다. 그런 이유로 트럭 행상의 확성기 소리
를 공습 사이렌으로 듣기도 하면서…… 이것이 꿈인가 생
인가…… 들어보시오 내가 사람 죽는 걸 처음으로다가 본
것이 1950년 6월에 한강교가 끊어질 때였는데…… 그때
에 내가 남편이 있었고 애가 둘 있었어. 애를 하나는 남편
이 목에 태웠고 다른 하나를 내가 업고 무서우니까 밤중
에 그 많은 사람에게 떠밀리듯 걷고 있었는데 다리를 다

건너기도 전에 등 뒤에서 꽝, 하니까 내가 앞으로 넘어졌고 조금 있다가 뭐가 내 손등으로 후두둑 떨어졌다. 내가 넘어졌다가 겨우 일어나서 사람들에게 밀리니까 정신이 없고 아이고…… 뭐가 계속 미끈하게 밟히는 그 길을 나아가고 나아가고…… 뒤가 어떻게 됐는지 보지도 못하고 그냥 나아갔다. 강을 다 건너서 컴컴한 이쪽에 도착하고 보니 바깥양반도 우리 큰애도 없어. 벌써 건넜겠지 어딘가 있겠지 돌아가지를 못하니 내가 그렇게 믿고 그저 걸었어. 먹지도 마시지도 못하고 사람들 가는 대로 걷고 뛰고. 그러다 지나던 사람이 알려줘서 죽은 아이를 업고 있다는 것을 알았어. 포대기를 풀어보니 애기 뒤통수가 다 벗겨졌어. 빨간 머리뼈가 다 보이고. 그걸 앞으로 둘렀으면 내 등이 그렇게 벗겨졌겠지. 이런 이야기를 해도 나는 안 울어. 못 운다. 그때도 못 울었고 지금도 못 운다. 그저 아이고 무섭지…… 너무 무서우니까 뒤도 돌아보지 못하고 거길 벗어나고 보니 내가 컴컴한 데 아무것도 가진 것 없이 혼자였어. 그래 무섭고 외로워…… 서둘러 사람을 만나 살림 차리고 딸을 낳았지. 그 딸이 딸을 낳아서 둘이 다 무사하게 현재 수색에 살아. 손녀가 나를 닮았다. 그런데 그년하고 그 에미년이 내 집에 올 때마다 지저분하다고 잔소리를 뭐라고 해. 뭐를 이렇게 쌓아두고 사느냐고 물건들을 지저분하게 두지 말고 좀 버리라고. 내가 볼 적에는 그게 다 소용이 있는 건데 이웃들 보기에 부끄럽다고. 젊은 양반 지금 당장 필요한 것을 두어개 말해보시오. 그게 다 있어 뭐가 되었든 내 집에 그것이 다 있어…… 떡을 더 드시겠소? 그러면 더 들어보시오 나는 아주 남쪽까지 다녀왔어…… 낮엔 걸었고 밤에는 남자들이 내 배 위로 올라오지 못하도록 담이나 나무에 등을 기대고 선 채로 졸았다가 해가 뜨면 다시 꼬박 걸어 남쪽으로…… 이제 막 피란민들이 도착하기 시작한 그 시골 마을엔 아직 본격적인 전쟁이 당도하지 않아 부서진 것도 없고 너무 조용해, 김귀자는 마침내 거기서 깊게 자고 싶었다고 말했다. 어느 낮 어느 담벼락에 내가 기대 쉬고 있을 때…… 그 담이 너무 서늘하고 내가 너무 지치고 피곤해 이제 그만 영영 잤으면 좋겠다고 생각하고 있었는데 문득 정신을 차리고 보니 그 담에 박이 자라고 있었어. 조롱박, 아직 어려 먹을 수 있을 정도로 연한 박이…… 희고도 파랗게 그것이 어찌나 예뻤는지 손으로 쥐었다가 땄지. 내가 그것을 뚝 땄을 적에는 반드시 먹으려는 목적이 있었던 것은 아니고 그게 다만 탐스럽게 예뻐서, 십여개 열린 것 중에 한개를 쥐고 넝쿨에서 뚝 떼어낸 거야. 그랬더니 그 집 여편네가 벼락같이 문을 열고 나와서 우리 박을 따지 말라고 야 이 도둑년, 박 도둑년, 아주 그러며 내 손에 든 박을 싹 빼앗아 갔지. 나하고 똑, 같은 나이를 먹은 것 같은 그년이 아주 말쑥한 얼굴과 머리를 하고 박 도둑년…… 그때에…… 대낮에 내가 너무 야속하고 부끄러워서 눈물이 났어. 그때 내가 매우 놀라며 깨달았지. 내가 우는구나 부끄러운 것을 다 느끼는구나 살아서 이렇게 있구나. 그러자 이번엔 그게 기쁘고 막막해 눈물이 났다. 내가 살아야겠다 이왕에 여기까지 살았으니 끝내 살아보자는 뚜렷한 맴이 들었어…… 그 확고하고도 뚜렷한 맴을 먹게 된 것이 부끄럼 덕이었으니 그것이 나를 살렸지. 그러니까 그것이 보자 지금 내 나이가 하나 둘 서이 너이…… 하니 거의 백년의 일이로구나…… 이렇게 세월이 흐르고도 내가 그것을 잊지 못해. 그것 한가지 내가 그 맴을. 손녀하고 딸년은 내 사는 꼴이 지저분하다고 부끄럽다지만…… 그것이 무엇이 부끄러운가? 내가 아는 부끄러운 것 중에 그런 것은 없어. 산 사람의 살림이 오만잡종인 것은 어쩔 수가 없는 일이지 부끄러운 일은 아니지……

정오를 넘어 늦은 오후로 진입하면 태양이 이동하면서 양달과 응달이 바뀌었다. 김귀자와 방문객들의 발치에 놓인 수정과를 담은 유리 단지가 햇빛에 노출되었고 그 반사광이 d의 지하방으로 내려와 벽에서 일렁거렸다. 성긴 그물 같은 그 빛을 바라보며 d는 많은 것을 생각했고 d가 생각에 잠겨 있는 동안 그녀들은 거의 모든 것에 관해 말했다. 화분花粉과 흙과 전쟁과 염장鹽藏에 관해…… 한 사람이 하는 이야기 같고 세 사람이 번갈아 하는 이야기 같은 그 이야기들을 들을 때 d는 그녀들이 저리로 좀 갔으면, 이제 그만 자신의 창 앞에서 갈색 반점이 있는 자주색 입술로 떠드는 것을 멈추었으면 하다가도 그녀들의 이야기에 매달려보고 싶었고 그러다가도 집세를 지불하는 날이 되면 문을 두드릴 테니 손만, 그러니까 문을 조금만 열고 돈을 쥔 손만 내밀면 된다고 말했던 김귀자, 첫 대면에서 불쑥 가슴 쪽으로 다가왔던 그녀의 흰 손이 떠올라 진절머리가 나기도 하다가 마지막엔 전부 꺼져버렸으면…… 그리고 당신의 잡동사니들은 따뜻하지 않냐고, 정말로 역겹게 따뜻하지 않냐고 실은 언제나 묻고 싶었는데, 심지어 그것들이 어째서 따뜻하지 않냐고 당장 소리를 질러도 이상하지 않을 정도로 난폭한 상태가 되어서도, 벽을 바라보는, 좀더 정확히는 벽에서 일렁이는 빛의 그물을 바라보는 d의 얼굴은 고요했고 눈빛도 그녀들의 눈빛처럼 고요하게 흐리멍덩했다. 여름이었다. d는 그녀들의 정오에 섞인 채 길쭉한 빈 자루 같은 한개의 공간으로 존재하면서…… 벽 위로 밤이 스미고 낮이 그보다 밝은 빛깔로 번졌다가 다시 차츰 밤이 배어드는 것을 지켜보았다.

마음은 어디에 있을까.

인간의 마음은 턱에 있다고 d는 생각했다. 왜냐하면 턱이 아팠으니까.

d는 종일 입을 다물고 있었고 때때로 피 맛을 느끼고 입을 벌렸으나 아무리 혀로 더듬어도 출혈은 없었고 다만 그때마다, 그때까지 자신이 얼마나 입을, 턱을 세게 다물고 있었는지를 알았다. 특히 밤에, 입을 꽉 다물고 눈을 뜬 채 어둠 속에 있다보면 육체는 희박해지고 사물처럼 턱이 남았는데, 그런 것 같은 때가 있었는데, 그때에는 보이는

것도 들리는 것도 그리운 것도 만져지는 것도 서글픈 것
도 없이, 오로지 턱이다, 지금은 턱이다, 이것만 있다고 생
각하게 되었다. 그러니까 최종적으로 마음은 턱에 있어.
마음은 언제나 결정적이고 최종적인 것이니까. 최종적으
로 턱이 남았다면 마음은 여기에. 위턱과 아래턱, 턱을 짓
누르는 턱, 그 간격에, 서로 다른 극끼리 붙은 자석처럼 꽉
달라붙은 그 간격에 간신히. 녹슨 자물쇠로 꽉 잠긴 듯한
입속에. 뻣뻣한 혀와 화약 맛이 도는 침에.

마음은 그런 데 있어.

1950년 6월 28일에 한강교를 벗어날 때 김귀자 노인은 발
에 밟히던 미끄러운 것 중에 한 조각을, 다리를 방금 작살
낸 폭발의 잔광 속에서 우연하게 알아볼 수 있었고 그것
은 누군가의 얼굴이었다고 말했지. 바가지 반의반 조각
분량의, 뼛조각에 붙은 인간의 얼굴. d는 그 얼굴을 계속
생각했다. 말할 것도 없이 그것은 누군가의 두개골에 연
결된 채로 완전한 얼굴이었을 것이다. 스물여덟개의 뼈가
아름답게 맞물려 완전하게 닫혀 있던 두개골. 그는 그 두
개골 속에 뇌를 가지고 있었고 그것으로 열심히 생각하거
나 무언가를, 누군가를 기억하기도 하고 망각하기도 하며

살았겠지. 뇌는 둥글지…… 그것이 둥근 이유는 두개골이
라는 것이 아름답고도 단단한 구의 형태로 닫혀 있기 때
문이야. 두개골이라는 틀이 있기에, 그것이 고유한 형태
로, 저마다의 패턴으로 완벽하게 닫혀 있기에 뇌는 둥근
형태를 유지할 수 있는 거야. 말하자면 삶의 형태로……
틀을 벗어나면 뇌는 그저 맥없이 풀어지는 구불구불한 끈
일 뿐. 각각의 두개골은 각각의 패턴으로 맞물려 있지. 열
명의 사람이 있다면 열가지, 백명의 사람이 있다면 백가
지 패턴으로. 백만이라면 백만의 패턴으로. 각각은 오로
지 그것 하나뿐이니까 한개의 두개골, 그것이 붕괴되었을
때 세계는 유일했던 한가지, 방금 부서진 그 패턴을 상실
한다. 억겁으로 세월이 흐른다고 해도 돌아오지 않을 그
패턴을. 그러나 무슨 상관이겠습니까 그런 상실쯤 세계
에…… 그런 일은 그렇게 일어난다. 그냥 그렇게. 어떻게
그렇게…… dd의 패턴은 아름다웠겠지. 만인 속에서도 내
가 알아볼 수 있었던 그 얼굴 속에서 고유하게 맞물려 있
었을 것이다. 그것, 유일하니까 다시는 돌아올 수 없고 살
아 있는 동안에 내가 두번은 만날 수 없는…… 그것이 내
곁에서 슥 사라질 때, 슥 빠져나가 멀리, 튀어 오르는 빗물

로 지글지글 끓는 것 같았던 검은 길 위로 내동댕이쳐지
기 직전에, 나는 dd를 붙들고 있지 않았고 이윽고 모든 것
이 그 길 위에서…… 우리가 항상 오가던 길 위에서, 중단
되었다. 그런데 그것은 무엇의 결과일까…… 무엇의, 결
과이기는 한 걸까.

누군가 B02호의 문을 두드렸으나 d는 응답하지 않았다.
누군가는 다음날 다시 왔다. d는 문을 두드리는 소리를 들
었고 집 주변을 걸어 다니는 발소리를 들었다. 딱딱하고
얇은 밑창이 달린 남성용 구두를 신은 사람일 거라고 d는
짐작했다. 발가락이나 발볼 어딘가에 상당한 공간이 남는
구두를 신은 발로 걷는 소리였다. 그 구두가 매우 잘 닦여
있을 거라고 d는 생각했다. 매일 구두를 닦는 것이 그 구
두를 신은 사람의 습관일 수도 있고 아닐 수도 있지만 어
쨌거나 저 구두는 오늘, 매우 잘 닦여 있을 것이다…… 김
귀자의 마당 문이 열리고 누군가 마당을 걸어 다녔다. 잠
시 뒤 d는 마당을 향해 난 창이 조금씩 열리는 것을 보았
다. 삐걱거리며 창이 조금 열렸고 조금 뒤엔 조금 더 열렸
다. d는 창 앞에 쪼그리고 앉아 방을 들여다보는 남자를
보았다. 그의 뒤로 김귀자의 화단이 보였다. 양귀비와 사

루비아와 맨드라미가 여러날 물을 받지 못한 듯 축 늘어진 채 말라 있었다. d는 남자를 올려다보았다. 누구냐고 묻는 대신에 그의 얼굴을 자세히 보았다. 눈과 입의 윤곽이 뚜렷했고 머리도 단정하게 정돈되어 있었는데 콧등이 왼쪽으로 휘어 있어 구겨져 보이는 얼굴이었다. 남자는 반지하 방과 d를 천천히 둘러본 뒤 자신을 집주인의 사위라고 밝히며, 있는데 왜 없는 척을 하느냐고 물었다. 월세가 상당히 밀렸고, 대답도 없어 사람이 없는 줄 알았다고 그는 말했다. d는 떡을 기다렸다. 그리고 김귀자의 수정과를. 남자는 두가지 중에 어느 것도 내놓지 않고 창 너머로 d를 내려다보았는데 김귀자 노인이 호스피스 병원으로 들어갔다고, 이제 합법적으로 다량의 모르핀을 투여받고 편안한 꿈에 잠겨 남은 인생을 무통하게 죽어갈 것이라고 말하지는 않았지만 남자의 심상하고 무심한 눈에서 d는 그것을 다 알게 되었다. d가 무언가를 말하려는 순간 김귀자의 사위가 무릎을 짚으며 일어났다. 그는 이 방이 어떻게 된 것이냐고 물은 다음에 d가 대답하지 않자 이 방은 원래 이러했느냐고 물었다.

원래?

그러니까…… 본래 이러했느냐고.

d는 남자의 발을 올려다보다가 이렇게 답했다. 그래요
진짜 그렇다 당신의 말씀 그대로, 이 방은 본래 이러했습
니다.

d가 문을 열고 처음으로 들은 것은 모터 소리였다. 여전
히 여름, 폭염주의보가 발령된 한낮이었고, 에어컨 실외
기들이 윙윙거리고 징징거리며 곳곳에서 대기를 달구고
있었다. d는 걸어서 골목을 벗어났다. 콧속은 바싹 말랐고
옷이 헐겁게 여겨졌으며 실제로도 헐거웠지만, 발은 차
갑고 걸음은 가벼웠다. 양지쪽에서 성큼성큼 걸었다. 거
리가 뜨거웠고 그게 d의 마음에 들었다. 모든 것이 뜨거
워 사물의 온도가 제대로 감각되지 않는 점이 마음에 들
었다. 걸을 때마다 배와 넓적다리와 종아리에 감기는 옷
자락들, 신발, 그러한 사물의 온도가 그보다 뜨거운 대기
에 훌륭하게 잠겨 있는 것이. 여름은 좋구나, 모든 것이 더
대기에 잠겼으면 좋겠다. 세계는 이 뜨거움 속에 내내 있
는 것이 좋겠다고 d는 생각했다. 햇볕이 내리쬐는 거리를
겨울옷을 입고 걸었다. 며칠을 입고 지냈는지 모를 스웨

터와 구겨진 면바지 차림에 홀쭉한 뺨은 성글게 자란 수염으로 덮여 있었고 가슴엔 며칠 전 새벽에 토할 때 묻은 자국이 길게 남아 있었다. 머리와 겨드랑이와 사타구니는 오랫동안 씻지 않아 냄새를 풍겼다. 그의 곁을 지나는 사람들이 냄새를 맡고 얼굴을 찡그렸다. d는 아랑곳 않고 눈을 반짝였다. 한낮을 처음 맞은 것처럼 고개를 치켜들었다. d는 거의 기뻤다. 오랜만의 직립과 보행이라는 것을, 뚜렷하게 감각하면서 직진했다. 다리가 몹시 가벼웠다. 관절들이 매끄럽게 돌아가는 얇은 부속품들로 만들어진 것처럼 빠르고 가볍게 움직였다. 그러나 이내 혼란이 밀려왔다. 걷는 속도가 너무 빨라 감각이 뒤처졌다. 직진을 하는데도 같은 자리를 맴도는 것 같았고 너무 빠르게 돌아가는 환등기처럼…… 거리의 풍경들이 색색으로 뒤섞인 채 밀려갔다가 되돌아오는 바람에 어느 것도 누구도, 결국엔 아무것도 빤히 바라볼 수 없었다. 발과 무릎이 뻣뻣해지고 마침내 통증으로 멈출 수밖에 없었을 때, 그때 d는 멈춰 섰다. 여기가 어디인가 어디쯤 왔는가를 생각해보지도 못할 정도로 지쳐 그대로 서 있었다. 정류장에서 6623번 지선버스가 가스를 내뿜으며 출발했다. d의 발 앞에는 누군가 떨어뜨린 동전이 동그랗고 납작하게 바닥에 달라붙어 있었다.

그것을 골똘하게 내려다보며 d는 바깥인데 조금도 바깥으로 여겨지지 않는다고 생각했다. 오랫동안 방에 틀어박혔다가 스스로 문을 열고 나왔으나 여기는 여전히, 어딘가의 안쪽이고, 작은 주머니에서 조금 덜 작은 주머니로 이동했을 뿐이라는 생각이 들었다. 대기가 놀랍도록 친밀하고도 구태의연했다. 그리고…… 그렇다 당신의 말씀 그대로, 이 방은 본래 이러했다.

d는 그동안 자신이 무언가를 잃었다고 생각했고 자신의 세계가 변했다고 믿었다. 그런데 아니야. 본래 상태로 돌아왔을 뿐이라고 이제 생각했다. dd가 예외였다. dd가 세계에, d의 세계에 존재했던 시기가 d의 인생에서 예외. 따라서 나는 변한 것이 아니고 본래로 돌아왔다…… d는 벌어져 있던 입을 다물었다. 차가우면서 뜨거운 금속 창처럼 양쪽 귀를 꿰뚫는 것이 있었다. d는 그간의 흔적들이 멀고도 긴 궤적을 그린 끝에 자신에게 돌아왔음을 느꼈다. 세계는 잡음으로 가득했다.

3

d는 김귀자의 사위에게 밀린 집세를 지불하고 B02호를
나왔다. 강서구 방화동 580번지에 새로 방을 얻어서 여섯
달 치를 선불로 계산했다. 침대와 책상이 딸렸고 창문과
보증금은 없이, 월세로 삼십팔만원을 지불해야 하는 방이
었다. 전에 머물던 사람의 벽지와 책상과 담요와 베개가
별도의 청소나 세탁 없이 d의 몫이 되었다. 베개는 축축한
채로 얼룩졌고 담요엔 백발 몇가닥이 붙어 있었으며 책상
구석엔 굳은 빵 부스러기들이 흩어져 있었다. 삼성고시원
15번 방이었다. 그 방의 맞은편에는 그 방과 다를 게 없는
방이 있었고 좁은 복도를 따라 비슷한 방이 수십개가 있
었는데 복도는 여러개의 모퉁이로 복잡하게 갈라져 미로
같았다. 바닥에 깔린 장판엔 먼지가 눌어붙었고 현관에는
공중목욕탕에서 볼 수 있는 것과 같은 거대한 신발장이
있었는데 빈자리가 없었다. 벽에 걸린 거울 앞엔 사슬로
묶인 소화기와 공중전화기가 있었다. 골동품점에 있어도
이상하지 않을 그 사물은 장식이 아닌 실용품으로, 전화
카드는 사용할 수 없었고, 10원이나 50원이나 100원 동전

을 넣고 사용할 수 있었다. 동전 떨어지는 속도가 너무 빨라 전화를 걸려는 사람들은 한주먹 가득 동전을 쥐고 있어야 했다. d의 방이 거기서 가까웠으므로 d는 자신의 방에서, 공중전화기로 어딘가에 전화를 걸어 통화하는 중국인이나 한국인의 말을 들었다. 상대의 말이 들리지 않았으므로 일방적인 발성으로 들리는 말들이었다. 돈을 보냈다거나 돈을 더 보내달라거나. 건강을 묻거나 어디가 좀 아프다거나. 보고 싶다거나 아주 죽여버릴 것이라거나. d는 매트리스에 눕거나 앉아 그 공동 공간의 잡음을 들었다. 동전 떨어지는 소리, 발을 끌며 걷는 소리, 한숨 소리, 누군가 문을 닫고, 코를 풀거나 기침을 하고, 맥락 없이 욕을 내뱉고, 면을 먹는 소리. 그 많은 사람이 그 정도의 밀도로 모였는데도 대화는 없었고 사람을 마주치는 일도 드물었다. 고요해서, 그들의 기척이 더욱 잘 들렸다. d는 잠을 제대로 잘 수 없었다.

장기간의 무단결근으로 이미 해고된 상태였으므로 d는 종로구 장사동 세운상가에 새로운 일자리를 얻었다. 상가에서 택배를 수집하고 상차하는 일이었다. 출근시간은 점심 무렵이었는데 매일 일찍 고시원을 나섰다. 편의점에서

도시락과 물 한병을 사고, 앉을 의자가 있는 구민회관까지 걸어가서 수영장을 내려다보며 도시락을 먹었다. 대개는 불고기소스에 졸인 감자와 당근으로 덮인 덮밥을, 나무젓가락으로 천천히 떠먹으며, 수영하는 사람들을 지켜보았다. 오전 일곱시에서 일곱시 반 사이에. 구민회관에 딸린 수영장은 천장에서 바닥까지 3층 규모로, 회관의 중심이 되는 시설이었다. 물이 고인 푸른 수조는 지하 1층에 있었는데 너무 거대해 벽이나 다름없는 남쪽 창으로 종일 해가 들어 수면이 반짝거렸다. 여덟개의 레인이 그 창을 통해 내려다보였다. d는 접영으로 레인을 따라 나아가는 사람들의 머리와 팔이 조용히 물 밖으로 솟구쳤다가 다시 물속으로 잠기는 광경을 지켜보았다. 이제 막 도착한 사람들이 등을 웅크리며 물로 들어갔다. 막 물에서 올라온 사람들은 젖은 손으로 젖은 입을 닦았다. 그 입이 느낄 맛. 짜고 미지근한 물과 염소계 살균제. d도 그 맛을 알았다. 월요일, 화요일, 수요일, 목요일, 금요일. 매일 수영하는 사람들. 안전요원이 부는 호각 소리가 창을 관통해 들려왔다. 이런 광경들이 유리 위로 흘러내리는 물처럼 어디로도 스며들지 못한 채 d의 표면에서 미끄러졌다. d는 밥을 먹고 물을 마시는 동안 바라볼 것이 필요해 그곳을 찾았고 보고 있는 것에 관해 아무것도 생각하지 않았다. 거기에는 아무런, 인상을 주는 것도 동요하게 만드는 것도 없었다. 그 투명하고 깔끔한 공간이 눈앞에서 즉시 반으로 접힌다고 해도 d에게는 놀라울 것이 없었다. 밥을 먹고 물을 마셨다. 기계적으로 턱을 움직이다가 삼키면 삼킨 것이 명치에 쌓였다.

어렸을 때…… 우리가 낙뢰 자국을 같이 보았다고 dd는 말했지. 그런데 내게는 그 기억이 없다. 그때 우리가 같이 있었느냐고, 그랬느냐고 묻고 조금 놀라는 정도로 들은 그 이야기를 d는 돌이켰다. dd가 그 기억에 없다는 것을 이상하게 여기면서 d는 그 이야기를 몇번이고 생각하고, 그와 유사한 상황에서 누군가와 말을 나눈 기억이 있다고 생각하기 시작했다. 누군가와 낙뢰가 떨어진 자국을 들여다보았던 기억, 그렇지 그 기억이었다. 그러나 그게 누구였는지는 처음에 분명하지 않았고 풀 냄새, 접착제 냄새와도 유사한 땀 냄새를, 약간은 시큼한 냄새를 맡았다고 d는 생각하게 되었다. 이제 그 기억이 틀림없이 d에게 있었다. 그리고 그 광경을 이따금 꿈에서 보았다. dd와 d. 두

아이가 작은 등을 웅크리고 앉아 교실 바닥을 골똘히 내려다보고 있는 뒷모습을. 그것을 자신이 바라보는 꿈이었다. dd는 그때에도 몹시 작아서 팔을 내밀어 안아 올리면 그대로 들어올릴 수 있을 것 같고, 그렇게만 한다면 dd의 목숨을 구할 수 있다, dd를 살릴 수 있다고 d는 꿈에서 생각했는데 그런데 그 꿈에서, d는 팔이 없었으므로 그렇게 하지 못했다. 매번 그 꿈에서 깨어날 때 d는 자신이 듣곤 하는 소리, 세계의 잡음이 거센 물살처럼 그 뒷모습들을 쓸어버리는 광경을 목격했다. 속수무책이란 다름 아닌 그 것이었다. d의 꿈은 엄청난 고함으로 끝났고, 그것이 끝나자마자 현실이 엄청난 고요 속에서 이어졌다.

매일 출근길에 d는 대형 광고판을 보았다. 그 길에 그게 있었다. 배우의 상반신이 거대하게 출력된 화장품 브랜드 광고 사진이었다. 배우의 코끝에 갈색 점이 있었는데 파우더를 발라 약간 흐릿해 보였다. d는 그걸 볼 때마다 dd의 손에 있던 점을 생각했다. dd는 깨끗한 손에 대해 약간 강박이 있었는데 특히 거스러미를 참지 못했고 그게 생기면 이로 물어뜯거나 손으로 뜯어냈다. 한번은 깊은 살까지 뜯어내는 바람에 출혈이 생겼다. 오른손 약지, 손톱 바로 위쪽에. 그 상처는 다갈색 흔적으로 남았다. 피부 아래 고인 피가 어디로도 흡수되지 못하고 그 자리에 굳어 작은 점이 되었다. 물방울처럼 생긴 다갈색 점. 그렇게 작은 상처도 흔적을 남기는데 dd의 죽음은…… 하고 d는 생각했다. 그 죽음은 내게 조그만 점도 남기지 않았다. 다시 말해 이 삶이 내게, 알량한 점 하나 남겨주지 않았어.

한번은 d가 602번 버스로 출근하는 길에 버스기사가 몇 차례 곡예하듯 차선을 넘어가며 운전했고 그때마다 사람들의 몸이 오른쪽으로 왼쪽으로 출렁거렸다. 버스가 다음 정류장으로 다가가려고 속도를 줄이기 시작했을 때 d는 운전석 쪽으로 몸을 기울이며 똑바로 운전하라고 말했다. 뭐라고? 뭐라고요? 똑바로 운전하시라고요 제대로 하시라고. 네? 뭐라고요? 똑바로…… 똑바로 운전하라고 씹새끼야. 아 손님 뒤로 가 계세요 위험하니까 뒤로 가 계시라고요. d는 그가 몹시 뻔뻔하다고 생각했고 한사코 못 들은 척하는 그가 역겨워 얼굴을 찡그렸다. 그러나 자기 자리로 돌아가려고 뒤로 돌았을 때 d는 버스기사보다도 자신을 역겨워하고 경계하며 쳐다보는 탑승객들의 얼굴을 보았고 때마침 열린 문을 통해 목적지도 아닌 정류장에

내렸다. 한강과 안양천 사이 뚝방길이었다. 주말에나 한
강변으로 내려가려는 소풍객이 더러 있을 뿐 평소엔 탑승
객도 하차객도 드문 정류장이었다. 귀찮은 짐짝을 털어내
듯 버스가 퉁탕거리며 d를 두고 출발했다. d는 중오에 몸
을 떨면서 버스가 간 방향으로 걷기 시작했고 미친 듯 혼
자 떠들다가 이윽고 잠잠해졌다. 강바람이 d의 얼굴을 말
렸다. 환멸과 혐오. 그것이 d에게 가능했다. 왜 안 되겠는
가. d는 그 뒤로 가끔 걸어서 강을 건넜다. 가능한 감정을
품고 살았다.

d는 세운상가에서 수많은 물건을 다루었다. 그곳은 남자
들이 피우는 담배와 구정물과 사물의 세계였다. 상인들
말고 오가는 사람은 거의 없었고 빈 가게도 많아 상가 전
체가 거의 문을 닫기 직전, 같은 분위기였는데 밤이 되면
집하장으로 쓰이는 1층 주차장에 엄청난 양의 화물이 모
였다. d가 하는 일은 그 화물들을 수집하고 분류하고 트럭
에 상차하는 일이었다. d는 점심 무렵부터 아무것도 적히
지 않은 송장 뭉치를 들고 다니며 사업장마다 방문해 부
칠 짐이 있느냐고 물었다. 없다고 하면 다음 사업장으로

넘어갔고 있다는 대답을 들으면 즉시 송장을 써서 박스로 포장된 짐에 붙이고 사업주에게 원본을 떼어준 뒤 짐을 1층으로 가져갔다. 사물들은 여전히 꺼림칙하게 미지근했으나 너무 바쁘고 몸이 고되어 견딜 수 있었다. 엘리베이터가 단 한대였고 택배나 음식을 배달하는 사람들이 그걸 타고 오르내리는 것을 수위들이 몹시 싫어했으므로 그들에게 욕을 먹고 다퉈가며 d는 1층부터 8층까지 오르내리기를 반복했다. 세운상가와 그 일대의 부품상 골목에서 나오는 택배상자들을 전담했다. 근무시간에 포함되지 않는 분류 작업부터 상차를 마칠 때까지, 매일 열시간 이상 일하는 중노동이었다. 퇴근할 무렵엔 배가 고파 종로에서 국수를 사 먹었고 자정을 조금 넘긴 시각에 15번 방으로 돌아왔다. 방을 나섰을 때와 마찬가지로 빈손이었다. 짧은 잠을 자고 나면 아침을 먹으러 나갔다가 바로 출근했다. d는 혼자 지냈고 누구와도 긴 대화를 나누지 않았다. 아무것도 기억에 남겨두지 않았고 하루는 그날의 수면으로 끝을 냈다. 그것이 d의 일상이고 패턴이 되었다.

어느 밤, d가 상가 1층에서 송장을 읽어가며 수집된 택배들을 상차하고 있을 때 누군가 등을 꾹 누른 뒤 말했다.

나 알지?

4

여소녀는 1946년에 여덟 남매의 장남으로 태어났다. 위로
누나가 둘이었고 아래로 동생이 다섯이었다. 아버지 여중
건은 막내가 태어난 해에 폐암으로 죽었고 어머니 노재순
은 부족한 생계비를 보충하려고 서커스 단원들에게 숙박
을 제공했다가 뜻밖의 재능을 발견하고 수제비를 팔아 여
덟 남매를 키웠다. 옛날엔 눌어訥語리, 일제시대엔 송정리,
63년 이후로는 공항동이라고 이름 붙여진 곳에 그 집이
있었다.

여소녀는 성장기 내내 이름이 소녀라고 놀리거나 시비를
거는 동급생이며 선배를 상대하느라고 맷집을 키웠다. 땅
딸막한 몸에 짧은 목 위로 머리는 단단했고 악력이 셌는
데 여소녀 본인이 가장 자신있어하는 부분은 이빨였다. 그
는 그걸로 파이프에 박힌 못도 뽑을 수 있다고 장담했고

사람들 앞에서나 혼자 있을 때, 과시하고 싶거나 심심하거나 장도리를 가지러 가기가 귀찮다는 등의 이유로, 자주 이를 사용해 못을 뽑았다.

그는 전자고등학교에서 기술을 배워 공항동에 있던 전파상에 견습공으로 취업했다. 눈썰미와 솜씨가 있어 고장을 잘 고쳤고 짧은 견습생활을 마친 뒤 누나들의 도움을 받아 청계천에 조그만 수리실을 열었다. 라디오, 텔레비전, 선풍기와 오디오…… 가전제품이라면 무엇이든 받았지만 어느 겨울에 전자레인지를 수리하다가 팔뚝에 화상을 입은 뒤로는 스피커와 앰프만 받아 수리했다. 1967년은 세운상가의 일부인 가동과 나동이 완공된 해이자 여소녀가 청계천에 수리실을 연 해였다. 여소녀는 상가의 개관식이 있던 날을 기억했다. 박정희와 육영수가 양복을 예쁘게 입은 박지만 어린이를 데리고 상가 2층 양품점을 방문해 어린이용 바지를 고르고 있을 때 여소녀는 그것을 직접 보지는 못했지만 상가를 둘러싼 인파 속에 섞여 이 꿈의 건축물을, 깎아지른 듯한 옥상을 바라보고 있었다. 그가 목을 뒤로 젖혀가며 바라본 세운상가 가동은 4층까지가 일반상가, 5층부터는 중앙 홀이 딸린 주거공간이었다. 타일을 바른 부엌과 온수 공급 시스템과 벽에서 내려오는 침대가 딸린 대한민국 최초의 신식 데파트맨션. 여소녀는 상가의 번영과 동시에 진행된 주거공간의 쇠퇴를 바로 곁에서 지켜보다가, 70년대 후반, 턱없이 부족한 주차공간과 불량한 주변 환경을 이유로 아파트 입주민들이 빠져나간 시기에 5층으로 파고들었다. 여소녀는 이후 삼십육년 동안 아래층으로 내려가지 않았다. 90년대 이후 상권이 점차로 쇠락해 손님도 줄고 상인도 줄어 아래층에 빈 가게가 늘고 임대료가 더 저렴해졌는데도 5층 임대를 고집했는데 왜냐하면 4층까지는 자정이 넘으면 방화문이 자물쇠로 잠겼기 때문이었다. 늦게 출근하고 새벽에 퇴근하는 그에게는 늘 열려 있는 문이 필요했다. 여소녀는 564호에서 십년 일하다가 568호로 이전했고 수년 뒤 564호로 돌아갔다. 차양이 없어 비가 오면 창을 닫아도 빗물이 들이치고 구멍 뚫린 천장으로 이따금 쥐똥이 떨어지곤 했던 564호는 깨끗하게 수리되어 있었다. 차양도 달렸고 페인트칠도 예쁘게 되었고. 여소녀는 매우 만족하며 그 공간을 낡은 앰프들로 채우고, 늘 하던 대로 알전구 불빛 속으로 머리를 들이밀고 앰프를 수리했다.

그런데 최근에 그는 한가지 질문을 받았다.

그의 딸이 그에게 물었다.

그 사람들 다 어디 갔어?

그러니까…… 세운상가에 사람이 많았잖아. 아빠가 알고 지낸 사람들. 아빠만큼 오랫동안 거기서 장사한 사람들. 내가 어렸을 때 엄마를 따라 수리실에 가 있으면 빵빠레나 감자칩이나 양갱을 사주던 아저씨들, 아줌마들. 그들이 지금은 상가에 거의 남아 있지 않은데 다 어디로 갔느냐고 딸은 묻고 있었다. 어디 갔느냐고? 여소녀는 내심 놀라며 답했다. 아니 글쎄…… 갔지. 다 갔지.

어디로?

어디 간 자도 있고 아예 가버린 자도 있고.

여소녀는 그 이야기를 길게 하고 싶지 않아 심드렁하게 대답했고 딸도 더는 캐묻지 않았다. 그러나 그 뒤에 여소녀는 그 질문을 곱씹었다. 책상 앞에서 드라이버를 쥔 채로 자주 생각에 잠겼고 뭔가를 생각하다가 포기하고는 했으며 성가신 벌레를 쫓아내듯 드라이버로 머리 위쪽 허공을 휘저었다. 그리고 다시 드라이버를 쥔 채 생각에 잠졌다.

여소녀는 공항동에서 방화동으로, 방화동에서 다시 공항동으로 이사를 다녔고 강서구를 벗어난 곳에 집을 얻은 적이 없었으며 평생 서쪽에서 북쪽으로, 북쪽에서 서쪽으로, 겹쳐지는 동선을 그리며 살았다. 가족을 제외하고 여태 그가 만난 사람들은 대부분 세운상가에서 만난 이들이었는데 그렇게 알고 지낸 사람 중에 지금은 그 장소에 남은 자가 별로 없었고 여소녀는 이제 와 그 생각을 하는 중이었다. 영상 작업을 하는 유명사 유씨와 중고 오디오상 백선생, 도란스 이씨, 케이블 김씨, 5층 은성슈퍼 아줌마 김은성. 그 사람들이 여소녀처럼, 남은 사람들이었다. 그나마 김은성 여사는 5층을 오가는 사람 자체가 드물어 다른 사람에게 가게를 넘기고 떠날 준비를 하고 있었다. 바로 지난주에 그녀가 피로한 얼굴을 하고 수리실로 가져와 보여준 외상 장부에는 수리실과의 첫 거래 날짜가 1996년으로 적혀 있었다. 컵라면 한개, 박카스 한병, 디스 한갑. 김은성 여사와 여소녀는 장부를 한장씩 넘겨가며 아직 갚지 않은 목록들을 확인했고 여소녀가 그녀에게 8만 7천 8백원을 현금으로 지불했다. 그때 김은성 여사가 떼준

8백원이 여태 여소녀의 작업대에 놓여 있었다.

몇년 전만 해도 언제든 수리실 밖으로 나가면 상가 어딘가에 갈 곳이 있었고 방문할 사람이 있었다는 것을 여소녀는 생각했다. 인사도 없이 쓱 들어가서 그거 달라고 하면 그거를 알아듣고 틀림없이 그거를 줄 수 있었던 사람들, 사기꾼 같은 놈들, 진짜 사기꾼들, 그래도 내가 보기에 썩 좋았던 사람들과 다음 생에 또 볼까 내내 재수 없어하다가 낯익어버린 인간들…… 오디오 팔던 사람들, 부품상들, 도란스 기술자, 스피커 제조업자, 진짜와 똑같이 로고 라벨을 만드는 기술이 있던 노인들, 다른 기술자들. 그와 같은 공간에서 한 시절을 겪은 사람들. 그들이 다 어디 갔느냐고? 여소녀는 그 질문을 돌이킬 때마다 그들의 부재와 자신의 잔여와 이제 닥쳐올 자신의 부재를 한꺼번에 생각했다. 그렇게 만드는 질문이었다. 여소녀는 머쓱하게 외로워졌다. 내내 고장 난 기계 속을 들여다보고 있다가 문득 고개를 들고 보니 그의 수리실은 세상 적막한 곳에 당도해 있었다. 인기척 없는 황무지 기슭에.

여소녀는 저릿한 어금니를 혀로 밀며 의자에 몸을 기댔다. 의자가 삐걱거리며 뒤로 기울어졌다. 오실로스코프 속에선 가느다란 녹색 파동이 자극을 기다리며 수평으로 흐르고 있었고 무질서가 질서인 작업대 위엔 오전에 여소녀가 껍데기를 벗겨둔 마란츠Marantz 2325가 먼지 쌓인 속을 드러낸 채 놓여 있었다. 납을 누를 때 사용하는 인두를 올려둔 쇠접시는 되는대로 담배를 눌러 끈 자국들로 어수선했다. 동전과 나사와 스프링과 검은색 혹은 은백색 쇳가루와 IC칩, 그런 것들이 한움큼 집어 뿌린 것처럼 사물들 틈에 흩어지고 쌓여 있었다. 여소녀는 이제 이로 못을 뽑지 않았다. 엄두도 낼 수 없었다. 자신이 가진 것 중에 가장 튼튼하다고 생각했던 이들은 벌써 여러해 전부터 부서지고 있었다. 처음 앞니에 푸르스름한 가로줄이 생긴 것이 팔년 전이었다. 썩기 시작하면서 비로소 눈에 보이기 시작한 균열이었다. 한두개가 아니었다. 앞니들이 그 해묵은 균열을 따라 썩어가다가 뿌리를 남긴 채 뚝 떨어졌고 어금니 몇개는 그가 밥을 먹고 있을 때 석고 덩어리처럼 입속에서 부서졌다. 여소녀는 어금니가 있던 자리에 임플란트를 세개 박았는데 그걸로는 턱없이 부족했지만 잇몸뼈가 거의 없어 제대로 나사를 박을 수 있는 자리가 세군데뿐이었다. 무슨 딱딱한 거품 같은 것으로 잇몸

뼈 대신 잇몸 속을 채우고 나사를 박는 방법도 있다고 치과 의사는 말했지만 여소녀는 왠지 미심쩍었고 비용도 부담스러워 몹시 툴툴거리며 그 제안을 거절했다. 그 결과 부실하게 남은 이 몇개와 임플란트 어금니 세개로 어떻게든 버티고 있었다. 씹는 게 시원찮아 먹는 게 재미없었다. 탈부착이 가능한 틀니를 사용하면 좀더 흡족하게 씹을 수 있겠지만 틀니를 혐오하는 여소녀에게 죽는 날까지 그것을 사용할 일은 없을 것이다.

여소녀는 마란츠 속을 비추고 있는 램프를 껐다. 깍지 낀 손으로 배를 누른 채 생각했다. 자 생각을 잘해보자 다들 말이야 다들…… 다 그저 그렇게 가버린 것은 아니지. 잘된 놈들은 진작 여길 벗어나서 자가용 끌고 주말엔 골프를 치러 다닌단 말이야. 그리고 나머지는…… 내가 나머지지. 나는 남았어. 내가 지금도 이 건물을 내 손바닥 손금처럼 꿰고 있는데. 이제 이 큰 건물 안에서 나를 아는 인간이 열도 남지 않았다. 이런 경우를 뭐라고 하나 음……

여소녀는 공허해지려는 마음을 누르려고 얼굴을 찡그렸고 벌떡 일어나서 비좁은 통로를 왔다 갔다 하다가 전날과 전전날에 받은 택배상자들 위로 허리를 구부리고 송장을 하나씩 들여다보았다. 전주에서 강하연이 보내온 피셔The Fisher 250, 성북구 킴스오디오에서 보낸 알텍Altec 모노모노…… 그밖에도 작은 상자가 하나 있었는데 거기 붙은 송장을 읽다가 여소녀는 그게 잘못 배달된 물건임을 알았다. 청계천 건너 대림상가로 가야 할 상자였다. 사이즈에 비해 매우 묵직한 것으로 보아 트랜스인 듯했다. 여소녀는 커다란 주사위를 다루듯 이리저리 뒤집어보다가 상자를 쥐고 수리실을 나섰다.

오후 여덟시 반, 평범한 겨울 저녁이었다. 여소녀는 지게꾼들이 퇴근하면서 빈 지게를 세워둔 계단참을 등지고 아래층으로 내려갔다. 해 지기 전까지 진눈깨비가 내려서 계단과 바닥은 젖은 발자국으로 질퍽하게 젖어 있었다. 상가는 이제 거의 문을 닫은 시각이었다. 입김이 하얗게 올라왔다. 여소녀는 점퍼를 입고 나올 걸 그랬다고 생각하며 1층 주차장으로 내려갔다. 주차장으로 진입하는 화물차량들의 엔진 소리가 주차장을 덮고 있는 천장에 부딪혀 우레처럼 울렸다. 3층 보행 데크의 바닥이기도 한 천장은 주차장을 드나드는 차량들의 배기가스로 새까맣게 그

을어 있었다.

담배꽁초와 송장에서 잘라낸 종잇조각이 흩어진 바닥에 상자들이 쌓여 있었다. 오늘 밤 상가에서 나갈 화물들이 전부 거기에 모여 있었다. 상가가 문을 닫을 시각부터는 거기가 화물들의 집하장이었다. 경동, 로젠, 옐로우, 현대, KGB, 그밖의 소규모 배송업체들이 화물을 분류하고 상차하는 집하장으로 주차장을 사용했다. 보통은 송장을 관리하는 사무장이 화물들을 지키는 동안 다른 직원들이 상가를 돌아다니며 화물을 가져왔다. 규모가 큰 택배회사는 저녁이 되면 길쭉한 궤짝처럼 생긴 컨테이너를 열어두고 화물을 받았다. 한 사람이 들어가 앉을 만한 공간에 책상 하나와 출력기가 놓였고 광대뼈가 솟은 여성이 그 안에 앉아서 무뚝뚝하게 배송비를 계산하고 송장을 출력했다. 화물들은 점심때부터 조금씩 모이기 시작해 저녁 무렵이 되면 어마어마한 양으로 쌓였다. 매일 그랬다. 여소녀는 경동택배 구역을 지나 종묘 쪽으로 걸으면서 괴이하다고 생각했다. 이 많은 화물이 이 사람 적은 상가에 이렇게 쌓일 수가 있나. 오가는 사람도 없는데 이걸 다 누가 샀나. 귀신들이 샀나.

상가는 반박할 수 없을 정도로 변했고 그 변화의 방향은 쇠락이었다. 여소녀는 셔터를 내린 오디오 가게들 앞을 지나면서 이 가게들이 변화를 가장 뚜렷하게 느낄 것이라고 생각했다. 예전엔 상가를 어슬렁거리거나 일부러 와서 그거 좀 들어보자고 하는 사람들이 있었다. 그들이 듣고 가고 다음에 오고 그러다 하나씩 사가고. 지나가다가. 이제는 그것이 가능하지 않았다. 오가는 사람 자체가 드물었으니까. 온라인에는 있었다. 조명기구, 전선, 전기난로, 전기장판, 선풍기, 빗자루, 콘센트 같은 생활용품을 사는 사람들. 그들이 매일 밤 집하장에 엄청난 규모로 쌓이는 화물들의 구매자였고 여소녀에게는 이들이 귀신들이었다. 발소리도 없고, 얼굴도 없는.

상가는 창고가 되어가고 있었다.

이 변화에 적응할 수 있는 인간은 남았고 그럴 수 없는 인간은 떠났다. 여소녀는 여태 남았지만 명백히 후자 쪽이었다. 거래는 활발하지만 사람은 드물고 빈 가게는 늘어가고. 이거 참 괴이하다…… 하고 여소녀는 생각했다. 팔리는 물건들이 쌓인 창고와, 그 창고의 관리자만 소수로 남은 곳. 종국에는 거대한 창고와 단 한명의 관리자만 남지 않을까. 여소녀는 그 스산한 광경을 상상하고 입을 꾹 다물었다. 목에 소름이 돋고 몸이 떨렸는데 그게 그 터무니없는 상상 때문인지 추위 때문인지 알 수 없었다. 화물 트럭이 경고음을 내며 여소녀 쪽으로 후진했다. 여소녀는 구시렁거리며 오줌 빛깔의 구정물이 고인 웅덩이를 뛰어넘었다. 로젠 구역으로 갔다. 상차 작업이 한창이었다. 점퍼도 입지 않은 사람들이 땀에 젖은 셔츠 바람에 두건이나 마스크로 턱과 입을 가린 채 화물들을 나르고 있었다. 여소녀는 그중에서 매일 수리실에 들르는 사람을 어렵지 않게 찾아냈고 김이 오르는 그 등을 향해 다가갔다. 이봐. 나 알지?

5

d는 그가 너무 바짝 서 있다고 생각했다. 네모난 머리와 움츠린 목, 찡그린 얼굴. 왼쪽과 오른쪽의 길이가 다른 눈썹엔 흰 눈썹이 섞여 있었다. 담배 냄새. 처음에 d는 영문을 몰랐고 조금 뒤엔 그가 화를 내고 있다고 생각했다. 추

위로 파랗게 질린 미간은 잔뜩 구겨져 있었고 검은 눈으로 d의 눈을 쏘아보며 툴툴거리듯 말하고 있었다. 무슨 말인지 잘 알아들을 수 없었다. 그는 뭔가를 쥔 손을 앞으로 내밀었고 엉겁결에 d가 그것을 받아들자 등을 돌려 가버렸다. d는 붉은색 깅엄 셔츠에 바랜 갈색 조끼를 입은 뒷모습을 한동안 바라보았다. 왼손에 쥔 상자의 무게로 팔이 처졌다. d는 멍하게 서 있다가 얼굴을 찡그렸다. 조금 전 불시에 눌린 자리가 여태 눌려 있었다. 그 부분이 가려웠다. 너를 아느냐고?

모르는 사람이었다.

나 알지?

d는 그의 말에서 그 말을 간신히 알아들었다. 활자 같은 말이었다. 들었다기보다는 본 것 같은 말.

상차 작업으로 돌아가서도 d는 그 말을 생각했고 그 뒤로도 두고두고 그 순간을 생각했다. 이상한 일이 벌어진 것이다. d는 그를 몰랐고 그를 알았다. 그가 d의 등을 눌러 성가신 감촉을 남긴 때만 해도 그를 몰랐는데 그가 자신을 아느냐고 묻는 순간 d는 말문이 막히고 말았다. 자신이 그 남자를 알고 있었다. 아뇨 내가 어떻게 당신을 알아?

즉시 그렇게 반문하려고 했는데 그 질문을 듣고 그 얼굴을 보는 순간 아는 얼굴이라는 것을 알았다. d가 그를 알았다.

어떻게?

d는 그 남자의 가게로 가는 길을 알았다. 청계천 방향에서 엘리베이터를 탈 때는 5층에서 종로 방향으로 홀을 가로질렀고 종로 쪽에서 계단으로 올라갈 때는 높은 천장이 딸린 5층 홀로 들어서자마자 우회전한 뒤 우중충한 현관으로 곧장 뛰어들면 거기가 564호였고 세개의 방 중에서 두번째 방을 그 남자가 사용하고 있었다. d는 눈을 감고도 그 길을 갈 수 있었다. 그것도 아주 빠른 속도로. 지난 칠개월 동안 하루에 두번, 그 방에 들렀으니까.

그와 같이, d는 송장 다발을 쥐고 김정엽의 가게 앞을 지나갔다. 땀 냄새가 났다. 종로 쪽 주차장에서 3층 보행 데크로 올라가는 계단 아래, 시계골목으로 진입하는 모퉁이에 그의 케이블 가게가 있었다. 가늘고 굵고 길고 짧은 전선들을 다발로 걸어놓은 비좁은 가게 안에서, 김정엽은 종일 오디오로 클래식 음악 방송을 틀어놓고 아령 운동을 하는 남자였다. 그는 늘 팔뚝 근육을 드러낸 민소매 셔츠를 입었고 틈날 때마다 땀이 날 때까지 아령을 들어올리고 내리기를 반복했다. 그의 오디오는 꽤 성능이 좋아서 음질이 매끄럽고 묵직했으며 종로에서 청계천까지 연결된 긴 주차장을 바흐나 드보르자크가 관통하는 공간으로 만들어놓았다. 김정엽은 매일 셔터를 내리기 전에 오디오를 껐는데 그때가 저녁 일곱시쯤이었다. 이 남자의 오디오가 꺼지고 음악이 끊기면 택배트럭이 도착할 시간이라는 것을 d는 알고 있었다. d는 시계골목으로 들어갔다. 제대로 보수된 적 없는 비좁고 어두운 골목은 지난 시절 사람들의 발길과 오가는 짐의 무게로 중앙이 우묵하게 꺼져 있었다. 하수구를 덮은 콘크리트 뚜껑은 70년대의 물건이었고 푸르스름하게 이끼로 덮여 있었다. d는 낡은 손목시계와 바랜 시곗줄이 놓인 유리 진열대를 몇개 지나 전구 상인 금호사에 들렀다. 백발의 노인이 탁자 앞에서 전구에 발을 붙이고 있다가 고개를 들었다. d는 그의 이름이 윤충길이라는 것을 알고 있었다. 윤충길 노인은 종일 입구 근처에 놓인 비뚤어진 탁자 앞에서 작은 전구들의 외부 도입선을, 그의 표현에 따르면 발을, 늘이는 작업을 했다. 주문받은 대로 발 없는 전구에 발을 붙이고, 발 짧은 전구의 발을 늘이고. 얼마 전까지는 혼자 그 작업을 했는데 어느날 d가 화물을 가져가려고 들러보니 조수를 고용해 그만큼 늙은 노인이 한명 더 있었다. 이제 금호사에서는 백발의 노인 둘이 나란히 앉아 전구를 만들었고 d가 가져가야 하는 화물들은 그들의 발치에, 책상 곁에 쌓여 있었다. d는 손수레에 금호사의 화물을 싣고 집하장으로 돌아가는 길에 부품상 명인유통에 들렀다. 대부분 문을 닫거나 문을 닫기 직전인 가게들 틈에서 거의 유일하게 거래가 활발한 가게로, 자세가 꼿꼿하고 늘 비웃는 것처럼 입을 다물고 있는 중년 여성이 그 가게의 주인이었다. 그녀는 전자부품인 트랜지스터나 IC칩을 팔았는데 지금은 생산되지 않는 부품을 대체할 수 있는 부품을 독보적으로 풍부하게 알고 있었다. d는 그녀의 이름이 강숙진이고 그녀가 자기 이름의 마지막 받침인 ㄴ을 힘주어 눌러쓰는 필기 습관을 가지고 있다는 것을 알고 있었다. 그녀는 유리 진열장 위에 놓인 부품들을 작은 지퍼백에 나눠 담으면서 스피커폰으로 이떤 남지와 통화하고 있었다. 티아이피사십이 있어? 어 있어. 아줌마 근데 왜 반말이야.

너는 왜 반말인데? 그녀는 미련 없이 버튼을 눌러 통화를 마치며, 별꼴이야 그렇지?라고 하는 것처럼 눈을 크게 떠 보였다. 그와 같이, d는 중고 오디오상인 백산오디오에서 구둣방 아주머니와 마주쳤다. 그녀가 백산오디오의 사장인 백산의 구두를 두고 흥정하고 있었다. 어디 보자 사장님 구두가 많이 더러우니 좀 닦아야겠다고 그녀가 말했고 백산은 바로 지난주에 닦지 않았느냐고 대꾸했다. 아니 일주일이나 됐어? 사장님은 양치질을 일주일에 한번만 해요? 이는 매일 닦으면서 구두는 왜 한번만 닦아……그녀는 손수레에 실린 바구니에 슬리퍼를 잔뜩 싣고 다니면서 구두를 가져가고 슬리퍼를 내줬다. 그녀의 바구니엔 벌써 구두가 여러켤레 실려 있었고 너덜너덜하게 닳은 슬리퍼들이 발바닥을 맞댄 채 꽂혀 있었다. d는 그녀의 이름을 몰랐지만, 택배를 이용하지 않았으니까, 그녀의 얼굴을 알고 있었고 그녀가 구두를 모아 가져가는 장소인 부부구둣방이 어디에 있는지도 알고 있었다. 백산오디오에서는 오늘 나가는 택배가 없었다. 그 뒤에 d는 그곳으로 갔다. d가 매일 가는 곳. 아는 곳. 알고 있는 얼굴과 목소리들이 있는, 그중의 누군가가 불시에 등을 꾹 찌르며 나

를 알지 않느냐고 물으면 내가 어떻게 너를 아느냐고 반
문할 수는 없는 사람들이 있는, 낡고 지저분하고 기묘하
고 수많은 그곳들.

조명상가에서 가전상가로 올라가는 계단에서 d는 지게
꾼과 마주쳤다. 좀더 정확히 말하자면 그의 지게와. 스피
커 두개와 마분지 상자를 실은 지게가 천천히 좌우로 흔
들리며 계단을 올라가고 있었다. d는 지나갈 공간을 찾지
못해 그 뒤를 따라 올라갈 수밖에 없었다. 지게에 실린 짐
들은 작은 산처럼 높고 무거워 보였다. 아마도 그날의 마
지막 짐일 것이다. 뒤쪽에서는 지게꾼의 얼굴이나 상체를
볼 수 없었고 지게 아래쪽으로, 계단을 딛는 그의 발과 종
아리가 보였다. 계단 경사면과 거의 평행이 되도록 그는
허리를 숙이고 있었다. 그는 그 짐을 목적지에 내리고 나
면 가동 5층 층계참으로 돌아가 자물쇠로 잠긴 자기 몫의
궤짝을 열 것이다. 그 속에 그가 가방과 옷을 보관한다는
것을 d는 알고 있었다. 그의 궤짝 곁에는 다른 지게꾼들
의 궤짝이 있었다. 그들은 그 궤짝 곁에서 가림막 한장 없
이 옷을 벗고 입었고 d는 오가며 몇번이나 그 광경을 보
았다. 그들이 노동으로 불그스름해진 등이나 다리를 드러

내며 탈의하는 광경을. 그런 뒤에 그들은 빈 지게를 궤짝 곁에 세워두고 퇴근했다. d는 지게꾼들이 짐을 지고 계단을 올라갈 때는 정방향으로 올라가고 내려갈 때는 균형을 잃고 넘어지더라도 짐에 깔리지 않도록 뒷걸음으로 내려가는 것을 보았다. 주차장까지 등짐으로 물건을 옮겨주고 오천원권 지폐를 받는 것도 보았다.

그와 같이.

d가 그들을 알았다.

그래서 어쩌라고. d는 헐거워진 모자를 고쳐 쓰며 얼굴을 찌푸렸다. 너를 아느냐고? 이 장소를 벗어난 곳에서 같은 일이 벌어진다면, 누군가 등을 두드리며 자신을 아느냐고 물으면, d는 그 얼굴을 몰라볼 것이고 모른다고 대답할 것이다. 모르니까. 모르지 말아야 할 이유가 없으며 알 이유도 없으니까. d가 혐오하는 다른 많은 사람들같이, 그들도 같을 것이다. 똑같이 혐오스러울 것이다. 혀를 내밀어 음식을 먹고 노골적으로 바라보고 미안하다고 말해야 할 때 미안하다고 말하지 않고 빤히 쳐다보는 사람들, 치고 다니고, 자신이 지닌 사물로 사람을 찌르고도 알아채지 못할 정도로 둔감하며, 알고도 굳이 개의치 않고, 비대한 자아와 형편없는 자존감이 뒤죽박죽 섞인 인격을 아무에게나 들이대는 사람들과 조금도 다르지 않은, 타인. 거짓말로 살아가는 사람들.

d는 3층 보행 데크와 지상을 잇는 계단에 걸터앉았다. 장갑을 벗고 사물과의 마찰로 뜨거워진 손을 식혔다. 해가 지고 있었다. 김정엽의 클래식은 아직 끊기지 않았다. 중성적인 음색을 가진 오페라 가수가 노래하고 있었다. d가 제목을 모르고 화음 한 부분을 아는 노래였다. 계단 난간에 균열이 보였다. 세로로 길고 굵게 벌어져서 그 틈으로 멀리 떨어진 가게의 간판을 읽을 수 있을 정도였다. 망치질 한번, 발길질 몇번이면 떨어져 나갈 것 같았다. d는 상가 사람들이 이 건물의 무지막지한 견고함에 관해 말하는 것을 들은 적이 있었다. 그게 말이지 망치로 벽을 때리면 벽이 상하지 않고 망치가 상한다…… 이것을 설계한 놈들이 일본에서 건축을 배운 놈들이며 당대 최고의 기술과 최고의 자재가 엄청난 물량으로 동원되었으므로 튼튼할 수밖에 없고 90년대에 허물자는 시도도 몇번 있었으나 긴물이 너무 단단해 부수는 것보다 그대로 두는 것이 돈이

덜 든다는 계산이 나오는 바람에 그대로 있게 되었을 정
도로, 견고하다는 이야기였다. 그러나 d는 상가를 돌아다
니는 동안 곳곳에서 균열을 보았다. 당장 이 계단은 올여
름 폭우에 철골만 남고 사라져버린다고 해도 이상하지 않
을 꼴을 하고 있었다. d는 장갑을 끼고 계단을 마저 올라
갔다.

이것은 망가지지 않는다.

자신있게 말하는 인간은 더러 보았지만 이것을 관리하는
인간, 망가지지 않도록 하는 인간을 d는 본 적이 없었다.
여기 사람들은 그저 망가지지 않는다고 말할 뿐이다. 농
담처럼 그들의 믿음을, 그것도 부주의한 믿음을 말이다.
그러나 여기 이렇게 균열들이 있다. 멀쩡하다는 것과 더
는 멀쩡하지 않게 되는 순간은 앞면과 뒷면일 뿐. 언젠가
는 뒤집어진다. 믿음은 뒤집어지고, 거기서 쏟아져 내린
것으로 사람들의 얼굴은 지저분해질 것이다……

d는 송장을 쥐고 564호로 들어섰다. 바닥에 깔린 낡은 부
직포가 꺼끌하게 발에 밟혔다. 암모니아와 납땜 냄새가
났다. 들쭉날쭉한 모서리를 가진 기계들이 석순처럼 쌓인
곳. 어제 d의 등을 눌렀던 남자가 책상 앞에 앉아 있었다.

그때 보았던 차림 그대로 붉은색 깅엄 셔츠에 낡은 갈색 조끼를 입었고 조끼 앞주머니엔 작은 드라이버가 두개 꽂혀 있었다. 서 있을 때보다 앉아 있을 때 조금 더 커 보이는 체구였다. 사방으로 구부릴 수 있는 목이 달린 램프로 앰프 속을 들여다보고 있었다. 그는 자신의 책상에 꼭 들어맞아 보였고 맥이 빠질 정도로 편안해 보였다.

d가 움직이지 않고 서 있자 그가 머리를 들고 d를 보았다.

아저씨는 나 알아요?

그가 뭔가를 씹으며 d를 보고 있다가 말했다.

알지.

어떻게 알아요.

봤지.

언제요.

매일?

이름은 알아요?

대체 궁금한 게 뭐야.

아느냐고요 내 이름이요……

여소녀는 조끼 주머니에 손을 넣고 드라이버를 만지작거

리며 d를 바라보았다. 그는 d의 전임을 기억하고 있었다. 다른 택배기사에 비해 연령이 좀 있었는데 붙임성 있고 넉살이 좋은 남자였다. 그가 상인들에게 소개하려고 신임을 데리고 다닐 때 여소녀는 d를 처음 보았다. 앞으로는 이 친구가 제 구역을 담당할 거예요. 전임의 뒤에 신임이 서 있었다. 뭘 한다고?라고 물을 정도로 병약해 보이는 청년이었다. 머리털과 얼굴은 푸석푸석했고 관절들은 기름기 없이 불거져 있었다. 어디서 뭘 하다가 왔는지 턱에 뭉툭하게 찢어진 상처도 있었다. 말 없고 버릇도 없다고 여소녀는 생각했다. 전임이 인사를 시켜도 목을 조금 끄덕여 보인 게 다였다. 저래가지고 무슨 일을 한담. 여소녀는 혀를 찼다. 여소녀는 전임과 그 전의 전임을, 그 전임의 전임을 기억하고 있었다. 모두 처음엔 의욕적이었고 생생했다. 건강하고 쾌활한 남자아이들도 시간이 좀 지나면 우울하고 과묵해졌다. 고된 노동강도에 괴로워하다가 짧게는 이틀에서 일주일, 길게는 몇달 내 그만두었다. 이 친구도 마찬가지일 것이다. 왔다가 금방 사라진 다른 아이들처럼 오래 버티지 못할 거라고 여소녀는 생각했는데 한두주를 넘기더니 가을을 넘기고 이제 겨울이었다. 그동안

d는 하루도 거르지 않고 수리실에 들렀다. 여소녀는 d의 변화를 흥미롭게 관찰했다. 창백했던 피부는 거무스름해졌고 시든 나무처럼 어정쩡했던 자세는 꼿꼿해졌다. 일부러 만든 근육이 아닌 생활근육으로 알맞게 단단해진 몸은 민첩하게 움직였다. 멍해 보였던 얼굴은 집중하는 얼굴이 되었고 무거운 짐을 나르는 요령도 터득한 것 같았으며 전담하는 구역도 넓어진 듯했다. 최근에 여소녀는 종로에서 화물용 오토바이를 타고 가는 d를 목격한 적이 있었다. 모자를 쓰지 않고 있었는데 조금 긴 듯한 검은 머리가 바람에 쓸려 뒤로 넘어간 덕분에 모자챙으로 늘 가려져 있던 얼굴이 다 드러나 있었다. 더 바람을 맞으려는 것처럼 턱을 약간 들고 있었다. 오토바이 안장에 안정감 있게 자리를 잡고 있었고 종로2가에서 청계천 쪽으로 크게 모퉁이를 돌아 가버렸다. 여소녀는 그 모습을 보고 웃음을 터뜨렸는데 왜 웃음이 났는지는 그도 모를 일이었다. 그날 뒤로 여소녀는 d를 조금 더 유심히 보게 되었다. 말 없고, 버릇없어 보일 정도로 무뚝뚝한 점은 여전했다. 거의 매일 보는 사람에게도 안녕하시냐는 인사 한마디 하지 않았고 농담을 들어도 웃지 않았다. 엎어지면 즉시 이마가 닿

을 듯한 거리에서 송장을 쓰면서도 눈 한번 들어 사람을 바라보는 일이 없었다. 꾸준하고 일관성 있게 그러다보니 사람이 본래 그러하다고 믿게 되었다. 그런데 느닷없이 자기 이름이나 아느냐고 물으며 눈을 새파랗게 뜨고 사람을 노려보고 있었다. 아니 참 내가 뭘 어쨌다고 다짜고짜 새끼 진짜 버릇없네…… 여소녀는 어처구니가 없어 d를 바라보았다. 너를 언제 봤냐고? 매일 본다 이 새끼야 일상적으로다가……라고 쏘아붙이려다가 여소녀는 d의 낯빛이 한순간에 바뀌는 것을 보았다. 뭔가에 대단히 질리고 놀란 것처럼 창백해지더니 고개를 숙였다. 조금 전까지의 기세는 어디로 가고 몹시 당황한 것처럼 보였다. 손에 구겨 쥔 모자와 송장을 만지작거리며 말없이 바닥을 내려다보고 있다가 바로 갈 것처럼 모자를 머리에 눌러썼다.

이봐.

여소녀는 식사할 때 식탁으로 사용하는 JBL 스피커를 가리켜 보였다.

이거나 먹고 가.

허벅지 높이의 스피커에 울퉁불퉁한 알루미늄 쟁반이 놓여 있었고 d가 나타나기 직전에 배달된 짜장 그릇이 그 위에 있었다. 여소녀는 수화기를 들고 동해루로 전화를 걸었다. 나 짜장 하나 더 갖다줘. 전화를 끊고 하던 작업을 마치기 위해 작업대를 향해 앉았다. 보름 전에 여수에서 올라온 김모라는 사람이 맡기고 간 턴테이블이었다. 피치가 제멋대로 바뀌고 암이 자꾸 카트로 되돌아가는 증상이 있었는데 이제 수리를 마치고 테스트가 남아 있었다. 여소녀는 책상과 벽 사이에 아무렇게나 꽂아둔 LP 중에서 손에 잡히는 대로 골라 턴테이블에 얹고 바늘을 조정했다. 모래를 씹는 듯한 잡음이 짧게 이어졌고 늘어진 첫 음으로 엘비스 프레슬리의 노래가 시작되었다. d가 의자를 끌어와 짜장 앞에 앉았다. 모자를 벗어 근처 앰프에 올려두고 한동안 얼빠진 사람처럼 앉아 있다가 그릇을 끌어당겼다. 여소녀는 스톱 버튼을 눌렀다가 스타트 버튼을 눌렀다. 암이 안정된 각도로 거치대로 돌아갔다가 턴테이블로 이동했다. 여소녀는 리프트 버튼을 눌러 바늘을 공중에 띄웠다가 적당한 위치에 맞춘 뒤 다시 리프트 버튼을 눌렀다. 바늘이 첫번째 트랙을 향해 내려갔다. 음악이 다시 시작되었다.

동해루 사장이자 여소녀의 당구장 동무인 이철희가 짜장

한그릇을 직접 가지고 왔다. 어, 그가 d를 발견하고 말했다. 로젠 여기 와 있네. 뭐 해 여기서.

6

한번 더 들을 수 있느냐고 d는 물었다.

「러브 미 텐더」Love Me Tender를.

dd와 d는 매년 성탄절에 조금 사치스러운 저녁을 보냈고 밤이 되면 방으로 돌아와 비싼 와인과 치즈, 시럽에 졸인 과일을 듬뿍 넣은 커다란 케이크, 버터를 바른 빵과 연어와 가늘게 썬 양파를 접시에 잔뜩 쌓아두고 라디오로 캐럴을 들으며 먹고 마셨다. d가 기억하기로 아마도 지지난 해…… 성탄절에 그 노래가 나왔고 와인을 두병쯤 마시고 늘어져 있던 dd가 문득 웃음을 터뜨렸다. d와 마찬가지로 dd는 엘비스 프레슬리를 좋아하지 않았다. 그를 생각할 때마다 떠오르곤 하는 이미지, 예컨대 성조기의 색인 빨강과 파랑 비즈로 장식된 흰 셔츠를 입고 풀어 헤친 가슴엔 붉은 꽃목걸이를 걸고 허벅지를 불편하게 죄는 나팔바지를 입은 모습 같은 것이 조금 우스꽝스럽다고 생각했고 그의 흐느끼는 듯한 창법도 좋아하지 않았다. dd는 쿠션을 끌어안고 웃으면서, 그러므로 나는 이 사람의 노래를 좋아하지 않고, 굳이 원하지 않는 상황에서 이 노래를 이미 많이 들었고, 들을 때마다 이게 뭐야…… 어떻게 이렇게 부드러운 방법으로 노래를 부를 수가 있느냐는 생각에 어처구니가 없는데도, 매번 행복해진다고 말했다. 이 노래를 듣게 되면 웃긴데, 서글플 정도로 웃긴데, 이상하게 행복해진다…… 여소녀의 수리실에서 전축 바늘이 LP에 닿고 뜻밖에 노래가 시작되었을 때, d는 가만히 앉아 그것을 들었다. 웃기지도 행복해지지도 않았다. 너무 유명하고 너무 익숙하고 너무 부드러워서, 더는 이상할 것도 없는 노래. 몇번이나 들어본 적 있는 노래였다. 그러나 들어본 적 없는 소리였다. d는 얼떨해 고개를 젖혔다.

소리.

그것을 들으려고 d는 전축을 바라보았고 스피커를 바라보았다. 작업대 앞으로 몸을 숙인 여소녀를 바라보았고 더러운 창틀을 가린 버티컬과 오만 잡동사니로 가려진 벽과 바닥에 쌓인 앰프들을 바라보았다. 공간과 그 공간의 모든 사물이 스피커에서 나오는 소리에 공명하고 있었다. 전축과 앰프와 스피커를 가져본 적이 없는 d는 그런 소리를 들어본 적이 없었다. 공간을 공간이 되게 하는 소리. dd는 그것을 들어보았을 것이라고 d는 생각했다. LP를 가지고 있었으니까. d는 마지막까지 집중해서 듣고 한번 더 들을 수 있느냐고 물었다. 여소녀는 스톱 버튼을 누르고 조금 기다렸다가 스타트 버튼을 눌렀다. 불규칙하고도 일정하게 지글거리는 잡음이 내내 이어졌다. d는 그것이 무슨 소리냐고 물었다. 바늘이 먼지를 긁거나 잡다한 흠ᵗ을 읽는 소리라고 여소녀가 답했다. 그 소리는…… d가 듣곤 하는 이명, 잡음과도 유사했는데 음악과 더불어 그것은 음악처럼…… 음악의 일부처럼 들렸다. d는 그것을 더 듣고 싶었고 가지고 싶었다. 이것을 어디서 구할 수 있느냐고 d는 물었다.

뭐를.

이거요.

이거가 뭔데.

이렇게…… 이런 음악을 들을 수 있는 것, 기계들이요.

빈티지?

빈티지……

아래층에 많지.

아래층 어디요.

많잖아.

거기 중에 어디요.

이런 거 사본 적 있어?

없는데요.

나 참.

이런 걸 다 갖추려면 얼마가 있어야 하느냐고 d는 물었다.

글쎄…… 턴테이블, 앰프…… 스피커까지? d는 고개를 끄
덕였다. 너무 비싸거나 너무 저렴하지 않게 보통으로 맞
춘다고 해도 백만원은 넘을 거라고 여소녀가 말했다. 그
래도 가지고 싶어?

가지고 싶어요.

알아봐줘?

네.

그러면 기다려보자고 여소녀는 말했다. 적당한 기기를 찾
아보자. 기다리겠다고 말한 뒤 d는 모자를 쓰고 집하장으
로 내려갔다.

여소녀는 보름 걸려 d의 오디오를 마련했다. 전축은 듀얼Dual 731Q, 앰프는 피셔 440, 스피커는 JBL. 처음이니까, 욕심부리지 말고 이 정도로만 들어봐. 여소녀는 매우 만족스러운 기색으로 d에게 앰프를 보여주었다. 외부 흠도 거의 없고 버튼도 전부 깔끔하게 남아 있고 회로 상태도 깨끗하고. d는 퇴근할 때까지 오디오를 수리실에 맡겨두었다가 일할 때 사용하는 오토바이에 싣고 강을 건넜다. 바람이 매서웠다. d는 오토바이를 느리게 몰아 자정쯤 고시원에 당도했다. 고시원으로 올라가는 계단 입구에 오토바이를 세워두고 15번 방으로 앰프를 옮겼다. 스피커는 부둥켜안아 옮겼는데 너무 커서 계단을 올라갈 때 한번, 복도를 통과할 때 두번, 쉬어야 했다. 고시원 관리자는 자리를 비우고 없었다. 부드러운 고무 슬리퍼를 신은 남자가 배스킨라빈스 파인트들이 종이컵과 생수병을 들고 복도 맞은편에서 걸어오다가 d와 d의 스피커를 발견하고 멈춰 섰다. 그는 잠시 당황하는 듯하더니 벽에 등을 붙이고 섰다. d가 그 곁을 지날 때 그가 뭐라고 툴툴거렸는데 d는 그 말을 알아들을 수 없었고 상관하지도 않았다. 두번째 스피커까지 15번 방으로 옮긴 뒤 문을 닫았다.

문을 등지고 서서 d는 오디오의 위치를 고심했다. 스피커 두개와 전축과 앰프가 일인용 침대 위에 놓여 있었고 그 무게로 매트리스가 중앙을 향해 꺼져 있었다. 침대와 벽 사이에 오디오를 놓을 작정이었는데 스피커가 예상보다 컸다. d는 스피커가 쓰러지지 않도록 매트리스에 살짝 발을 올리고 앰프를 들어 바닥에 내렸다. 출입구에서 책상 앞으로 다가가려면 다리를 넓게 벌려 앰프를 건너야 하는 구조가 되었다. d는 조심스럽게 전축을 앰프 위에 얹어보았다. 전축이 앰프보다 컸다. 책상 앞으로 가려면 침대를 밟고 돌아가야 하는 구조가 되었다. 스피커 두개 중 한개를 바닥에 내렸다. 나머지 한개를 마저 내리면 방문을 여닫는 데 문제가 생길 게 뻔했다. d는 옷을 갈아입지도 않고 낮 동안 흘린 땀이 밴 작업복을 입은 채 침대 곁에 서서 팔짱을 꼈다. 땀과 먼지로 푸석푸석한 머리를 두 손으로 쓸어 넘기고 책상을 바라보았다. 책상 위쪽엔 나사로 고정된 선반이 달려 있었는데 그걸 떼어내면 스피커 두개와 전축을 책상에 올릴 수 있을 것 같았다. d는 관리자가 돌아올 때까지 관리실 앞에서 기다렸다가 드라이버를 빌려달라고 말했다.

뭐에 쓰려고?

마뜩지 않은 기색으로 공구상자를 뒤지는 관리자 곁에 서 있다가 드라이버를 받아 방으로 돌아왔다. 선반 아래를 더듬어서 나사 네개를 찾아냈고 드라이버로 꾹꾹 눌러가며 나사들을 풀어냈다. 선반이 벽에서 분리되었다.

좌우로 스피커를 올리고 중앙에 앰프를, 그 위에 전축을 얹었다. 첫번째 전축을 가지게 된 기념이라며 여소녀가 선물로 준 트랜스까지 구석에 올리고 나자 일습이 다 갖추어졌다. 공들여 전선들을 연결하고 트랜스를 통해 전원을 넣었다. 즉시 스피커가 퍽, 소리를 냈고 앰프의 주파수 창에 어두운 주홍색 불이 들어왔다. 15번 방에 압도적인 기색으로 전류가 흘렀다. d는 뒤로 물러나서 침대에 걸터앉았다. 골똘하게 고집을 피우는 것처럼 전류를 품고 있는 앰프를 바라보았다. 냄새가 났다. 전류가 흐르는 쇳덩어리의 냄새. 납과 구리, 기계 속에 감춰진 코일이 달궈지는 냄새, 먼지 타는 냄새와…… 피 냄새.

d는 여소녀가 일러준 대로 셀렉터의 노브를 돌려 포노Phono에 맞췄다. 전축이 준비되었다. 전축에 달린 스타트 버튼

을 누르자 조그맣고 동그란 버튼이 몸체로 들어갔다가 나오며 짤깍, 소리를 냈다. 작은 동전을 금속 탁자에 올려놓는 듯한 소리였다. 턴테이블이 빈 채로 슥 회전했고 바늘이 그 위로 이동했다. 턴테이블 아래 숨겨진 연두색 전구의 불빛이 보였다. 인색하고 침침한 빛이었다. 아주 작은 것으로 한개가 있는 듯했다. d는 그 작은 물건을 향한 애정이 샘솟는 것을 느꼈고 구역질이 났다. 이것은 사물이다. 다른 사물보다 나을 것 없는 사물. 그러나 d는 버튼을 다시 눌러보았다. dd의 LP를 되찾아와야겠다고 생각했다.

토요일에 d는 장미맨숀을 방문했다. 비좁은 골목의 막다른 곳에 위치한 검붉은 건물로 반지하까지 포함해 5층이었다. 허리 높이로 올라오는 1층 쇠살문은 아랫부분이 녹슨 채 삭아 있었고 3층 외벽에 붙은 금속 활자들은 초록색으로 변색되고 ㄴ받침 두개가 탈락된 채, 장미매쇼로 남아 있었다. 삼십년이 넘은 다세대주택이었다. dd의 부모가 전세를 끼고 대출을 받아 무작정 구입한 건물이었고 dd가 몇년 전까지도 이 건물의 대출금을 일정 부분 감당하느라고 애를 먹었다는 것을 d는 알고 있었다. 부모의 방과 거실이 있는 4층에 dd의 방도 있었는데 dd는 그 방에 오래 머물지 않았다. 그때까지 살던 집의 세배에 달하는 넓이에 겁을 먹은 dd의 부모가 난방비를 아껴보려고 각 방으로 연결된 보일러 파이프를 잠가버렸기 때문이었다. 그 낡은 건물에 들어간 첫해 겨울에 dd는 감기를 달고 살았다. dd는 부모를 애틋하게 생각하는 편이었지만 보답을 받은 적이 별로 없었고, 부모의 관심은, 예민한데다 뭘 해도 잘 풀리지 않는 장남에게 쏠려 있었으니까, 단념할 때가 되자 배낭 하나와 상자 한개에 짐을 꾸려 집을 나왔다. 정말 필요한 것만 가지고 나가자고 생각했는데 그것이 없더라고 dd는 말했다. 상자를 열어두고 거기 넣을 것을 찾으려고 방을 한바퀴 둘러보았는데, 별로 없더라고. 정말 필요하고 꼭 가지고 가야겠다고 여겨지는 무언가가 그 방에. 그래도 뭔가를 가지고 나오고 싶었으니까…… 오기로라도. 용돈으로 차곡차곡 모은 음반과 필기구들을 dd는 상자에 담았고 이제 그 상자가 이 집으로 돌아와 있었다.

d는 쇠살문 앞에서 벨을 누르고 문이 열리기를 기다렸다가 4층으로 올라갔다. dd의 형제인 곽정은이 굳은 얼굴로

층계참에 나와 있었다. 맨발에 슬리퍼를 신었고 목 끝까지 지퍼를 올린 저지 차림이었다. 곽정은의 턱이 추위로 빨갰다. d는 그의 뒤를 따라 옥상으로 이어진 철제 계단을 올라갔다. 얼어 죽은 관상용 양배추들이 넝마처럼 늘어진 화분 곁을 지나 옥탑으로 들어섰다. 좁은 거실과 방이 두개 딸린 공간으로 방 하나는 창고로 사용되었고 다른 하나는 곽정은이 사용하고 있었다. 곽정은이 창고 문을 열어 보였다. 사용하지 않는 가구와 잡다한 물건들을 담은 상자가 쌓여 있었다. d는 그중에서 자신이 직접 봉하고 주소를 적은 상자 몇개를 알아보았다. 뜯지 않은 것도 있었다. 상자를 바닥에 내리고 테이프를 뜯었다. 세번째 상자에 d가 찾는 것들이 있었다. 해묵은 음반들. 너덜너덜하거나 먼지를 뒤집어쓰고 뻣뻣해진 마분지 껍데기들. 엘라 피츠제럴드, 조르주 무스따끼, 닐 영, 냇 킹 콜, 패티 페이지, 시나위, 뉴키즈온더블록, 신해철, 보니 엠, 엘리자베타 길렐스, 비발디, 마이클 잭슨. 고르지 않은 취향. 그보다는, 취향이 되기 전에 중단된 취향.

d가 상자에서 그것들을 한장씩 꺼내 바닥에 쌓는 동안 곽정은은 팔짱을 낀 채 문에 기대서서 d의 뒤통수를 내려다

보고 있었다. 입은 다물었고 주먹은 바지주머니에 들어
가 있었다. d는 그의 부모가 일부러 집을 비웠다는 것을
알고 있었다. 곽정은이 금방이라도 주먹으로 목을 내리칠
것처럼 뚫어지게 자기를 보고 있다는 것도. 물을 마시겠
느냐고 곽정은이 물었다. 목소리가 조금 잠겨 있었다. d는
돌아보지 않고, 괜찮다고 대답했다. 괜찮다고? 곽정은이
d의 말을 소리 내 곱씹었다. d는 입을 다물었다. 얇은 장
판을 깐 바닥은 싸늘했고 온기가 조금도 없었다. 곽정은
이 입은 저지 냄새가 옥탑에 배어 있었다. 곽정은은 dd와
별로 닮지 않았지만 그가 잠을 잘 때, 눈을 감고 잘 때는
닮아 보일 거라고 d는 생각했다. d의 아버지와 할아버지
의 얼굴이 그런 식으로 닮았고 d의 부모가 그런 식으로
서로를 닮았고 아마도 d 역시 부모와 그런 식으로 닮았을
것이다. 같은 공간에서 함께 산 사람들은, 가장 방심한 얼
굴이 닮았다.

내 동생하고 나는…… 사이가 좋지 않았다고 곽정은이 말
한 적 있었다. dd의 장례식장에서. 한밤이었고 그들은 잠
시 바람을 쐬려고 마당에 나와 있었다. d는 곽정은이 그날
밤처럼 많이 말하는 것을 본 적이 없었다. 삼일을 꽉 채운

장彝이었다. 곽정은은 많은 땀을 흘렸다. 검은 저고리는 구겨지고 땀으로 축축해진 채 그의 등에 달라붙어 있었다. 곽정은은 구두코로 흙을 쑤셔 잔디 뿌리를 드러냈다가 발로 밟아 도로 덮기를 반복했다. 나는 개를 별로 신경 쓰지 않았다고 곽정은은 말했다.

어렸을 때부터 우린 말이 통하지 않았고…… 같이 놀 것도 없었다. 나는 개하고 별로 말하지 않았어. 뭐 아무하고도 말하지 않았지. 나는 빌어먹게 가난한 집안의 중학생이었으니까. 그냥 모든 게 거슬리고 하찮았다. 동생 같은 거…… 없는 게 낫다고 생각할 때나 생각했지 진짜 동생 같은 건…… 하루는 내가 하굣길에 개를 봤다. 개가 열살 때. 지저분하게 튀김을 쌓아둔 분식집 앞에서 튀김을 고르고 있더라. 한손엔 바구니를 들고 다른 손엔 집게를 쥐고 엄청 고심하면서 오백원어치를. 그 돈에서 부족하지도 넘치지도 않게 바구니를 채우려고 거의 엄숙해 보일 정도로 집중하고 있었어. 내 동생. 지금 자꾸 그 생각이 난다. 그냥 생각이 나. 화장실에 다녀와서 손도 씻지 않고 튀김 반죽을 만드는…… 인정머리 없는 여자가 파는 튀김을 더러운 바구니에 신중하게 담던 모습, 그게 자꾸 생각이 나서 저 안에 있을 수가 없다. 영정을 보고 있을 수가 없어. 오백원어치. 걔가 들고 있었던 플라스틱 바구니에 담을 수 있는 튀김이 그게 전부였다는 걸 생각하면 아주 미칠 것 같다. 돌아버릴 것 같아. 자 이제 니가 말을 해봐라. 걔가 그래도 마지막엔 좀 넉넉하게 살았다고…… 부족한 거 별로 없이 그래도 마지막엔 좀, 어?

d는 네번째 상자를 끌어당겨 테이프를 뜯었다. 다른 상자에 눌려 위쪽이 찌그러진 상자였다. 안에 든 것이 얼마 없었다. 사용한 흔적이 있는 노트 몇권과 책, 독일어 초급 교본, 다갈색 종이끈으로 묶은 편지들. 아직까지도 미지근한 사물들. 구토가 치밀었다. d는 계속할 수가 없어 바닥에 쌓아둔 LP들을 그 상자에 담았다. 상자를 안고 돌아섰다. 곽정은은 d를 옥탑에 내버려두고 사라지고 없었다. d는 상자를 든 채 한동안 옥탑에 서 있다가 4층으로 내려갔다. 곽정은이 텔레비전을 틀어둔 채로 소파에 앉아 있었다. 턱과 코를 붉힌 채 텔레비전을 바라보고 있었다. 곽정은은 여전히 맨발이었고 왼쪽 발을 다 해진 갈색 쿠션에 올려두고 있었다. d는 어떤 말로 인사를 하고 떠나야 할지 알 수가 없어 상자를 안고 서서 그를 바라보았다. 가

냐? 곽정은이 텔레비전에서 눈을 떼지 않고 말했다. 찾고
싶은 건 다 찾았냐? 그래…… 가고…… 다시는 여기 나타
나지 마라…… 쓰레기 버리듯이 개 물건을 여기 보낼 때
는 언제고 이제 와서…… 야 가라 그만 가고…… 아니다
다음에 다시 와라…… 한번만 더 다시 와보라고……

d는 턴테이블에 LP를 올렸다. 최초의 잡음이 들리자마자
눈을 감았다. 이제 음악이 시작된다는 신호였다. 바늘이
갉작거리며 홈을 따라 나아갔다. 음악이 시작되었다.

……

……

음악은 얇은 합판으로 덮인 벽들에 완전하게 반향되었다.
d는 스피커를 향해 앉아 있었고 촘촘하고 신축성 있는 천
으로 씌운 스피커에서 나온 소리가 아주 가늘고 섬세한
빗처럼 정수리를 쓸고 가는 것을 느꼈다. 드럼과 기타와
보컬. 소리가 너무 엄청나, d는 그것 말고 다른 것은 들을
수 없었다. 음악뿐이었다. 15번 방의 창 없는 구조는 성능
좋은 소리상자처럼 음악을 담고 있었다. 움직일 때마다
삐걱거리는 침대, 그 위에 깔린 변색된 담요, d의 백팩과

점퍼를 걸쳐둔 의자, 근육통이 있는 몸. 그 방에 있는 모든 것이 음악에 공명하여 파장을 발산하고 있었고 그 파장들은 모든 벽에 부딪혀 반향이 되었다. 그게 모두 음악 속에서 음악이 되었다. d는 음반이 담긴 상자를 매트리스 위로 올리고 속을 뒤적였다. 방학 때 받은 엽서들, 직접 만든 크리스마스카드, 하드커버가 달린 일기장들. 삼분의 이 정도를 쓴 노트를 넘겨보았다. 그 한권의 노트에서도 dd의 필체는 변하고 있었다. 뒷장으로 넘어갈수록 세로획이 급격하게 꺾이는 필체에서 꺾임이 사라지고 조금 더 단순하고도 가벼운 필체로. dd는 필기구와 종이에 애착을 가지고 있었고 단지 종이에 뭔가를 적으려고 꿈이나 생각들, 책에서 읽은 것, 그날의 지출이나 짧은 이야기들을 기록해두는 습관이 있었다. d는 천천히 페이지를 넘겼다. 글자로 가득한 페이지는 그렇지 않은 페이지보다 뻣뻣하고 무겁게 넘어갔다. d는 그런 페이지에서 꿈 이야기를 읽었다. 꿈이었고 도서관에 갔고 거기서 책 몇권을 빌렸다는 이야기였다.

첫번째 트랙이 다 돌기도 전에 옆방에서 벽을 때렸다. d는 상자 바닥에서 REVOLUTION이라고 적힌 책을 발견했

고 그걸 무릎에 올렸다. 두꺼운 갈색 책이었다. 거친 합성
지로 감싼 하드커버 장정에 아무런 장식 없이 검은 글자
로 제목이 적혔는데 두께에 비해 무게가 덜했고 노랑과
갈색으로 가름끈이 두개 달려 있었다. 첫 페이지에 누군
가 붉은색으로 도장을 찍어두었다. 꼬불꼬불한 미로 같
은 그 모양새를 한동안 보고 있다가 d는 그것을 읽어냈다.
이름이었고 d가 그 이름을 알았다. 박조배. dd의 동창이
자 d의 동창이었다. 초등학교를 함께 졸업한 동기생. 명동
거리에서 음반을 판다고 들었는데 지금도 그 일을 하는
지는 알 수 없었다. 박조배의 책이 왜 여기에 있을까. d는
아무렇게나 책을 펼쳤다가 힘의 범람,이라는 구절을 보
고 반복해서 그것을 읽었다. 범람. 힘의. 힘의 범람. 누군
가 다시 벽을 때렸고 이번엔 다른쪽 방이었다. 투덜거리
는 소리가 들렸고 이번에는 벽을 두들기기 시작했다. 오
른쪽 방과 왼쪽 방에서. d는 옆방의 거주자들을 생각하고
미소 지었다. 옆방을, 15번과 똑같은 16번과 17번의 구조
를, 자신의 것과 다를 바 없거나 더 더러운 침구와 벽, 합
판과 시트지로 구성된 싸구려 가구와 그 방을 가득 채우
고 있을 허름한 생필품들을 생각했다. 나는 그 사물들의

일시적 소유자들에게 그들 자신의 것보다 혐오스러운 것, 좀더 견딜 수 없는 것, 말하자면 자신의 이웃을 향해, 그 토록 열심으로 벽을 두들길 기회를 주고 있다. 재미있느냐고? 재미있다. 재미가 있다. d는 책장을 한장 더 넘기며 생각했다. 매트리스를 짓누를 때 말고는 존재감도 무게도 없어 무해한 그들, 내 이웃. 유령적이고도 관념적인 그 존재들은 드디어 물리적 존재가 되었다. 사악한 이웃의 벽을 두들기는 인간으로.

음악이 다시 시작되었다.

7

여소녀는 가스난로를 끄고 창을 열었다. 가스 냄새가 밴 후덥지근한 공기가 찬 공기와 섞이며 바람이 일었다. 검고 단단한 먼지가 섞인 바람으로 버티컬이 흔들렸다. 종로 쪽으로 펼쳐진 나지막한 건물들이 내려다보였다. 평평하고 남루한 지붕들엔 지난달에 내린 눈의 흔적이 조금씩 남아 있었고 일광욕을 하러 나온 고양이 한마리도 보이지 않았다. 여소녀는 의자로 돌아와 신문을 다시 집어 들었다. 여소녀는 시장을 좋아하지 않았다. 자신보다 열살이나 어린데도 다섯살은 더 연장자처럼 보였고 모든 일에 확신을 가진 듯 보였다. 여소녀에게도 믿음이 있었는데 그 믿음은 시장의 믿음보다 덜 선한 것처럼 보였다. 여소녀는 그게 마음에 들지 않았다. 울적한 얼굴로 여소녀는 신문을 마저 읽었다. 어쨌거나 시장의 계획대로, 2005년에 사라진 보행 데크를 복구한다는 뉴스가 실려 있었다. 청계천을 사이에 둔 세운상가와 청계상가를 잇고 그 위를 사람들이 오가게 만들어 도심에 활력을 부여하고 기술자들을 발굴해 세운상가 일대를 새로운 명소로 재정비하겠다는 계획이었다. 여소녀가 이해하기로는, 일단 지나가는 사람들을 늘리려는 프로젝트였다. 지나가다가. 그것이 다시 가능해질까? 지나가는 사람 자체가 없어 많은 가게들이 영업을 접었지만 여소녀는 새로운 프로젝트에 미적지근하게 반응할 수밖에 없었다. 사람들이 오간다고? 흠. 솜사탕 막대나 풍선을 묶은 가느다란 끈을 쥔 아이들, 데이트를 하는 젊은 사람들에게 이 상가에 있는 것들이 무슨 의미이며 무슨 상관인가. 나들이옷을 입고 가슴에 케

첩 얼룩을 묻힌 다섯살배기 아이를 데리고 수리실을 방문해 빈티지 오디오에 관해 말하는 여자나 남자를 여소녀는 상상할 수 없었다. 아니야 상상할 수는 있어도 그것은 상상으로나 가능한 광경 같았다. 산책하러 나온 젊은 연인이 3층 보행 데크를 걷다가 방열판이나 저항, IC, DC 모터, 스피커 유닛, 도란스를 둘러보는 광경은?

물론 사람이 늘면 상권은 형성될 것이다. 지금과는 뭔가 다른 형태의 상권이. 여소녀는 창을 통해 3층 보행 데크를 내려다보았다. 60년대에 그 이름처럼 원대한 계획으로 설계되었다가 제대로 실현되지 못한 채 애매하게 끊어진 형태로 구현되었고 한차례 그야말로 끊어졌다가 이제 다시 원대한 계획의 일부가 된 공중가로는 지금 2월 태양의 싸늘하고도 엷은 빛을 받고 있었다. 길거리 구둣방처럼 생긴 박스들이 데크 가장자리를 따라 늘어서 있었다. 대부분 문을 닫았고 문을 연 박스 속에서는 젊은 남자가 햇빛을 등지고 앉아 컴퓨터로 카드 게임을 하고 있었다. 비아그라나 담배, 감시용 카메라를 판다고 적힌 짧은 입간판이 그늘에 놓여 있었다. 어쨌거나 저곳을 오가는 사람이 늘고 새로운 상권이 형성되면 임대인들은 즉시 세를 올려

받으려 할 것이다. 재정비 프로젝트를 준비하는 자들의 계획에 따르면 여소녀 자신과 같은 기술자들이 이 프로젝트의 중요한 콘텐츠였으나…… 기술자이자 상인인 그들 모두 결국은 세입자이며…… 세가 오르면 특별히 영세한 업체가 많은 이 상가에서 상인들은 오래 버티지 못할 것이다. 마지막 일격이 될 수도 있었다. 여소녀는 생각했다. 상가가 사는 거지 내가 사는 것은 아니지.

무릎에 펼쳐진 신문이 바람에 부풀었다. 여소녀는 신문을 두번 접어서 조금 더 자세히 읽고 싶은 기사를 위로 오게 해두었다. 세운상가 활성화 종합계획이 발표되었다는 내용이었다. 본문에 다섯차례나 언급된 재생,이라는 말이 여소녀는 마음에 걸렸다. 무엇을 재생한다고?

왜?

여소녀는 그것이 몹시 궁금했는데, 계획자들도 그것을 자신만큼 궁금하게 여길지 다시 궁금했다. 여소녀가 생각하기로는 세운世運이라는 이름 그대로, 이곳엔 세계의 기운이 이미 모여 있었다. 미래와 빠르게 연결된 현재, 이상에 이르지 못하는 실재, 비대하고 멋대가리 없는 외형, 시대의 돌봄을 받은 적은 거의 없지만 알아서 먹고살며 시대

를 이루었고 이제 시대의 뒤꽁무니에 남은 사람들, 아 사
기꾼들, 여소녀 자신을 비롯한 거짓말쟁이들, 그것도 조
그맣고 하찮은 스케일의 사기밖에 칠 줄 몰라 여전히 보
통 사람으로 여기 남은, 내 이웃들…… 여소녀가 이해하
기로는 그것이 세계의 기운이었다. 여기를 제대로 재생
하려면 거짓말하지 말고 그것을 보여주어야 했다. 그들이
되살리려는 것을 그들이 제대로 알아야 했다. 제대로 알
려면 말이지 제대로 하려면…… 최소한 이 공간에서 인생
을 보낸 사람들의 이야기 정도는 펼쳐져야 하는 거 아니
냐…… 그들이 각자 어떤 질병을 앓고 있는지 여행은 몇
번을 가보았는지를 알아보고 가족도 다 만나고 그들의 자
녀는 어떤 학교를 다니고 어떤 직업을 얻었는지, 그중에
비정규직은 몇 퍼센트인지까지도 다 알아봐야 했다. 그
이야기들로 두루마리를 만들어 이 거대한 상가의 내벽과
외벽을 몽땅 덮어버려야 했다.

여소녀는 일주일 전에 잠시 나타났다가 사라진 구조물을
생각했다. 수요일이었다. 출근하고 보니 5층 홀에 기묘한
것이 있었다. 모니터며 선풍기며 낡은 전화기, 구멍 뚫린
스피커 같은 고철과 고물이 홀 중앙에 무더기로 쌓여 있

었고 이끼와 꽃나무 가지가 그 사이사이를 장식하고 있었다. 크리스마스 장식용 전구를 단 줄들이 천장 어딘가에 연결된 채 구조물 위로 늘어져 있었고 높고 투명한 천장이 그것 위로 뿌연 빛을 뿌리고 있었다. 여소녀는 즉시 서낭당을 떠올렸다. 정체불명의 거대한 생물이 고물상을 삼킨 뒤 밤새 싸둔 똥 무더기 같기도 했다. 저것이 무엇인가…… 떼를 입힌 것을 보니…… 만들다 만 무덤 같기도 했다. 남의 마당에 저런 것을 만들어두고 뭘 하자는 것인가…… 여소녀가 눈살을 찌푸리며 그 구조물을 돌아 수리실에 들어간 지 얼마 되지 않아 대학생으로 보이는 젊은 남녀가 수리실로 불쑥 들어와 초대장이라며 종이 한 장을 두고 갔다. 오늘 오후에 전시를 겸해 재생 프로젝트의 시작을 알리는 모임이 있을 거라는 내용이었다. 여소녀는 심드렁하게 그것을 받아두었다. 자기들끼리 뭔가 하고, 사진이나 찍어가겠지. 늘 하던 가락대로. 오후가 되자 과연 전에 본 적 없는 사람들이 5층 홀에 모여서 어수선하게 뭔가를 하고 사진을 찍고 갔다. 그들이 모두 가버린 뒤에 여소녀가 나가보니 구조물이 남아 있었다. 여소녀는 구조물로 다가가 종이에 적힌 글을 읽었다. 만지지 마시오. 여소녀는 반말에 비위가 상했다. 버르장머리 봐라…… 이것을 읽을 사람들이 결국은 너희들 계획의 콘텐츠들인데 그렇지 내가 콘텐츠이고 이것들아…… 내가 이 상가와 사십년간 맥을 함께한 인간인데 내게 질문 하나 해오지 않는 프로젝트는, 됐다고 여소녀는 생각했다. 담배를 피우며 구조물을 한바퀴 돌아보았다. 이것은 참으로…… 훌륭한 상징이라고 여소녀는 생각했다. 뜬금없고 남의 일 같다는 점에서 훌륭하게 상징하는 바가 있었다. 드문 일은 아니었다. 이번 것을 비롯해 도시의 이름으로 계획되는 프로젝트는 여소녀에겐 음모이자 꿍꿍이일 뿐이었다. 공적 기관의 예산이 책정되고 집행되는 프로젝트일 뿐. 나와는 무관한. 어디까지나 내가 소외된 상태로 전개되는. 언제나와 같이. 그 상징물엔 여소녀라는 맥락이 없었다. 564호와 568호, 531호, 540호, 536호의 맥락도 없었다. 그들은 그 맥락을 몰랐다. 그러니 남의 마당에 서낭당 같은 것을 만들어두는 것 아닌가…… 귀신을 쫓듯. 내가 귀신이여?

여소녀는 입맛이 써 신문을 치우고 창을 닫았다. 잇몸이 쑤셨다. 늘 문제를 일으키는 세번째 임플란트에 또 문제가 생긴 듯했다. 여소녀는 그 자리에 사정없이 나사를 박고 임플란트를 돌려 박은 치과 의사를 떠올리며 투덜거렸다. 라디오를 좀더 깨끗한 소리로 들으려고 튜너를 조절했다. 여소녀의 수리실에서는 91.9 채널만 제대로 잡혔다. 나머지 채널은 지직거려 도저히 들을 수 없었다. 도심이라 전파가 많고 상가 건물이 낡아 전파를 제대로 수신하지 못하는 것이라고 여소녀는 믿었다. 모든 채널을 제대로 들으려면 옥상에 장비를 설치해야 하는데 관리실에서 그걸 허락하지 않았다. 옛날 기계 몇대로 주파수를 잡자고 일부러 비용을 들여 장비를 설치할 수는 없고 미관상으로도 지저분해진다는 입장이었다. 여소녀는 수리실에 라디오를 고치려는 사람이 오면 어디 사느냐고 물었다. 그 지역에서는 전파가 잘 잡힙니까. 전파가 잘 잡힌다는 대답을 들으면 진심으로 부러워했다. 인생 마지막엔 산골…… 같은 곳에 들어가 좋은 공기와 물을 마시며 시끄럽지 않게 살고 싶다는 것이 여소녀의 바람이었는데 기본 조건이 전파였다. 전파가 깨끗하게 잡혀야 한다…… 라디오가 지직거렸다. 맑은 날인데 수신 상태가 좋지 않았다.

어제와 오늘, 아래층 상가는 윤선오 노인의 일로 은근하게 떠들썩했다. 윤선오는 몇년 전부터 오디오 상가에 자주 나타나 상인들과 밥도 먹으러 다니고 술자리에도 종종 끼는 노신사였다. 오디오 상인들은 그를 좋아했다. 쓸데없이 어슬렁거리지 않았고 예의 발랐고 수수해 보이는 비싼 옷을 맵시 있게 입고 다녔고 아는 게 많아 보이는데도 먼저 나서서 아는 척을 하지 않았으며 씀씀이도 인색하지 않았다. 최근 몇달 동안 상가에 나타나지 않아 그 형님에게 무슨 일이 생긴 거냐고 궁금해하는 상인이 더러 있었는데 바로 지난주, 윤선오가 백산의 가게에 나타나 십분쯤 이야기를 하고 갔다. 그런데 그 뒤에 백산의 기계 하나가 없어졌다는 것이었다. 백산은 곧장 윤선오 노인을 의심했고 사람들은 그의 말을 믿지 않았다. 백산과 윤선오, 둘 중에 누군가를 믿지 말아야 한다면 압도적으로 백산이었다. 중고 오디오를 사고파는 그는 큰 체구에 괄괄한 목소리로 떠들썩하게 웃는 남자로 웃는 얼굴에서 바로 험악한 얼굴을 할 수 있었고 역으로도 가능했다. 뻔뻔하고 누구에게나 속임수를 쓰고 워낙 상도를 무시하는 인간이라서 대대적인 수리가 필요한 중고 오디오를 헐값에 매입

해서 조금도 고치지 않고 비싼 가격에 팔아먹은 뒤 운 나쁜 구매자에게 수리비를 옴팡 뒤집어씌우고는 했다. 여소녀에게도 여러차례 수리비를 떼어먹었는데 자기에게 필요한 상황이 되면 사람 좋고 넉살 좋은 듯 수리실에 나타났다가 또 떼먹기를 반복했다. 사십년이 넘은 전자상가를 이루는 수많은 요소 중 하나로 그를 받아들이고 있었지만, 여소녀도 백산을 믿지는 않았다.

그런데 CCTV를 돌려보니 윤선오가 집어간 것이 맞는다는 이야기였다. 너무 낡고 상품가치도 별로 없어 가게 바깥에 쌓아둔 앰프들 위에 얹힌 것을, 백산오디오에서 나온 윤선오 노인이 그냥 들고 갔고, 그 장면이 영상에 찍혀 있었다. 상인들이 다 같이 모여 그걸 보았지만 어느 누구도 선뜻 믿을 수가 없었다. 왜냐하면 너무 이상하니까. 그들이 겪은 노인의 인품을 생각해도 그렇지만, 매킨토시를 집에 몇대나 마련해두고 듣는다는 사람이 십만원짜리 CDP를 왜? 백산이 십만원에 팔 정도의 물건이면 그건 거의 껍데기라는 의미였다. 완전 썩은 거. 버려도 상관없는 기계니까 밖에 올려두었을 테고 그것을 윤선오 노인이 모를 리 없었다. 고가의 빈티지를 듣는 사람이 쓰레기나 다름없는 싸구려 기계를. 그것도 뭐에 쓴다고 CDP를.

오디오 상인들은 몇번이고 영상을 돌려 보고 어리둥절해 서로의 얼굴을 바라보다가 영상을 들고 당장 경찰서로 가겠다는 백산을 달랜 뒤 중재에 나섰다.

그 과정을 보고 들은 사람들이 저녁에 수리실로 올라왔다.

한일사 사장이 전화를 했대. 제일 친하니까. 아무렇지도 않게 전화를 받더래. 형님 혹시 그거 가져가셨냐고 물으니까 모른다고 잡아떼더래. CCTV 얘기를 했더니 아주 차분하게, 봤냐고 묻더래.

봤어?

아 봤다고.

그랬더니 인정을 하더래. 어 그것을 자기가 가져갔다고. 형님 CDP가 필요하셨냐고 물어보니까 아니,라고 하더래. 그런데 너무 아무렇지도 않더래. 처음부터 끝까지 정말 너무 차분하고 아무렇지도 않게 대답을 하더라는 거야. 한일사가 소름이 돋아가지고 그러면은 일 더 크게 만들지 말고 형님 돈 좀 보내라고 십만원을, 그랬대.

그런데 그 와중에 또 백산이 십오만원을 불렀어요.

그래서 받았어 십오만원을.

오후에 바로 입금했더라고.

이게 무슨 일일까.

그 형님이 왜 그랬을까.

돈 없는 양반도 아니고.

당장 돈이 없었나?

없었다고 쳐도 고급 기계 들던 사람이 그 싸구려를 왜?

도벽이 있나?

이제 와서?

생겼나보지.

치매가 온 건가?

그렇다고 보기엔 너무 멀쩡하고.

그러면 왜?

왜?

왜 그랬는지를 계속 궁금해하면 답을 알 수 있기라도 한 것처럼, 모여서 한참 서로에게 물었다.

내가 봤을 때는 말이야……

여소녀는 d와 둘이 남았을 때 말했다. 노인이 복수를 한 것 같아. 우리 모두한테 말이야.

여소녀는 CCTV 영상에서 두리번거리다가 CDP를 집어 앵글 밖으로 유유히 사라지던 윤선오 노인의 모습을 생각했다. 백산에게는 감기를 호되게 앓느라고 한동안 외출하지 못했다고 말했다는데 과연 얼굴이 조금 홀쭉해 보였다. 여소녀도 윤선오 노인과 친분이 있었다. 저녁을 같이 먹으러 가서 이런저런 이야기를 주고받은 적이 더러 있었다. 형님은 무슨 일을 했느냐는 질문에는 매번 미소만 지을 뿐 대답은 않았지만 지방에서 교수로 일하는 아들이 하나 있으며 자신은 북촌에 마당 딸린 한옥을 한채 가지고 있고 거기서 산다는 이야기를 드문드문 들려주었다. 어느날 노인은 마당에 작은 폭포를 직접 만들 작정이라고 말했다. 이렇게 물길을 낼 거라며 수리실로 설계도를 들고 와서 여소녀에게 보여주었다. 종이가 컸다. 여러번 접은 전지에 매직펜으로 그린 그림이었다. 위쪽은 갸름하고 아래쪽은 불룩한, 서양 배 모양으로 이어진 물길이 그려져 있었다. 물길을 따라 작은 브로콜리들처럼 흩어진 것은 그의 마당에 있다는 장미 덤불과 나무들이었다.

폭포 같은 것을 왜 만드느냐고 묻자 물 떨어지는 소리를 듣고 싶다고 윤선오는 대답했다. 여름에 큼직한 흰 장미를 여러송이 피우는 덤불 밑으로 흐르다가 당단풍 뒤를 돌아 벚나무 곁에서 무릎 높이의 낙차로 검은 돌 위로 떨어지는 물. 어떤 날에는 그 소리가 음악보다도 아름다울 것이며 내킬 때 마루에 드러누워 종일 그 소리를 듣는 것이 오랜 소망이었다고, 이제 한동안 집에서 그 소망을 이뤄볼 작정이라고 윤선오는 말했다. 다음에 그를 보았을 때 그것을 생각해낸 여소녀가 폭포가 어떻게, 잘 만들어졌느냐고 묻자 노인은 매우 씁쓸한 얼굴을 했다. 만들기야 만들었는데 물을 돌리려고 수도를 틀고 보니 수도관에서 물을 뽑아내는 소리가 워낙 요란해 평소엔 마른 채 내버려둔다는 것이었다. 비가 올 때를 기다린다고 노인은 말했다. 그것도 큰비가 내릴 때를. 그렇지 비가 내리면 저절로 물이 흐르겠지. 여소녀는 생각했다. 그런데 그 정도로 비가 내리면 빗소리에 가려 물소리는 이미 들리지 않는 게 아닐까, 하고도 생각했지만 입 밖으로 내지는 않고 이렇게 말했다. 형님은 좋겠소. 하고 싶은 걸 다 하고 사니 말이오. 그러자 윤선오 노인의 흰 얼굴이 옹졸하게 일그러졌다. 역겨움을 참는 것 같기도 하고 경멸하는 것 같기도 했다. 화가 난 것 같기도 했다. 짧은 순간에 너무도 복잡한 표정이 떠올라 흰 얼굴이 몹시 좁아 보였던 것을 여소녀는 기억했다. 다음 순간엔 평소의 순한 얼굴로 돌아와 곰보냉면에서 갈비탕이나 한그릇씩 먹자며 그의 어깨를 두드렸지만 그 표정을 잊을 수 없었다. 지금 와 생각해보면 그런 폭포가 있을까 정말로. 여소녀는 CCTV 영상 속에서 CDP를 집어들기 전에 카메라 쪽을 흘긋 바라보던 윤선오 노인의 모습을 생각했다. 여소녀는 그의 집을 몰랐다. 그의 작은 실패작이 있는 집. 가지고 있는 매킨토시 중에 하나가 말썽이라며 그 무거운 것을 종로까지 들고 나오기가 애매하니 언제 집으로 한번 와서 봐달라고 노인이 말한 적이 있었고 여소녀가 흔쾌히 그러마고 했으나 정작 오라고 하지는 않아 가본 적이 없었다. 노인을 아는 다른 사람들도 마찬가지였다. 가본 적이 없으니 모르지. 그 노인이 도대체 어디에서 어떻게 살고 있는지 아는 사람이 없어 우리 중에 누구도. 거의 육년을 알고도. 그것을 생각하다가 여소녀는 말했다. 나도 그 노인이 그걸 훔쳤다는 걸 믿을 수가 없지만 봤으니 믿을 수밖에 없고, 본 것을 믿을수록 그 양반이 복수를 한 것 같다는 생각이 든

단 말이야······ 자기를 보여주고 모두의 믿음을······ 모두
가 믿는 바를 놀려먹는 것으로 말이지 복수를······ 그러면
왜 복수를 하냐······ 내가 아무리 생각을 해봐도······ 노인
이 갈 때가 되어서,라고밖에는 생각할 수가 없어. 어떤 사
정이 있든 노인이 지금 자기 죽음을 골똘하게 생각하고
있는 것이다. 그것 말고 다른 동기를 여소녀는 생각할 수
없었다. 여소녀는 윤선오 노인의 흰 얼굴을 골똘하게 생
각하다가 죽음 이후를, 저세상을 상상해본 적이 있느냐고
d에게 물었다.

없어요.

d가 대답했다. 저녁마다 앉는 의자에 걸터앉아 검은 눈으
로 여소녀를 보고 있었다. 솜을 약간 넣고 누빈 점퍼를 입
었고 일하는 동안 머리에 쓰고 다녔던 모자를 왼쪽 무릎
에 씌워둔 채로 방금 먹어치운 찐빵을 쌌던 포장지를 한
손으로 구기고 있었다. 평온하고 피곤해 보이는 얼굴이었
다. d가 오디오를 도로 가지고 나타난 밤에도 저런 표정
을 하고 있었던 것을 여소녀는 떠올렸다. 가져간 지 일주
일도 되지 않은 기계들을 수리실 입구에 쌓아두고 이것
을 여기 두고 들어도 괜찮겠느냐고 d는 물었다. 너무 뜻

밖의 질문이라서…… 여소녀는 내용을 얼른 알아듣지 못했다. 뭘 어쩐다고? 그러니까…… 적당한 공간을 마련할 때까지 자기 오디오를 수리실에 두고 여기서 음악을 들으면 안 되겠느냐는 부탁이었다. 아니 되나 마나 이미 가지고 나타나서는 뭘 묻고 있어 어쩌라고…… 그런데…… 음악을 듣겠다고? 여기서? 재차 묻자 꼭 지금과 같은 얼굴로 d는 여소녀를 바라보았다. 여소녀는 혀를 찼지만 옆방에 자리를 마련해주었다. 수리실과는 얇은 문짝으로 나뉜 공간이었는데 여소녀가 문짝을 떼어내고 창고로 사용하는 곳이었다. 택배로 도착하는 앰프를 담은 상자들이 구석에 쌓여 있었다. d가 직접 그 자리를 치우고 자기 오디오를 놓아두었다. 그 뒤로 밤에 이따금 들러 거기서 음악을 듣고 갔다. 한곡을 듣고 갈 때도 있었고 아주 늦게까지 그 앞에 앉아 있을 때도 있었다. 여소녀는 수리 중인 앰프를 테스트할 때 무자비할 정도로 소리를 키우는 편이었는데 d는 개의치 않는 것 같았다. 여소녀의 작업대에서 갑작스럽게 큰 소리가 나도 놀라는 기색이 없었다. 그저 자기 음반을 틀어두었고 그것을 들었다. d의 오디오에서 나오는 소리에도 불구하고 여소녀는 곧 d의 존재를 잊었다.

난해하게 태워먹은 회로판을 향해 구시렁거리다가, 필요한 부품을 가져오려고 몸을 돌리다가, 창고 구석에 놓인 의자에 앉은 d의 옆모습을 발견하고 흠칫 놀랄 때도 있었다. d는 자기 오디오를 향해 앉아 있었고 그럴 때는 무엇에도 방해를 받지 않는 것 같았다. 뭘 듣고 있는 것이 아니고 완전한 적막 속에, 어딘가 다른 세계에 앉아 있는 것 같기도 했다. 음, 하고 여소녀는 눈을 굴렸다. 그래 그것을 상상해본 적이⋯⋯

없다고?

없어요.

한번도?

없어요.

그렇군⋯⋯ 하고 여소녀는 생각했다. 그것을 상상해보지 않았다니 그것 참 신기하군. 누구나 한번쯤 상상해보지 않나 그것을. 나는 말이지⋯⋯ 거길 미리 다녀왔다고 여겨지는 일을 한번 겪은 적이 있다고 여소녀는 말했다.

서너해 전에 내가 아래층 녀석들하고 술을 마신 적이 있었거든 여기서⋯⋯ 족발이랑 막걸리랑 소주랑 누군가 가져온 절편을 먹었지. 자정을 넘겨 한시쯤 되었을 때 정전이 되었어. 창밖을 보니 멀리 종로1가 쪽은 불이 들어와 있었는데 말이야 여기 일대엔 불이 다 나가버렸어. 뭐 별수 있나. 어두운 채로 이 좁은 데서 술병과 접시를 더듬어가며 먹고 마셨지. 그래도 아주 어둡지는 않았어. 완전히 어둡지는 않아서 맞은편에 앉은 녀석들의 윤곽은 알아볼 수 있을 정도였고 달빛에 얼핏얼핏 그 표정도 보였지. 마시다가 내가 잔을 쥐고 조금 졸았는데 같이 마시던 놈 중에 하나가 나를 깨웠어. 그놈까지 포함해서 다섯, 이것들이 상글상글 웃으면서 놀재. 뭘 놀아? 여태 놀았고 나는 좀 졸아야겠으니 내버려두라니깐 아이 형님 그러지 말고 놀재. 뭘 하고 노느냐고 물었더니 바깥으로 나가재. 어차피 어두운 것, 이렇게 수리실에 있지 말고 바깥에 나가서…… 술래잡기나 하자는 거야. 아니 이렇게 야심하고 아무도 없는데 무슨 술래잡기냐고 하니까 아무도 없으니까 숨기에도 좋고 찾기에도 좋으니 하자는 거야. 어렸을 때처럼 해보자고 술김에. 아이 뭐 알았다고 그래 누가 술래냐고 물었더니 나더러 하래. 형님이 술래, 우리가 먼저 나가서 숨을 테니 찾아보쇼, 하더니 줄줄이 나가. 내가 남아 술래를 했지. 술래의 말이 좀처럼 기억나지 않아서 애를 먹었지만 말이야. 여우야 여우야……였나? 죽었는지 살았는지 아무튼 꼭꼭 숨으라고 머리카락 보인다고…… 혼자 남아 중얼거리다가 찾으러 나갔어. 어처구니가 없었지. 내가 이 나이에 나와 마찬가지로 머리 허옇게 센 것들하고 지금 술래잡기를 말이야…… 그런데 그것이 재미있더라고. 술김에 배가 뜨뜻해서인가 그냥 조금 있었어 재미가. 여태 정전이었지. 불빛 한점 없었으나 천창으로 달빛이 들어 푸르뎅뎅하니 공간은 넓고 그림자들은 짙고…… 아 여기가 이렇게 넓었구나. 내가 새삼 그렇게 놀랐던 것 같아. 그 밤에 보니 아주 넓고 아주 깜깜했어. 다섯놈은 자취가 없었지. 내가 5층을 돌아다니며 찾았는데 없었어. 다섯놈은 고사하고 아무도. 이것들이 아래층에 숨었나 하고 내려갔지. 보통은 방화문이 닫혀 있고 잠겨 있는데 말이야 갑자기 정전이 되어버려서인지 그날은 열려 있었어. 여기 어디 숨었구나 싶어 내가 상가를 죽 걸어다녔지. 불 꺼진 상가를 나 혼자. 그런데 묘하더라고. 걸을수록 말이야. 광진전자, 지구전자, 연음향, 반도전자, 고전사, 이화전자…… 늘 보던 가게들, 매일 오가는 복도인데도 아주 낯설었어. 간판들이며 유리벽 너머로 보이는 가게 내부며 어제 보고 그제 보고 오늘 본 것들인데 전혀 다른 장소 같은 거야. 인기척은 조금도 없고 컴컴하니…… 마른 우물에 돌 떨어지는 듯한 내 발소리만 들리고 말이지. 어디어디 숨었냐고 아무리 돌아다녀도 찾지를 못하는 거지 아무도. 저승이란 이것과 같겠구나…… 내가 그런 생각을 했어. 어느 순간 말이야 저승일 수도 있겠구나. 어느 순간에 그냥 슥…… 그렇지 그렇게 슥…… 내가 이승에서 저승으로 넘어왔구나……

여기가 내 저승이로구나, 그런 생각을.

했다,는 마지막 말을 삼켰을 때 여소녀는 d가 중얼거리는 소리를 들었다.

1983년 2월 25일에…… 어디에 있었느냐고 d는 물었다.

그러니까 32년 전에, 자신은 서해에 있었다고 d는 말했다. 바다는 멀리 있었고 다갈색으로 젖은 개펄은 단단하고 차가웠죠. 어른들과 어린 사촌들이 그 바닷가에 함께 있었어요. 무슨 일로 우리가 거기 모여 있었는지는 기억나지 않아요. 가족 모임이 있지 않았나 싶어요. 나는 조개 같은

것을 캐내려고 조그만 삽으로 바닥을 파내다가 막 일어
선 참이었고요 어른들이 근처에 서 있었어요. 삽이나 양
동이를 들고 말이죠. 바람이 좀 불었던 것 같아요. 우리는
하늘을 바라보고 있었죠. 어른들이 몹시 당황한 얼굴을
하고 있었던 게 기억나요. 어른들이 모두 하늘을 보고 있
었기 때문에 아이들도 모두 하늘을 보고 있었죠. 하지만
아무것도 없었어요. 하늘 말고는 아무것도. 우리는 사이
렌을 듣고 있었어요. 바닷가 전체에 울려 퍼지고 있었죠.
1983년 2월 25일에 북한의 공군이었던 이웅평 대위가 러
시아제 미그기를 몰고 남한으로 귀순한 일이 있었죠. 남
한에서는 북한이 전투기로 공습을 시작했다고 난리가 났
고요. 내 기억에요 이것은 그날의 광경이에요. 나는 어느
노인들에게 이웅평 귀순 사건을 들었고 내게 그런 기억이
있다는 것을 최근에 떠올리게 되었는데 이것이 내가 만
들어낸 기억인지 본래 가지고 있던 기억인지 확실하지는
않아도 그 광경은 매우 선명하고 매우 정지되어 있어요.
긴 사이렌과 더불어 멈춰 있죠. 죽음을 생각할 때 나는 그
런 광경이 떠올라요. 분명히 있었거나 너무 있었던 것 같
은 순간들이요. 그것은 모두 과거이고 정지되어 있죠. 지

금과는 완전하게 동떨어지고 무관한 채로 영원히 그 뒤가 없는 것처럼…… 멈춰 있고 중단되어 있어요. 실은 지금도 마찬가지입니다. 이렇게 움직이지 않고 앉아 있거나 움직일 때, 무언가를 생각하거나 생각하지 않을 때, 나는 죽음을 느껴요. 매우 정지된 지금을요. 너무 정지되어서, 지금 바로 뒤를 나는 상상할 수 없고요 궁금하지도 않아요. 지금이라는 것은 이미 여기 와 있잖아요. 그냥 슥……그렇죠 아저씨 말대로 이미 슥…… 따로 상상할 필요가 없어요. 그래서 나는 이 세계 이후의 저 세계라는 것을 상상하지 않습니다. 내가 현재나 과거를 생각할 때, 그것은 매번 죽음이고, 죽음을 경계로 이 세계와 저 세계로 나뉘는 것이 아니고 죽음엔 죽음뿐이며, 모든 죽음은 오로지 두개로 나눌 수 있을 뿐이다. 나는 그렇게 생각합니다. 목격되거나 목격되지 못하거나. 그렇지 않나요?

그런데 그것을 아시나요? 이웅평 대위가 전투기를 몰고 남한으로 넘어온 이유가 환멸 때문이었다고 합니다. 북측에서 해변을 산책하다가 남쪽에서 생산된 라면 봉지를 주웠는데 이런 안내문이 적혀 있었대요. 불량품은 판매처에서 교환이나 환불을 해드립니다. 그것을 읽고 남쪽엔 라면을 쌓아놓고 파는 장소가 있다는 것을 알게 되었고 자기가 속한 체제에 깊은 환멸을 느끼게 된 나머지 귀순을 결심했다고 하네요. 그 내용을 알게 되었을 때 나는 그가 부러웠습니다. 두 손으로 조종간을 붙들고 목적지를 향해 전투기를 몰아갔을 그 새끼가 너무 부럽다…… 남쪽의 가요를 방송하는 라디오 채널에 주파수를 맞춰두고 음악이 흐르는 전투기에 실려 북측과 남측의 경계를 향해 날아가던 순간, 그 아득한 허공을 날던 순간의 그가 말입니다. 죽음과는 얇은 금속판 한겹만을 남겨둔 채 체공하고 있었지만 그는 분명히 환멸의 반대 방향으로 날아가고 있었어요. 그는 그것을 가지게 된 거죠. 탈출의 경험을.

내게는 그것이 없어.

나는 내 환멸로부터 탈출하여 향해 갈 곳도 없는데요.

8

d는 박조배의 책을 침대 옆 바닥에 두었다가 잠들기 전에

펼쳐보았다. 노란색 가름끈이 책 중간에, 갈색 가름끈이 마지막 페이지에 끼워져 있었다. d는 가름끈이 두개 달린 책을 처음 보았다. 처음엔 아마도 책을 만드는 과정에서 실수가 있었나보다고 생각했지만 끈의 색이 다르고 거의 같은 자리에 나란히 달린 것을 보니 일부러 두개를 단 것 이라고, 아마도 책의 두께 때문인 것 같다고 생각하게 되었다. d는 dd가 갈색이 아닌 노란색 가름끈으로 나뉜 페이지까지 읽었을 것이라고 여겼다. 다 읽었다면 늘 하던 습관대로 맨 앞장이나 맨 뒷장에 가름끈을 모아두었을 것 이다.

노란색 가름끈은 246페이지와 247페이지 사이에 깊게 끼워져 있었다. 246페이지의 마지막 문장은 이것이었다. 이 것은 자기가 하는 일을 잘 모르는 사람들의 구차한 변명 에 불과하다.(크리스토프 알렉산더 『영원의 건축』*The Timeless Way of Building*, 안그라픽스 2013) 247페이지의 첫번째 문장은 이것이 었다. 사실은 그와 정반대다.

d는 dd가 어디까지 읽었는지, 왼쪽 면인지 오른쪽 면인 지, 왼쪽이라면 몇번째 줄인지, 오른쪽이라면 어느 문단 까지인지를 궁금하게 여기며 책을 펼치고 있다가 책장을

넘겨보았다. 종이가 두꺼웠으나 가벼웠고 거칠었다. 노란색 가름끈 뒤부터 책을 읽기 시작했다. 책은 다른 사물에 비해 덜 미지근하게 여겨졌다. d는 매일 일을 마치고 돌아와 밤에 조금씩 독서를 이어갔다. 내용은 그다지 염두에 두지 않았다. 책의 무게와 냄새, 글자의 색이 잠드는 데 도움이 되었다. d는 마지막 페이지에 끼워져 있던 갈색 가름끈으로 자기가 읽은 곳을 표시해두었고 다음에 책을 손에 들면 거기부터 이어서 읽은 뒤 그날 읽은 페이지에 갈색 가름끈을 끼워두었다. 갈색 가름끈이 본래 위치로 돌아간 뒤엔 첫 장부터 시작해 노란색 가름끈까지를 읽었다. 이것은 자기가 하는 일을 잘 모르는 사람들의 구차한 변명에 불과하다. 246페이지의 마지막 문장에 이른 뒤 갈색 가름끈을 노란색 가름끈과 나란히 두고 책을 덮었다.

d는 박조배의 책을 배낭에 넣고 출근했다가 다른 날보다 조금 이르게 퇴근했다. 땀에 젖은 작업복을 배낭에 넣고 책을 어떻게 할까 고민하다가 팔과 옆구리 사이에 끼고 명동으로 박조배를 찾아갔다. 목요일이었고 약간 싸늘한 봄밤이었다. 박조배는 관광객으로 북적이는 명동 거리에서 여전히 음반과 양말을 팔고 있었다. 감자를 튀기는

수레와 티셔츠를 파는 수레 사이에 박조배의 작은 수레가 있었다. 중국어와 일본어로 호객하는 소리와 서로 다른 음악 소리가 뒤죽박죽으로 섞인 거리였다. 박조배는 두 손을 넓적다리 사이에 끼운 채 퇴계로 쪽을 바라보며 앉아 있었다. 오랜만이다. 박조배가 잠시 멍하니 d를 보았다. 이것을 돌려주러 왔다고 말하며 d가 책을 내밀자 박조배가 미간을 조금 찡그리며 그것을 받았다. 어…… 그래 이거 내 책이다. 박조배는 오래전에 dd에게 그 책을 빌려줬다고 말했다. dd가 초대를 하러 명동으로 찾아온 적이 있었다고 박조배는 말했다. 너희들 옥탑으로 이사했을 때…… 집들이한다고 오라고.

그래. d는 고개를 끄덕였다. dd는 왜 같이 오지 않았느냐고 박조배가 물었다. 어 같이 오지 못했다고 d는 대답했다. 그래…… d는 박조배를, 박조배가 자기 넓적다리 위에 올려둔 갈색 책을 내려다보았다. 커버에 손가락 자국이 길게 남아 있었다. 저것은 누구의 것일까. d는 생각했다. 내 것일까 dd의 것일까 박조배의 것일까. 구급차 한대가 사이렌을 울리며 퇴계로를 지나갔다. 저녁 먹었느냐고 박조배가 물었다. d는 고개를 저었다. 오늘은 가볼 데가 있어서 장사를 일찍 접을 참이었는데, 그 전에 국수나 먹으러 갈 테냐고 박조배가 물었다.

d는 회현 사거리에서 박조배를 기다렸다. 수레를 두고 올테니 거기서 기다리라고 박조배가 말했으니까. 잠시 가지고 있으라며 도로 넘겨받아서 박조배의 책은 다시 d의 옆구리와 팔 사이에 있었다. 박조배가 대연각빌딩 쪽 횡단보도 앞에 나타났다. 신호가 바뀌자 양손을 바지주머니에 찌른 채 길을 건너왔다. 크고 묵직해 보이는 스포츠백을 한쪽 어깨에 걸고 있었다. 그들은 박조배가 자주 들른다는 소공로 국숫집에서 국수를 한그릇씩 시켜 먹었다. 실처럼 가늘게 자른 김과 파를 뿌려서. d는 국수를 먹는 내내 박조배의 책을 넓적다리 위에 얹어두고 있었다. 박조배는 공부를 하려고 이탈리아에 머문 적이 있었는데 한국에 있는 뭔가가 그리운 적은 거의 없었지만 김은 몹시 아쉬웠다고 말하며 반쯤 먹은 국수에 다시 김을 듬뿍 뿌렸다. 나 김을 되게 좋아하거든. 어렸을 때 엄마 몰래 마른 김 한톳을 다 먹어치우고 토한 적도 있었다. 애가 핏덩이를 토했다고 그날 얼마나 난리가 났는지……

더럽다 먹는데……

어 미안하다.

d는 그릇 바닥에 남은 국수를 젓가락으로 긁어 먹으며 이
탈리아에서는 어디에 있었느냐고 물었다. 북부에 있었다
고 박조배는 말했다. 남부엔 늪이 많아. 그리고 마피아도.
나는 습한 것도 충격전도 질색이라서 남부엔 내려가지 않
았어. 박조배는 밀라노에서 일년 동안 건축을 공부했는
데 성적이 무척 좋지 않았다고 고백했다. 수사들이 관리
하는 기숙사에서 묵으며 나쁜 룸메이트들과 베드버그에
게 시달렸기 때문이며 그때 물린 흔적이 등과 넓적다리
에 남아 있다고 박조배는 말했다. 박조배의 얼굴은 핏기
가 없어 보였다. 숱 많은 곱슬머리가 기름진 채 머리를 덮
었고 콧잔등을 중심으로 이마부터 두 뺨까지 주근깨로 덮
여 있었다. d는 박조배의 어린 시절을 떠올렸다. 그 얼굴
에서 약간 길어졌을 뿐 거의 그대로인 것처럼 보였다. 오
른손 검지가 안쪽으로 조금 굽어 있었는데 침묵할 때마다
왼손으로 검지를 비트는 버릇 때문인 것 같았다. 내 룸메
이트들…… 박조배가 말했다. 걔들도 어떤 면에서는 나를
물었다고 할 수 있지. 걔들은 수사들에게 내 사생활을 일

러바치고 나하고 같은 방을 쓰기 싫다고 돌아가면서 불평을 했어. 내가 자꾸 자기들에게…… 혁명 이야기를 한다고 뒷담화를 하고 다녔다. 정신 나간 놈마냥 걸핏하면 정치 얘기에, 혁명이 일어나야 한다며 자기들을 괴롭힌다고……

혁명에 관심이 있느냐고 d는 물었다. 박조배는 깍두기를 젓가락으로 집어 먹으며, 혁명가들을 좋아했다고 말했다. 세계를 바꿀 수 있다는 믿음을 가졌던 사람들이고 그 믿음에 따라 바꾸려고 했거나 정말 바꿔버렸던 사람들이었기 때문에. 진짜 감탄스럽지…… 특히 전간기와 2차대전 이후의 예술가들에게 관심이 많았어. 더는 근본도 없고 존나 바닥도 없던 시대에 혁명적 예술가들이 그것을 음…… 그 존나 없음을 어떻게 극복했는지 되게 궁금했거든……

박조배와 d는 국숫집을 나와 소공로를 바라보며 잠시 서 있었다. 오가는 차량 없이 도로는 거의 비어 있었다. d가 그때까지 가지고 있던 책을 내밀자 박조배는 그것을 물끄러미 내려다보고 있다가 돌려주지 않아도 괜찮다고 말했다.

너 가져.

그래도 되냐.

나는 이제 그런 건 읽지 않는다. 남의 나라 혁명사를 무용담처럼 읽어봤자……

박조배는 스포츠백을 고쳐 메면서 자신은 광화문 쪽으로 갈 거라며 너는 어디로 가느냐고 d에게 물었다. d는 광화문 동화면세점 앞에서 버스를 타면 방으로 돌아갈 수 있었다. 그러면 같이 갈까? 박조배가 말했다. 그들은 플라자호텔 쪽으로 걷기 시작했다.

플라자호텔 측면으로 소공로를 빠져나가자 서울광장이었다. 시청 삼거리 방향으로 거대한 무대가 설치되어 있었고 많은 사람들이 잔디 위를 서성이고 있었다. 그들은 무대 앞을 떠나 세종대로로 이동하는 중이었다. 무대 위쪽에 모형 배 한척이 조명을 받고 떠 있었다. 아래쪽이 파랗고 위쪽이 흰 그 배를 d는 알아보았다. 오늘이 1주기라고 박조배는 말했다. 그 배가 가라앉은 지 일년이 되는 날. 추모 행사가 있다는 것은 알고 있었는데 저녁 장사를 완전히 놓을 수는 없어 광화문 분향소에나 가자고 마음먹고 있었다고, 네가 온 덕분에 조금 일찍 나왔다고 박조배는 말했다. d는 국화를 들고 걸어가는 사람들을 보았다. 깃대에 달린 커다란 깃발 수십개가 그들의 머리 위에 있었다. 소풍을 나온 것처럼 돗자리와 배낭을 가지고 있는 사람들도 있었고 근처 빌딩에서 바로 쏟아져 나온 듯한 직장인들도 있었다. 세종대로엔 이미 차량이 통제되어 있었고 많은 사람들이 도로를 통해 광화문 방향으로 걷고 있었다. 박조배와 d는 그들의 뒤를 따라갔다. 광화문으로 다가갈수록 사람이 늘었고 흐름이 느려졌다. 청계광장 교차로에 이른 박조배와 d는 거기까지 걸어간 사람들이 서 있는 것을 보았다. 파란색 폴리스라인을 두른 차벽이 세종대로를 가로막고 있었다. 도로는 젖어 있었고 우비를 입거나 우산을 펼친 사람들이 길을 트라고 외치고 있었다. 매캐한 냄새가 났다. 목의 점막을 따갑게 자극하는 입자가 공기에 섞여 있었다. d는 트럭 위에서 차벽 너머로 사람들을 내려다보고 있는 둥근 헬멧들을 보았다. 광화문 쪽으로는 건너갈 수 없었다.

박조배는 전철역을 통해 광화문으로 건너가고자 했으나 지상에서 지하로 내려가는 입구가 막혀 있었다. 형광 녹색 덧옷을 입고 헬멧을 쓴 전투경찰들이 계단을 메우고

서 있었다. 전철역 안에서 위로 올라오지 못하는 사람들
과 지상에서 전철역으로 내려가지 못하는 사람들이 경찰
에게 항의하고 있었으나 대답도 움직임도 없었다. 버스정
류장은 경찰버스로 가로막혀 쓸모없게 되어 있었다. 이제
어떻게 할까…… 역으로 내려가는 계단 끝에서 회색 배낭
을 멘 남자가 아이 씨발 집에는 가야 할 것 아니냐고 항의
하고 있었다. 박조배와 d는 시민들의 통행을 막지 말라고
외치는 사람들 뒤에 서 있었다. 어떡할 테냐고 박조배가
물었다. d는 걸어서 한강을 넘어갈 수도 있다고 대답했다.
그럼 지금 갈 테냐고 박조배가 물었다. d는 얼른 대답하지
못했다. 파이낸스센터 앞이 소란스러웠다. 청계천로 방향
으로 깃발과 사람들이 이동하고 있었다.

자 나랑 좀 걷자…… 박조배가 말했다.

내가 이탈리아를 떠날 무렵에…… 그 무렵에 이탈리아
는 총선 중이었거든. 선거 내내 내가 이탈리아 친구들에
게 말했다. 베를루스꼬니가 당선되면 끝이다…… 수차례
얘기했는데도 제대로 듣는 놈이 없더라. 나는 결과를 보
지 못하고 한국으로 돌아왔다. 뭐 왜긴 왜냐 돈이 없어서

지…… 2008년 이탈리아 총선에서 이탈리아의 거부이자 포르짜 이탈리아당의 창당 멤버인 씰비오 베를루스꼬니가 승리해 네번째로 총리직에 올랐을 때…… 그때에 내가 이탈리아의 친구들에게, 예전 룸메이트들에게 일일이 전화를 걸었다. 내가 뭐라고 했느냐면…… 너희는 이제 끝장났다, 어 이제 두고 보라고…… 진짜 두고 보라고. 베를루스꼬니는 대강 말하자면…… 이명박 같은 놈이었다. 여기는 이명박이었고, 거기는 이제 베를루스꼬니였지. 너네랑 우리는 똑같다고 내가 말했다. 이제 보라고 똑같은 꼴로 망할 거라고. 내가 그렇게 경고를 했는데 그 씹새끼들은 아 제발, 그게 다였지. 나를 내버려둬 병신아, 그게 다였어. 그래서 어떻게 됐는지를 봐라. 걔들은 망했지. 우리는 어…… 나는 그때가 최악일 거라고 생각했다……

박조배는 청계천로를 통해 종로로 우회할 작정이었고 종로를 통해 광화문으로 갈 생각이라고 말했으나 청계천로를 따라 이미 경찰버스들이 늘어서 있었다. 모든 버스들이 시동을 건 채 대기하고 있었고 그 배기가스로 청계천 인근의 공기가 몹시 탁했다. 박조배와 d는 모전교 부근에서 조금 넓게 벌어진 틈을 발견했으나 틈 사이로 헬멧

124

을 쓴 경찰들이 빽빽하게 대기하고 있는 것을 보고 조금 더 걷기로 했다. 뒤에서 밀려오는 사람들을 헤치고 되돌아갈 수도 없었으므로 경찰버스들로 이루어진 흰 벽을 왼편에 두고 좁은 보도를 따라 걸어갈 수밖에 없었다. 평화 행진을 보장하라는 구호가 반복되었다. 청계천을 건넌 쪽에서도 많은 사람과 깃발들이 이동하고 있었다. 박조배는 예전엔 음반을 팔았지만 최근엔 양말 위주로 장사를 하고 있다고 말했다. 너도 알다시피…… 요즘 사람들은 CD로 음악을 듣지는 않잖아. 중국인이나 일본인이 아이돌 음반을 가끔 사 가지만 그래도 압도적으로는 양말이다…… 아이돌 얼굴하고 동물 캐릭터가 그려진 양말이 잘 팔린다고 박조배는 말했다. 박조배의 운동화끈이 자꾸 풀어졌고 그때마다 박조배와 d는 청계천 철책 쪽으로 비켜섰다. 세번째로 끈이 풀어졌을 때 d는 손을 내밀어 박조배의 스포츠백을 받았다. 박조배가 발등 위로 조금 조급하게 매듭을 묶는 동안 d는 박조배의 스포츠백을 어깨에 걸고 있었다. 무거워 보였는데 보이는 것보다도 훨씬 무거웠다. 박조배가 숨을 들이마시며 등을 펴고 일어났다. 스포츠백을 도로 내주며 d는 가방이 왜 이렇게 무겁냐고 물었다. 박조배는 스포츠백을 툭툭 두드리며 이 가방에 전재산이 있다고 말했다. 개인적인 수집품이지만 견본으로 매대에 올리기도 하는 희귀한 음반 몇장, 현금과 금목걸이, 요즘 읽는 책, 속옷과 세면도구. 물과 에너지바도 있으니 유사시에 나는 이 가방만 챙기면 된다고, 여기 든 것으로 며칠은 버틸 수 있다고 박조배는 말했다.

유사시라면 예컨대?

전쟁이나 방사능 유출이지.

d와 박조배는 속도가 느려진 인파와 더불어 잠시 서 있다가 다시 천천히 이동했다. 박조배는 조금 전에 묶은 매듭이 다시 헐거워지지는 않았는지 살피며 걷고 있었다. 여기 사람들은 그런 일들이 아주 일어나지 않을 것처럼 굴지만, 그런 일들은 그렇게 벌어진다고 박조배는 말했다. 불시에 어…… 사람들이 방심하고 있을 때. 그러면 사람은 증발하고 그들의 방과 물건들이 남는다. 유럽에서는 지금도 오래된 빌라에서 그런 방들이 발견되고는 한다. 내가 이탈리아에 있을 때…… 빠리나 런던 어딘가에서 그런 방이 발견되었다는 뉴스를 가끔 보았다고 박조배는 말했다. 전쟁 때 떠난 사람이 돌아오지 않아 칠십년 동안 문

이 닫힌 채로 방치되어 있다가 발견되는 방들. 그런 방에 남은 사물들은 그 자체가 유령인 것처럼 보여. 뚜껑 열린 향수병과 분첩이 놓인 화장대, 박제된 타조의 등 위로 급하게 던져진 숄…… 마지막으로 차를 마신 흔적이 그대로 남은 탁자나 불 꺼진 난로 앞으로 내던져진 장화, 그런 것들은 어떤 순간의 직전이라는 것을 생각하게 만들고…… 그 순간까지 그 방에 머물던 사람이 어딘가에서 영영 증발했다는 것을 말해주는데 그 증발의 순간이 아주 갑자기,라는 것을 보여준다고 박조배는 말했다. 그들은 광통교를 지나 광교 사거리에서 왼쪽 길로 접어들려고 했으나 우정국로 역시 경찰버스로 가로막혀 있었다. 헬멧을 쓰고 방패를 든 경찰들이 버스 앞에 서 있었고 정장을 입은 사람들이 버스 너머를 가리켜 보이며 우리 목적지가 바로 저 앞의 펍인데 여기를 이렇게 왜 막고 있느냐고 따지고 있었다. 박조배와 d는 잠시 그 광경을 지켜보다가 조금 더 걸어갔다. 보신각 방향으로 이어진 종로8길이 막혀 있었고 종로10길도 헬멧을 쓴 경찰들로 꽉 막혀 있었다. 어디까지 막힌 거냐…… 우리가 아무래도 이 길에 갇힌 것 같다고 박조배가 말했다. 전경버스들이 뿜어내는 매연 때문에 박조배는 계속 기침을 했다.

종로12길까지 막힌 것을 보고 박조배와 d는 청계천으로 내려갔다. 매연을 피해 내려간 것인데 매연은 벌써 청계천 바닥으로 내려가 고여 있었다. 좆도…… 괜히 내려왔다고 불평하면서도 박조배는 어딘지 신이 나 있었다. 바닥에 거품이 섞인 침을 뱉고 스포츠백을 등 뒤로 넘기고 두 손을 바지주머니에 넣은 채 성큼성큼 걸었다. 달도 별도 없었으나 환한 밤이었다. 청계천은 검게 반짝거리며 동대문 방향으로 흘렀고 이제 막 잎을 낸 버드나무와 꽃을 피운 벚나무가 조명을 받고 아름답게 그늘져 있었다. 청계천 건너편에서 깃발과 함께 이동하는 사람들이 구호를 외쳤다.

시행령을 폐기하라.

시행령을 폐기하라.

박근혜는 물러나라.

세월호를 인양하라.

이제 막 당도한 경찰들이 장통교를 꾸역꾸역 채우기 시작했다. 종로 방향으로 가려던 사람들과 경찰들이 장통교 위에서 만났다. 박조배와 d는 걸음을 멈추고 장통교를 올려다보았다. 방패와 헬멧들이 가로등 불빛을 받고 번쩍였다. 고함과 비명이 이어졌다. 밀고 밀리는 발소리와 몸싸움으로 장통교가 소란스러웠다.

조짐은 늘 있다고 박조배가 말했다.

조짐?

d는 박조배를 돌아보았다. 매연 때문에 눈이 몹시 뻑뻑했다. 유사시라는 말은 비상한 일이 벌어지는 때라는 뜻인데 비상한 일은 늘 일상에서 조짐을 보이게 마련이라고 박조배는 말했다. 갑자기……라는 것은 실은 그다지 갑자기는 아니라는 이야기였다.

불시에……라는 것은 내 생각에…… 우리가 모르는 척을 하고 있었다는 것을 의미할 뿐이다. 우리 일상을 말이다. 일상에 조짐이 다 있잖아. 전쟁을 봐라. 맥락 없는 전쟁이 없고…… 방사능도 마찬가지, 원전이라는 조짐이 있으니까 유출도 있는 거잖아. 지금도 그렇다. 내게는 언제나 지금이 그래…… 지금은 꼭 전간기 같다. 1차대전과 2차대전, 두개의 거대 전쟁 사이엔 조짐이 아주 충만했지. 그런 조짐을 느껴. 세계가 곧 한번 더 망할 것이라는 예감이 있는데 그게 굉장히 확실하다. 또 망할 것 같고 이번이 되게 결정적일 것 같다는…… 그런 예감이 있어. 너 전간기 예술가들의 작업을 봐라. 특히 음악 하는 사람들, 클래식 재즈 할 것 없이…… 종말을 앞둔 사람들처럼 노래하고 연주를 해. 그들은 확실히 뭔가를 느낀 거라고 나는 생각한다. 말하자면 내가 지금 느끼는 것, 대기 속에서 다가오는 재앙을. 나는 지금이 그때와 비슷하다고 생각해…… 한마디로, 직전이고…… 그래서 이런 광경이 차라리 낫다고 생각한다며 박조배는 장통교에서 벌어지는 광경을 턱으로 가리켜 보였다.

이 상황을 봐라. 얼마나 투명하고…… 얼마나 좆같냐. 그리고 그 좆같음이 눈에 보이잖아? 그냥 조용히 아닌 척하고 망해가는 것보다는 낫다고 나는 생각한다……

수표교에서 박조배와 d는 도로로 올라가려고 했으나 청계천에서 도로로 올라가는 좁은 계단이 경찰들로 막혀 있었다. 박조배와 d처럼 청계천으로 내려왔던 사람들이 철제 난간이 달린 계단에서 경찰들에게 화를 내고 있었지만 경찰들은 대답을 하지 않았고 길을 터줄 조짐도 보이지 않았다. 계단 위쪽의 상황을 지켜보던 여성이 마지막 단에 털썩 앉아 구두를 벗은 뒤 스타킹을 신은 종아리를 주물렀다. 몇사람이 청계천 측벽으로 풀쩍 뛰어 철쭉이 자라는 화단 위로 기어오르기 시작했다. 박조배와 d도 나뭇가지를 쥐고 화단에 오른 뒤 철책을 넘었다. 그들은 수표교 근처에서 막히지 않은 샛길을 발견하고 그 길을 통해 종로로 나갔다. 종로3가역이었다. d는 퇴근한 지 두시간 만에 세운상가 근처로 돌아왔다는 것을 알았다.

종로2가 사거리에서 그들은 보신각 방향으로 길을 건넜다. 종로2가는 다른 날과 다름없이 평온하고 번화했다. 금강제화, 유니클로, 지오다노, 귀금속 도매상가 모두 환하게 조명을 밝혀두고 영업을 하고 있었다. 조금 전에 술자리를 마쳤거나 2차를 가려는 사람들이 시큼한 냄새를 풍기며 거리를 걷고 있었고 잡화점이나 봄 특선 메뉴를 파는 음식점들은 투명한 문을 열고 음악을 틀어두고 있었다. 공기에 KFC의 닭튀김 냄새가 배어 있었다. 도로는 거의 비었고 청계천을 빠져나온 사람들이 점점이 광화문 방향으로 걷고 있었다. 경찰이 호각을 불며 도로에 남은 차들을 동대문 쪽으로 돌려보내고 있었다. 박조배와 d는 취한 사람들과 데이트를 하러 나온 연인과 봄을 맞아 겨울

외투를 벗고 나온 사람들 틈에서 걸었다. 보신각 근처로 갈수록 보도는 한산해졌다. 종각을 지나면서 그들은 도로로 내려갔다. 양쪽 보도는 경찰버스와 병력으로 막혀 있었다. 박조배와 d는 차량 통행이 완전히 사라진 도로를 걸어 세종대로 사거리에 이르렀다.

그곳에 당도해서야 그들은 그들이 청계광장 쪽에서 목격한 차벽 뒤로 몇겹의 벽이 더 있었음을 알았다. 북쪽과 남쪽을 잇는 세종대로는 두겹의 차벽으로 가로막혀 북쪽으로도 남쪽으로도 갈 수 없게 되어 있었다. d는 오가는 차도 행인도 없이 넓은 도로가 깨끗하게 비어 있는 것을 보았다. 국화를 쥔 젊은 여성과 남성이 차벽 사이를 들여다보며 광화문광장 쪽으로 나갈 틈을 찾고 있었다. d는 그들이 틈을 찾아내지 못하고 달각거리는 발소리를 내며 종각 쪽으로 점점 이동하는 것을 지켜보았다. 세종대로 사거리는 두개의 긴 벽을 사이에 둔 공간空間이 되어 있었다. 고요하게 정지되어 있어 진공이나 다름없었다. 사십여분 전에 박조배와 d가 머물고 있던 청계광장 쪽에서 함성이 들려왔다. 이제 어떻게 할까. d는 경찰버스 너머로 솟은 이순신 장군 동상을 바라보았다. 저 소리는 이 간격을, 이 진공을 도저히 통과하지 못할 것이라고 생각했다. 조배야 이것이 혁명이로구나. d는 생각했다. 우리는 우회한 것이 아니고 저 차벽이 만들어낸 흐름을 충실하게 따라 찌꺼기처럼 여기 도착했구나. 혁명은 이미 도래했고 이것이 그것 아니냐고 d는 생각했다. 혁명을 거의 가능하지 않도록 하는 혁명…… 격벽을 발명해낸 사람들이 만들어낸 혁명…… 밤공기가 싸늘했다.

박조배는 바지주머니에 손을 넣고 서서 교보빌딩을 바라보고 있었다.

너 저기가 이 도시의 1번지라는 것을 아느냐고 박조배가 말했다.

9

비상한 일이 벌어지는 때.

d는 그 말을 생각할 때마다 작은 유백색 단지를 생각했다. dd의 뼛가루를 담은 유골단지. 그것을 본 지도 일년이 넘었으나 생각하는 것만으로도 그것은 d의 손안에 있었다.

두 손 안에. 그리고 그것이 매우 미지근할 거라는 생각을 하는 것만으로도 고통스러워 d는 눈을 감았다. 그 몸이 모두 그 작고 단순한 단지 안에 담겼다는 것을 생각하는 것만으로도. d에게는 박조배의 배낭 같은 것이 필요 없었다. 비상한 일이 벌어지는 때……라는 것이 따로 있을까? 그것이 따로 있다면, 이렇게 끝날 조짐도 없이 계속 이어지고 있을 리가 없었다. 그렇다. 이어지고 있다. 조짐도 무엇도 없이 이것은 이렇게 이어진다. 박조배는 금방이라도 세계가 망할 것처럼 이야기했으나 d는 의아했다. 망한다고?

왜 망해.

내내 이어질 것이다. 더는 아름답지 않고 솔직하지도 않은, 삶이. 거기엔 망함조차 없고…… 그냥 다만 적나라한 채 이어질 뿐. 버스가 커브를 돌아 정류장에 섰다. d는 버스에서 내려 낡은 아파트단지로 들어갔다. 사과와 딸기를 샀다. 이승근과 고경자를 보러 가는 길이었다. 이승근은 서너해 전에 통풍을 이유로 목수를 그만두었다. 그는 부천에 그의 명의로 허름한 집을 한채 가지고 있었고 지금은 그 집에서 나오는 월세 수입으로 생활하고 있었다. 그

의 집에서는 이제 목수의 흔적을 조금도 찾아볼 수 없었
고 그의 아내인 고경자는 극심한 우울증을 앓고 있었다.
이승근과 고경자와 d는 거실 소파에 앉아 사과와 딸기를
먹었다. 이승근은 거의 일년 만에 나타난 d에게 친절하게
굴려고 노력하다가도 갑자기 입을 다물었고 모든 것에 정
나미가 떨어진 사람처럼 냉담해졌다. 그는 자신의 세입자
들이 요즘 월세를 제때에 지불하지 않는다고 말했다. 생
활비가 부족하다. 이승근이 d를 책망하듯 말했다. 고경자
는 줄곧 접시 가장자리를 노려보며 딸기를 먹고 있었다.
d는 그녀가 한쪽 발에만 실내용 슬리퍼를 신은 것을 보았
다. 녹색 줄무늬가 있는 소프트 슬리퍼였다. 그녀가 한동
안 바가지에 밥을 담아 먹었다는 것을 d는 알고 있었다.
그것도 자신의 먹을 것을 감추는 것처럼, 밥상 아래 바가
지를 두고 다리 사이에 끼우고 힘껏 비벼 먹었다. d는 어
느날 그것을 목격했고 왜 그렇게 먹느냐고 물었다. 아버
지와 내 밥은 밥그릇에 담아주고 왜 본인의 밥은 바가지
에 넣어서 바닥에 두고 아무렇게나 비벼 먹느냐고. 고경
자는 몹시 당황하면서, 이렇게 먹으니까 좋다고, 너도 이
렇게 먹어보라고 우리 이렇게 먹자고 하면서 호소하듯 이

런 말을 덧붙였다.

옛날 생각하면서.

언제적 옛날을 말하는 것이냐고 d가 묻자 고경자는 그것을 새삼 왜 묻느냐는 듯 d를 바라보았다. 어렸을 때······ 이렇게 먹었다고 그녀는 말했다. 고경자가 친척의 집에서 식모로 자랐다는 사실은 d도 조금씩 들어 아는 일이었다. 그녀의 부모는 황해도 전쟁난민 출신으로 경기도 강화에 정착한 뒤로 별다른 기술도 재산도 없이 품팔이로 먹고살았는데, 아들을 하나, 딸을 둘 낳았다가 장녀를 폐결핵으로 잃었다. 고경자는 이들 남매 중에서 막내로 자라다가 고등교육을 받게 해주겠다는 약속을 받고 포목점을 하는 친척에게 맡겨졌으나 고등교육은커녕 공부는 일절 없었고 식모로 지내면서 친척 내외와 사촌들이 먹고 남긴 반찬들을 바가지에 모아 밥과 비벼 먹는 생활을 했다. 너의 할아버지와 할머니는 살림이 너무 가난해 그녀를 친척에게 보낼 수밖에 없었다고 했지만 아들은 두고 딸을 보냈어. 가난 탓을 했지만 근본적으로는 그녀가 계집아이였기 때문이야. 그들은 식비를 줄이고 오히려 생활비를 보태는 노동을 하는 데 아들을 보내는 대신 딸을 보냈고 그 선

택에는 아마…… 조금의 망설임도 후회도 없었을 거라는
게 고경자의 어린 시절을 d에게 전해들은 dd의 생각이었
다는 것을…… d는 떠올리면서 고경자가 먹고 남긴 딸기
꼭지를 바라보았다. 그 옛날의 무엇을 어머니는 그 정도
로 애타게 그리워했을까. 바가지에 밥을 비비며 꼬마 시
절의 자신을 흉내 낼 정도로 옛날, 거기엔 특별한 무엇이
있었는지도 모르겠다고 d는 생각했다. 거기엔 무엇이 있
고 무엇이 없나. 꼬마 고경자가 있고, 현재의 고경자가 없
지…… 어머니가 요즘도 밥을 비벼 먹느냐고 d는 물었다.
이승근은 고개를 끄덕였다. 그녀가 밥을 잘 먹는다, 아주
잘 먹는다는 것이 그의 대답이었다.

d는 세시간가량 그 집에 머물다가 일어났다. 고경자는 소
파에 누워 잠들었고 이승근이 현관에서 d를 배웅했다.
d는 아버지의 바지에 밴 지린내를 맡았다. 실내 구석구석
에 부부의 배설물 냄새가 배어 있었다. d는 전에도 이 공
간에서 아버지와 어머니의, 뒤섞였으면서도 각자 구별
되는 냄새를 맡았고 그들이 그 냄새를 모를 리 없다고 생
각했으며 서로에게 호감을 가지고 있지도 않은 두 사람
이 상대의 냄새를 견디며 같은 공간을 나눠 쓰는 것에 관

해 생각하느라고 어머니나 아버지의 말을 건성으로 듣고
는 했던 것을 떠올렸다. 신발장이 현관에 놓여 있었고 그
컴컴한 궤짝에 든 사물들의 냄새가 났다. d는 그 속에 낡
은 구두와 운동화와 누구도 신지 않는 남성용 여성용 샌
들 같은 것들이 저절로 납작하게 눌린 채 엎치락뒤치락
놓여 있다는 것을 알고 있었다. 이렇게 뒤죽박죽으로 섞
인 채…… 조금씩 부서지고 있는 이승근과 고경자의 삶을
d는 생각했고 dd가 살았다면, 그래서 그들 공동의 삶이
계속되었더라면, 자신과 dd도 마침내 이런 광경에 도달
하게 되었을지를 생각해보았다. 잔혹한 광경이었다. 보잘
것없고 혐오스러웠다. 그러나 그것은 동시에 얼마나 아름
다울까. dd와 더불어 삶에 권태롭게 되는 것. 두 사람 각
자와 공동의 사물에 둘러싸인 채 조금씩 닳아 사라져가는
것. 삶이 없고, 닳아 없어질 물리적 형태도 없으므로 dd에
게는 내내 도래하지 않을 광경이었다. 그러나 나에게는
그것이 올 것이다. d는 현관에 서서 이승근의 얼굴을 바라
보며 그것을 깨달았다. 권태, 환멸, 한조각의 정나미도 남
지 않은 삶. 이와 같은 얼굴이 나에게 올 것이고, 나는 혼
자 그것을 감당해야 할 것이다……

d가 현관에서 한참 움직이지 않자 센서등이 꺼졌다. 이승근이 d를 향해 너의 애인은 왜 함께 오지 않았느냐고 물었다.

그러게요, d는 생각했다.

나의 사랑하는 사람은 왜 함께 오지 않았나.

모르겠다고 d는 대답하려고 했으나 말이 나오지 않았다. 말을 하려니 입에 힘이 들어가고 턱이 벌어지지 않았다. 아마도 웃는 얼굴이 되었을 거라고 d는 생각했다. 귀가 딱딱하게 뒤로 젖혀지고 입이 당기고 턱이 굳고 눈도 좁아졌다. 이것이 웃음일까? d는 생각했다. 지금 내 얼굴의 상태, 이 불편한 구겨짐, 이것이 웃음일까? 그런데 뭐가 웃겼지? 아버지의 질문이 웃겼나? 명치가 간질거렸다. d는 폭소를 터뜨릴 것 같아 입을 다물었다. 모르겠다고 d는 대답할 수도 있었다. 모르겠는데 실은 모르지 않아서 모르겠다고 말할 수밖에 없다고. 나의 사랑하는 사람이 왜 함께 오지 않았는가…… 왜냐하면 너무 하찮기 때문이라고. 나도 dd도 그리고 당신도. 우리가 너무 하찮아서, 충돌 한 번에 내동댕이쳐질 수 있기 때문이라고.

–

5월도 중순을 넘어설 무렵 상가에서 노인이 죽은 채로 발견되었다는 소문이 돌았다. 창고나 빈방이 많아 인적이 드문 꼭대기 층에 방을 몇년째 빌려 누구도 모르게 드나들며 생활하던 노인이었는데 상가를 관리하는 수위에게 발견되어 무연고 시신으로 실려 갔다는 소문이었다. 그 노인의 성이 윤씨라는 이야기를 들은 여소녀가 5층 관리실로 찾아가 죽었다는 사람의 이름을 물었으나 이 상가에서 그렇게 죽은 사람은 없고 괜한 소문일 뿐이며 단지 소문인 이야기로 바쁜 사람들을 성가시게 하지 말라는 핀잔을 들었을 뿐이었다. d가 일을 마치고 수리실로 올라갔을 때 여소녀는 작업대 앞에 놓인 의자를 짓누르듯 앉아 앰프를 들여다보며 생각에 잠겨 있었다.

d는 dd의 음반 중에서 한장을 골라 턴테이블에 얹었다. 배낭을 바닥에 내리고 의자에 앉았다.

음악을 들었다.

종일 짐을 나르고 계단을 오르내리는 데 동원된 근육과 관절들이 툭, 툭, 소리를 내며 늘어졌다.

오전부터 내내 비가 내리고 있었다. 검은 먼지로 덮인 창은 닫혀 있었고 밤이 되도록 그치지 않은 빗줄기 때문에 종로 쪽 불빛들이 번져 보였다. 여소녀는 테스터 바늘로 기판의 상태를 확인했다. 탄 것들은 완전히 죽었고 아래쪽에도 흐름이 시원치 않은 콘덴서가 있었다. 더는 생산되지 않는 부품들이었지만 다른 기계에서 떼어낸 비교적 멀쩡한 것을 여소녀가 몇개 가지고 있었다. 여소녀는 인두를 쥐고 새카맣게 탄 저항들 주변의 납을 녹였다. 죽은 것과 수상한 것을 떼어내고 부품을 새로 붙인 뒤 납땜으로 고정했다. 납 연기가 작업대 위에 자욱하게 고였다. 여소녀는 창을 열었다. 공기가 순식간에 뒤섞였다. 앰프를 뒤집어 바로 하려다가 너무 묵직한데다 작업대 위의 공간이 애매해 d에게 도움을 구했다. d가 오디오를 끄고 작업대 앞으로 와서 거들었다. 앰프를 90도로 세웠다가 바로 눕혔고, 빼두었던 진공관들을 제자리에 꽂았다. 전원을 켜자 진공관 다섯개에 연하고 어둑하게 불이 들어왔다. 여소녀는 진공관들이 예열을 마칠 때까지 기다렸다가 라디오 다이얼을 이리저리 돌렸다. 자이언티의 「꺼내 먹어요」, 전직 개그맨이 이십대 남성을 성추행한 혐의로 구속되었고, 미워하는 미워하는 미워하는 마음 없이 아낌없이 아낌없이, 두 명의 환자가 한국에서는 처음으로 중동호흡기증후군 확진 판정을 받았습니다 세 명은 격리, 일본의 국민걸그룹 AKB48의 총선거 열풍이 대단하며, 강변북로에서 트럭과 택시 추돌사고로 양방향 지체…… 어째서 앰프에 전구가 달려 있느냐고 d는 물었다.

전구?

진공관은 전구가 아니라고 여소녀는 말했다. 구조가 다르고 역할도 다르다. 전구는 소리하고는 아무런 관련이 없지만, 진공관은 소리를 좌우한다고 그는 말했다. 정류와 증폭이라고…… 들어봤나? 정류는 산만하게 흩어진 것을 한 방향으로 흐르게 하는 것이고, 증폭은 신호의 진폭을 늘리는 것인데 말이야, 이 앰프에서 그걸 하는 게 애네들이야. 이게 제대로 켜져야 이 앰프가 사는 것이고, 모든 게 제대로 흐르는 거라고.

여소녀는 날이 종일 궂어 몸이 다 구겨진 것 같다며 기지개를 켜고 하품을 했다. d가 진공관에서 눈을 떼지 못하고 있는 것을 보더니 들어볼 테냐며 다이얼을 조절해 가장 깨끗한 소리가 나오는 채널을 잡았다. d는 선 채로 브

람스의 「사포의 송가Sapphische Ode op. 94-4」를 들었다.

어떠냐 다르냐.

모르겠어요.

들어봐.

……다른 것 같기도 하고.

그래?

d는 소리가 좀 다른 것 같다고 대답했다.

다르냐? 다르게 들리냐?

즐거운 기색으로 묻는 여소녀에게 이게 더 좋은 것이냐고 묻자 그는 바지주머니에 손을 넣으며 그건 모르지,라고 대답했다.

예전엔 TR이 없었으니까 이런 걸 달았지. 진공관은 다루기 힘들고 깨지기 쉬우니까 실리콘이 발명되고 나온 것이 TR인데…… TR을 뭉친 것이 IC고…… 집적회로라고도 하지. 그러니까 이 기계는 TR이나 IC가 발명되기 전에 나온 빈티지란 말이야. 지금 세상은 모든 게 빨라서 TR 앰프도 빈티지가 되고 있는 상황이지만…… TR에는 진공관에 있는 낭만이 없다고 말하는 사람도 있어. 하지만 힘이 좋다고 TR을 더 좋아하는 사람들도 있고, 그 이유로 그걸 싫어하고 이걸 좋아하는 사람도 있지. 어느 쪽이 더 좋다고 말하기는 애매해.

여소녀가 다시 다이얼을 돌렸고 그들은 엘라 피츠제럴드가 부르는 「블루 문」Blue Moon을 들었다. d는 눈을 뗄 수가 없어 진공관을 바라보았다. 너무 쉽게 깨지거나 터질 수 있는 사물. 그 진공을 통과한 소리들에도 잡음이 섞여 있었다. d는 위태로워 보일 정도로 얇은 유리 껍질 속 진공을 들여다보며 수일 전 박조배와 머물렀던 공간을 생각했다. 그 진공을. 그것은 넓고 어둡고 고요하게 정지해 있었으나 이 작고 사소한 진공은 흐르는 빛과 신호로 채워져 있었다. d는 다시 세종대로 사거리에서 느꼈던 진공을 생각하고, 문득 흐름이 사라진 그 공간과 그 너머, 거기 머물고 있는 사람들을 생각했다. 그들과 d에게는 같은 것이 거의 없었다. 다른 장소, 다른 삶, 다른 죽음을 겪은 사람들. 그들은 애인愛人을 잃었고 나도 애인을 잃었다. 그들이 싸우고 있다는 것을 d는 생각했다. 그 사람들은 무엇에 저항하고 있나. 하찮음에 하찮음에.

나의 사랑하는 사람은 왜 함께 오지 않았나.

너의 오디오가 이제 좀 특별해졌느냐고 여소녀는 물었다. 같은 모델이라도, 그 기기를 다룬 사람에 따라 소리가 다르다고 여소녀는 말했다. 세상에 그거 한대뿐이니까, 빈티지를 고치려는 사람들은 고친다고 말하지 않는다. 살린다고 말하지.

눅눅한 바람이 수리실 안으로 불어 들었다. 비가 들이치자 여소녀는 창을 닫았다. 거무스름하게 그을린 유리 벌브 속에 불빛이 있었다. d는 무심코 손을 내밀어 그 투명한 구瑗를 잡아보았다. 섬뜩한 열을 느끼고 손을 뗐다.

쓰라렸다.

d는 놀라 진공관을 바라보았다. 이미 손을 뗐는데도 그 얇고 뜨거운 유리막이 달라붙어 있는 듯했다. 통증은 피부를 뚫고 들어온 가시처럼 집요하게 남아 있었다. 우습게 보지 말라고 여소녀가 말했다. 그것이 무척 뜨거우니, 조심을 하라고.

모두가 돌아갈 무렵엔 우산이 필요하다.

―「디디의 우산」(『파씨의 입문』, 2012)

아무것도 말할 필요가 없다

1

정오가 지났다. 모두 잠들었다. 지난밤 잠을 설쳤기 때문에 어쩔 수 없었을 것이다. 그렇다고는 해도 신비한 오후다. 이런 시각에 이 집에 모여 자고 있다. 모두 모여 있는데 이 정도로 조용하다. 이런 일이 다시 있을까.

컵과 접시를 치우고 식탁을 닦는다. 다 닦고 나면 의자에 옮겨두었던 책과 노트북을 식탁에 올릴 것이다. 이 식탁은 거실에 놓여 있다. 물기에 비교적 강하다는 목재로 만들어졌고 밝은 갈색이다. 사각 상판을 흔들림 없이 버티는 데 딱 알맞은 굵기의 다리가 달려 식탁으로도 책상으로도 손색이 없지만 조금 무른 편이다. 포크로 누르거나

도자기 그릇을 좀 세게 내려놓는 것만으로도, 책 모서리로도 자국이 남는다. 그런 자국이 이미 많고 꾸준히 늘고 있다. 김소리는 이 식탁의 질감이 뭔가 뻔뻔한 느낌이며 자국도 많이 생겨 좋지 않다고 불평하곤 하지만 나는 이 자국들 위로 책이나 노트북을 펼치는 것이 좋다. 여기서 작업한다. 틈날 때마다 소설을 쓰려고 노력한다. 이야기 한편을 완성하려고.

내게는 단편이 되다 만 열한개의 원고와 장편이 되다 만 한개의 원고가 있다. 어느 것도 완성하지 못했다. 나는 내 데스크톱에 폴더를 만들고 거기에 그 원고들을 담아두었다. 열두개의 원고. 모두 미완이므로 종합 열두번의 시도, 그 흔적들이라고 말하는 것이 정확할지도 모르겠다. 나는 매번 그 이야기를 하려고 노력했다. 단 한가지 이야기.

누구도 죽지 않는 이야기를.

완주完走라는 제목으로 이야기 한편을 쓸 수 있을까.

어째서 네 글엔 죽거나 죽어가거나 죽은 것처럼 보이는 사람들이 계속 등장하는가. 오래전에 누군가 내게 그것을 물은 뒤 다정多情이 내 이야기에 도움이 될지도 모른다고 조언한 적이 있었다. 일주일에 한번씩 참가비로 만원을 지불하고 서로 소설을 읽어주는 온라인 모임에서 들은 조언이었다. 인물들에게 즉 사람들에게, 좀더 사랑을 품어보라. 가끔 그것을 생각해볼 때가 있다. 다정이 나의 문제일 수 있을까. 그것이 내게 부족해 자꾸 죽음이 등장하는 것이며 이야기가 매번 중단되는 것일까.

도대체 다른 사람들은 이야기를 어떻게 끝내는 것일까. 그 이야기가 거기서 끝난다는 것을 그들은 어떻게 알까. 다른 사람들처럼 내게도 좋아하는 책들이 있고 그다지 길지는 않은 그 목록의 대부분은 지난 세기에 쓰인 것이다. 그 이야기들이 수기手記로 쓰였다는 점을 나는 이따금 생각해보고는 한다. 나는 수기로 이야기를 써본 적이 없다. 종이를 낭비하게 될 것이 뻔하므로 시도도 해본 적 없다. 수기로 작업을 해보았다면 지금까지와는 다른 결과물이 나왔을지도 모르겠다는 생각을 해볼 때는 있다. 노트북과 펜은 전혀 다른 도구이고 도구는 말과 생각에 영향을 미치니까. 지금처럼 이 식탁 앞에 앉아 뭔가를 써보려고 노력하다가 너무 많은 말을 한 것처럼 입술이 마르고 나면 수기 작업에 대해 생각한다. 그런 다음엔 하우게의 신선한 종이와 니체의 타자기를 생각한다. 정신분열을 앓던 정원사 울라브 하우게는 신선한 종이와 좋은 식탁보에 감탄하며 천이 좋고 종이가 섬세하니 단어들이 올 것이라고 기대하는 내용의 시를 썼다.

새 식탁보, 노란색!

그리고 신선한 흰 종이!

단어들이 올 것이다

천이 좋으니

종이가 섬세하니!

피오르에 얼음이 얼면

새들이 날아와 앉지

(울라브 하우게 「새 식탁보」, 『어린 나무의 눈을 털어주다』, 봄날의책 2017)

하우게의 시에 등장하는 종이와 식탁보는 종이와 식탁보였을 것이다. 다른 함의는 없었을 거야. 그냥 단순하게 새 식탁보! 신선한 흰 종이! 나는 그 시를 사랑스럽다고 느꼈다. 느낌표를 좋아하지 않지만 그 시에 등장하는 느낌표들은 예외적으로 사랑스럽다고 느꼈고 그 시를 쓴 하우게에게 강한 동질감을 느꼈다. 바로 뒤 페이지에서 아내 부딜에게 카펫을 짜달라고 조르며 매일 아침 그걸 몸에 만 채 아침을 차려달라고 외칠 작정이라고 말하는 시적 화자를 등장시켜 약간은 나를 당황하게 만들었지만 말이다. 어느날 하우게는 식탁 앞으로 다가갔을 것이고, 둥글거나 네모난 그 식탁은 어쩌면 그가 관리하는 정원이나 숲에 놓여 있었을지도 몰랐는데, 새 식탁보와 그 위에 놓인 종이를 경이롭게 목격했을 것이다. 하우게의 시를 통해 나는 그 종이를 보았다. 「새 식탁보」라는 시가 적힐, 빵의 단면 같은 질감의 백지를.

나는 하우게가 그 시를 육필로 적었을 것이라고 믿는다. 연필이 적당했을 것이다. 흑연 심으로 종이를 긁어가며 썼을 거라고 상상하면 즐겁다. 타자기에 감은 뒤 작은 금속활자들로 두들기는 방식으로는 종이의 섬세함을 충분히 느낄 수 없었을 테니 하우게는 아무래도 종이에 손을 대고 있었을 것이다. 종이를 가장 확실하게 느끼는 방법은 적지 않은 사람들이 이미 경험으로 알다시피 만지고 접고 찢거나 냄새를 맡거나 긁어보는 것이니까. 내 종이들을 그렇게 다룰 수 없다는 것이 아쉽다. 나는 책의 형태로 종이를 수집한다. 아무것도 인쇄되지 않은 노트보다는 무언가 인쇄된 책이 종이로서 더 완전하다고 나는 느낀다. 그림이나 사진보다는 도면이나 문장이 인쇄된 종이가 좋다. 만지기에 더 좋다는 면에서 말이다. 면지의 두께, 감촉, 잉크의 색이나 인쇄 상태가 마음에 들었다는 이유로 무작정 책을 구입하는 일도 많다. 2009년 10월 19일에 인쇄된, 잭 케루악의 『길 위에서』*On the Road* 1판 1쇄본과 2009년 2월 16일에 출간된 외젠 다비의 『북호텔』*L'Hôtel du Nord* 1판 1쇄본 같은 번역본 책들. 하우게의 시집도 그렇게 내 손에 들어왔고 나는 그 책의 종이적 상태에 매우 만족한다. 예전에는 그 정도로 만족스러운 종이를 만나면 똑같은 책을 한권 더 구입하고는 했는데 이제 그런 일은 없다. 같은 날, 같은 인쇄소에서 같은 잉크로 인쇄된 책이라도 상태가 같을 수는 없다는 것을 이제 아니까. 미묘하게 다른 것이다 농도나 인쇄 상태 같은 것이. 예컨대 지금 막 식탁 위에 내가 펼쳐둔 슈테판 츠바이크의 『어제의 세계』*Die Welt von Gestern* (지식공작소 2014)에서 172페이지부터 한동안 이어지는 라이너 마리아 릴케에 관한, 거의 예찬에 가까운 설명 부분은, 다른 책에서는 반복되지 않는다. 내가 가진『어제의 세계』에서 이 부분은 몹시 아름답게 검고 선명하게 인쇄되어 있지만, 다른 누군가가 가지고 있을『어제의 세계』의 같은 부분의 인쇄 상태가 내 것과 같을 확률은 높지 않다. 그 누군가의 어제와 나의 어제가 다른 것만큼은 다를 것이다. 같은 제목, 같은 저자, 같은 출판사로 그 차이가 매우 근소하더라도 그 근소한 차이는 엄연한 차이이고 어떤 사람에게는 그 차이가 매우 중요한 것이다. 여기까지 생각하고 보니 내가 좋아하는 것은 결국, 종이에 인쇄된 검은 잉크인지도 모르겠다는 생각이 든다…… 어쨌거나 각각의 책은 냄새도 다르다. 내가 가진 페이지들은 빛바랜 단면 색종이 같은 냄새를 풍기지만 다른 것들은 다를 것이다. 각각의 책은 그것이 속한 공간의 냄새를 풍길 테니까.

1882년에 시력장애로 고통을 겪던 니체는 덴마크제 몰링한센 타자기를 구입했고 그 사물 덕분에 새로운 방식으로 집필활동을 이어갈 수 있었다. 타자기로 글을 쓰는 것은 손으로 펜을 쥐고 필압을 조절해가며 종이에 글씨를 쓰는 것과는 다른 경험이었을 것이다. 나는 니체가 수기에서 타자로 넘어가며 거의 경이를 경험했을 거라고 믿는다. 니체의 의사이자 친구였던 자끄 로제, 철학자 카를 야스퍼스, 학자 고병권 등은 1881년 이후 니체의 변화를 기록하며 무엇이 그를 그토록 경쾌하게 만들었는지, 그가 어떤 정신의 도약을 경험했는지를 궁금하게 여기며 그의 변화에 주목하는데("도대체 그에게 무슨 일이 일어났던 것일까? 권력의지, 영원회귀, 위버멘쉬는 어떻게 태어난 것일까? 차라투스트라의 집필을 앞두고 그는 어떤 체험을 했던 것일까?" 고병권 『니체의 위험한 책, 차라투스트라는 이렇게 말했다』, 그린비 2003), 나는 그 변화의 원인들 가운데에 타자기를 밀어 넣고 싶다. 니체는 두들겼을 것이다. 근육과 뼈에 스트레스를 주는 지속적인 압력에서, 순간적이고도 가벼운 타격으로 넘어가기. 생각의 속도를 따라가지 못해 매번 지연되는 글쓰기에서, 보다 빠르고 단호한 리듬이 실린 조립으로 넘어가기. 새로운 툴tool. 그것은 시작부터 니체의 작업에 상당한 영향을 미쳤을 것이다. 조금 더 음악적인 면도 있었을 거야. 니체는 자신의 타자기를 어떻게 다루었을까. 그때 탄생한 문장들은 어떤 박자를 지니고 있었을까.

나는 타자기가 아닌 키보드를, 말하자면 워드 프로그램을 사용하고 있고 이것은 수기에서 타자로 넘어가는 것과는 또다른 일일 것이다. 유한한 지면을 다루는 것과 무한한 지면을 스크롤하는 것. 먹지를 만진 손의 지문이 찍힌 채 차곡차곡 쌓이는 낱장들과, 소프트웨어든 하드웨어든 시스템의 영향을 받아 언제든 제로로 돌아갈 수 있는 불안한 지면…… 무엇보다도 백스페이스의 적용 방식이 다르다. 타자기의 백스페이스는 잘못된 문장 위에 또다른 문장을 덧입혀 종이를 더럽힐 뿐이지만 워드 프로그램의 백스페이스는 그저 앞선 문장을 지우고 비운다. 그러므로 거기엔 더럽혀질 종이 자체가 없다…… 니체에게 워드 프로그램이라는 툴이 있었다면 그의 초인은 어떤 모습이었을까. 역사에 가정假定이란 무용하다지만 나는 이따금 공상한다. 니체가 1887년에 발표한 『도덕의 계보』*Zur Genealogie der Moral*에서, 한 사람의 초인*Übermensch, overman*을 호명하는 데 그치지 않고 본인이 속한 민족 전체를 구트Gut로 긍정하며 고트인을 신적인 종족으로 호명했을 때, 그 문장 ("우리는 고대 로마의 한 남성에게서 그의 '좋음'을 이루는 것이 무엇인지 보게 된다. 우리 독일어 '좋은Gut'이라는 단어 자체도 '신과 같은 사람', '신적인 종족의 사람'을 의미하는 것이 아닐까? 그리고 이것은 고트인이라는 민족의 (본래는 귀족의) 이름과 같은 것이 아닐까?"(「제1논문」, 『선악의 저편·도덕의 계보』, 책세상 2002)의 미래에 절멸수용소가 등장할 것을 예상했다면, 니체는 그 문장들을 어떻게 했을까? 언어를 관습적으로 읽는 인간, 읽고 싶은 대로만 읽는 인간, 그가 바라는 '완벽한 독자'와는 거리가 있는 인간들에게 침을 뱉으며 그것을 지웠을까? 지우고 비운 뒤 새롭게 썼을까? 미래를 상상하는 데 이미 능숙한 사람이었으니 그에게 워드 프로그램이라는 툴이 있었다면……

그만하자.

열세번째 이야기를 시작하고 싶다. 그것을 완성할 수 있을까. 그러려면 무엇이 필요할까. 다정, 그것이 내게 좋은 툴이 될 수 있을까. 툴을 쥔 인간은 툴의 방식으로 말하고 생각한다고 내게 말한 사람이 누구였는지 기억이 나지 않는다. 툴을 쥔 인간은 툴의 방식으로 말하고 생각한다. 돈, 언어, 스마트폰…… 미술교육학을 전공한 내 친구 Y는 『더 레프트』*The Left*와 맑스와 지젝의 열렬한 독자였지만 삼십대 중반에 노동자의 세상에서 불로소득으로 꿈/이상을 전향하고 갭투자 방식으로 허름한 다가구 빌라를 사들였다. 그 빌라의 모든 것이 너무도 허름해 터져 나가기 직전이었기 때문에 Y는 수리를 요구하는 세입자의 연락을 받게 될까봐 늘 이마를 찌푸리고 있었다. 한번은 2층으로 이사 온 젊은 커플이 들어온 지 삼개월 만에 21년 된 귀뚜라미 보일러를 고장 냈다고 분통을 터뜨린 적이 있었다. 대체 보일러로 뭘 했기에! 20년 넘게 멀쩡하게 돌아가던 것을! 꼭대기층에서 반지하까지 내벽을 따라 물이 새는 바람에 반지하에 세 들어 살던 화가의 그림 세 점 값을 물어낸 적도 있었는데 화가가 그림값을 요구하자 Y는 그 방을 방문해 그림을 살핀 뒤 액자만 바꾸면 되겠다고 판단하고 직접 화방을 방문해 비슷해 보이는 액자를 사서 그림을 끼워 넣었다. Y가 보기에 그림들은 이제 멀쩡했지만 화가가 타협하지 않아 결국 보상금을 줄 수밖에 없었다. 나중에 보니 그 금액이 정확히 부동산 중개료와 이사비용을 더한 값이더라며 Y는 '요즘 세입자들'에게 치를 떨었다. Y가 가장 억울해한 부분은 어차피 팔리지도 않을 그림을,이라는 점이었다. 자신의 분노에 내가 공감하고 동참하기를 바라듯 Y는 나를 보았으나 나는 그냥 이런 생각

을 하느라고 멍하니 Y를 보고 있었다. 툴을 쥔 인간은 툴
의 방식으로……

그만하자.

이제 조금 있으면 모두를 깨워야 한다. 서수경과 김소리
와 정진원. 오늘은 이미 시작되었고 오후엔 각자 할 일들
이 있다. 하지만 아직은 그들을 깨우고 싶지 않다. 식탁
에 책을 펼쳐두고 손으로 턱을 괸 채 거실 창을 본다. 저
창은 홑겹이라서 난방이나 냉방에 별 보탬이 되지 않는
다. 오래되어 탁해진 유리 두장이 녹슨 창틀에 끼워져 있
는데 저 유리들은 십여년 전 이 건물이 건축되었을 때 창
틀에 끼워진 뒤로 저 틀에서 벗어난 적이 없을 것이다. 창
틀은 짙은 보라색이다. 건축적 심미에 관해 나는 아는 바
가 거의 없지만 저 보라색이 이 건물의 어느 측면에도 어
울리지 않는다는 것쯤은 알 수 있다…… 누가 저런 보라
색을 선택했을까. 창밖에 선 두그루의 나무 덕분에 저 창
으로는 건너편 집들이 잘 보이지 않고 그 점은 좋다. 나는
남의 집 창을 통해 보이는 것들을 보고 싶지 않으니까. 대
개는 베란다에 쌓아둔 물건들인데, 그 집에 사는 사람들
이 그 자리에 두고 잊어버린 사물이나 너무 지저분하다는

이유로 생활하는 공간에서 멀찍이 치워둔 사물, 그런 것들이 창을 통해 반투명하거나 완전히 투명하게 보이는 것을 보면 어떤 상식의 풍경을 자꾸 생각하게 되고 그런 것을 생각하기가 나는 싫다. 저 창으로는 그런 것 대신 나무가 보인다. 아직 잎이 돋지 않은 가느다란 가지 위로 방금 새 한마리가 날아갔다.

오늘은 어떻게 기억될까.

정진원은 너무 어려서 오늘을 기억하지 못할 것이다. 다섯살이니 어쩌면 조각난 인상 정도로는 기억할지도 모르겠다. 빵과 달걀부침과 자꾸 우는 엄마와 어른들의 침묵…… 정진원이 다 큰 뒤에도 서수경과 내가 함께 있을까. 우리는 어떤 모습일까. 우리가 우리를 설명할 수 있을까. 오늘을 설명할 수 있을까. 말하자면 오늘이 오늘이었다는 것을.

훗날 나는 이 모든 이야기의 시작이 언제였는지를 생각할 것이다. 그것은 정말 언제일까. 내가 태어나고 서수경이 태어나고 김소리가 태어나고 정진원이 태어나고. 시작이란 그런 것일까. 나는 밤에 태어났다. 내가 밤에 태어났다는 이야기를 나는 아버지에게 들었는데 그의 이야기는 내게 믿을 만한가. 분만실 바깥에 배나무가 있었다고 그는 말했다. 난산 끝에 태어난 아기를 보고 한숨 돌리러 나온 그가 병동 입구에서 문득 고개를 젖혔는데 배꽃이 가득해 밤하늘이 시원해 보였다고 말이다. 나는 그 밤을 믿지 않으면서도 그 밤의 광경을 이따금 상상한다. 서수경이 태어난 아침에도 그 배꽃이 남아 있었을까. 배꽃들이 아홉 번의 밤을 버텨 그때에도. 서수경과 나는 같은 병원, 같은 분만실에서, 같은 해 음력 3월에 태어났다. 나는 8일에, 서수경은 17일에. 시작이란 예컨대 그런 것일 수 있을까.

2

서수경은 서울시 강서구 공항동 일대를 거의 벗어난 적 없는 유년 시절을 보냈고 그 일대에서 항공기를 보며 자랐다. 낮은 언덕이 있었다고 서수경은 말했다. 정적인 놀이에 관심이 없어 달리기로 놀았던 서수경은 목적이 있든 없든 늘 달려서 동네를 돌아다녔고 그러다 지치면 그 언덕으로 올라갔다. 그늘 한점 없는 언덕에 누워 하늘을 보고 있으면 어느 순간 항공기가 매우 낮은 고도로 자기 위를 지나갔다고 서수경은 말했다. 서수경은 언덕 부근의 공기며 소음을 쓸어가는 듯한 기세로 날아가는 그 거대한 기계의 배면을 다 볼 수 있었다. 항공기들은 대개 바퀴 격납고를 열어 바퀴가 내려온 상태였고 격납고 속 나사가 보일 정도로 가까운 거리에서 날아갔다고, 너무 가까워서, 그 기계에 직접 손을 대는 미래를 상상해보지 않을 도리가 없었다고 서수경은 말했다.

서수경은 고교를 졸업하자마자 항공우주공학부에 진학했고 그걸 생각할 때마다 나는 어린 시절에 미래를 구체적으로 상상한다는 것에 대해 생각해본다. 그런 상상의 경험들이 서수경에게는 있었고 나와 김소리에게는 없었다는 것을. 오랫동안 신용불능 상태였던 부모 밑에서 자란 나와 김소리에게는 우리가 가난하고 곤경에 처했다는 인식은 있었지만 그래서 뭘 해야 좋은지, 뭘 할 수 있는지, 우리가 뭐가 될 수 있는지를 구체적으로 생각해본 적이 없었다. 우리 자매는 우리의 부모를 따라 종종 무기력했고 습관적으로 절망했으며 우리에게 어쨌거나 미래가

닥칠 거라는 것을, 우리가 그것을 맞아 뭔가를 할 수 있다는 가능성 자체를 상상해본 적이 거의 없었다. 나와는 또 다르게 김소리는 일찍부터 아르바이트를 시작했으나 그건 어디까지나 당장의 필요를 메꾸기 위해서였고 거기에 미래에 관한 상상이나 더 나은 미래에 대한 기대는 없었다고 예전에 김소리가 내게 말한 적이 있었다. 서수경은 우리 자매가 자기연민이나 절망 상태에 빠져 마비된 것처럼 꼼짝도 못하고 있을 때 현재 상태를 파악하고 그다음을 준비하는 방식으로 현재에서 움직이도록 도와주었다. 서수경의 상상은 얼마간 그런 서수경을 만들어냈을 것이다. 그리고 그런 서수경은 김소리와 내게 영감을 주었지. 우리 자매에게 영감이 필요했던 영역, 다름 아닌 김소리와 나의 일상에 말이다.

서수경과 나는 같은 병원, 같은 분만실에서 태어나 같은 구(區)에서 자랐으나 서로 다른 국민학교와 중학교와 고등학교로 진학해 접점이 거의 없었는데 중학교에 입학한 뒤로는 매년 한번씩 서로를 보았다. 전국소년체육대회 예선전과 전국체육대회 고등부 예선전에서. 서울시 대표전에 출전할 선수를 뽑으려는 구 예선전에 우리는 각자의 학교 대표로 참가했다. 서수경은 단거리와 장거리를 모두 뛰었다. 나는 계주와 던지기였다. 내가 그 종목의 선수일 수 있었던 이유는 선수가 부족했기 때문이었고 체육선생이 내게 그 종목들을 배당했기 때문이었다. 우리가 속한 구에는 육상부나 트레이너를 제대로 갖춘 학교가 드물었다. 단거리, 장거리, 계주를 비롯해 멀리뛰기, 원반던지기, 창던지기 등등에 출전한 선수 대부분은 수업시간에 야, 너 이거(창) 한번 던져봐라, 저거(원반) 한번 던져봐라, (모래 위에 금을 그으며) 여기까지 한번 뛰어봐라,라는 방식으로 뽑힌 경우였고, 그냥 가서 뛰면 된다는 말을 듣고 그냥 선생을 따라온 학생들이었다. 그냥, 모여라, 해서 모인 아이들. 인솔자인 선생들은 대부분 트레이너로서 경험이 없는 체육선생이었다. 말하자면 장거리 육상경기를 앞두고 점심으로 선수들에게 짜장면과 짬뽕을 사 먹이곤 할 정도로 미숙했다. 그런 걸 먹고 뛰면 밀가루 면과 국물의 무게 때문에 배가 무거워 얼굴이 새파래진 채 뒤처질 수밖에 없었다. 체육대회 예선전이란 대개의 선생들에게는 구색을 맞추면 그만인 이벤트였을 것이다. 그들은 대회 내

내 자기들끼리 그늘에 모여 뒷짐을 지고 잡담을 나누거나 아예 어디론가 사라졌다가 소주 냄새를 풍기며 나타나고 는 했다. 우리는 훈련이랄 것도 없이 당일 예선전이 벌어지는 운동장에서 각 학교의 대표로 달리고 점프하고 던졌다. 매년 만나는 애들을 거기서 다시 만나 서로의 성장이나 성징을 목격했다.

서수경은 괜찮은 기록을 내는 선수였다. 중학교 때나 고등학교 때나, 육상부도 없고 제대로 된 훈련체계도 없는 학교의 선수로 출전했지만 출전한 종목에서는 대개 우승했다. 서수경이 달리면 선생들과 다른 종목의 선수들이 그것을 보러 모였다. 언젠가 나는 군중 속에서 서수경이 달리는 모습엔 무언가가 있다고 누군가 말하는 것을 들은 적이 있는데 그 모습엔 무언가가 있다기보다는 무언가가 없다고 하는 편이 더 정확했다. 달릴 때 서수경은 그저 달렸다. 욕심이나 걱정 없이, 바로 옆 트랙에서 출발한 경쟁자나 골라인이나 기록에 대한 관심 없이, 불필요한 움직임이나 괜한 버릇도 없이 꼭 필요한 동작만으로 서수경은 달렸고 그 모습엔 훗날 내가 생텍쥐페리의 책에서 읽은 문장들이 말하는 바와 같이, 기둥이나 배의 밑바닥, 비행기 동체의 곡선을 묘사하며 그가 말한 바와 같이, "덧붙일 것이 없"는 것이 아니고 "빼내야 할 것이 아무것도 없"었다.(앙투안 드 생텍쥐페리 『인간의 대지』, 펭귄클래식코리아 2009)

내가 서수경을 처음 본 순간에도 서수경은 달리고 있었다. 남학생들의 장거리 경기가 끝나기를 기다리며 간식으로 받은 델몬트 주스를 마시고 있을 때였다. 냉장장비도 없이 궤짝에 보관되어 미지근하고 달짝지근할 뿐 갈증 해소엔 조금도 도움이 되지 않는 오렌지 음료를 먹는 둥 마는 둥 하고 있을 때, 남학생 장거리 그룹이 마지막 바퀴를 돌아 골라인을 향해 갔고 그 얼마 뒤, 흰 저지 팬츠와 셔츠를 입은 선수 한명이 가볍고도 맹렬한 기세로 트랙을 달려 내 앞을 지나갔다.

팟팟팟팟팟.

네가 이렇게 달렸다고 말하면 서수경은 질색을 하지마는 그때에 정말 그런 소리와 그런 느낌으로 혼자 트랙을 돌아 순식간에 멀어져가는 그를 보면서, 당시에 나는 방금 골라인을 향해 달려간 남학생 장거리 그룹의 마지막 주자라고 생각했으나 그게 서수경이었다. 남학생 그룹의 꼴찌가 아니고 여학생 그룹의 첫번째. 서수경이 반바퀴 이상을 앞서간 뒤에야 한 무리의 여학생들이 모래먼지를 일으키며 트랙을 따라 달려왔다. 서수경이 너무 빨라서, 출발하자마자 반바퀴 이상을 앞서버린 것이다. 나는 그때 어렸고 육상이나 스포츠를 잘 몰랐지만 내가 목격한 것이 전국 규모로 유명해질 재능의 한 시절이라는 것을 알았다. 저 아이는 유명해질 것이다. 저 스피드와 저 존재감으로, 굉장해질 것이다.

그러나 우리가 열일곱이 되던 해부터 서수경은 예선전에 나타나지 않았다. 서수경이 고교에서 만난 체육선생은 무능과 욕심이라는 질 나쁜 조합으로 서수경의 무릎을 망가뜨렸다. 그는 매번 성과를 내곤 하는 서수경의 능력에 고무되어 종목을 가리지 않고 이런저런 대회에 서수경을 내보냈고 그런저런 대회에 내보내느라고 나름의 훈련을 시켰으나 그것은 훈련이라기보다는 군대식 체력단련이나 체벌에 가까웠으며 거기엔 아무런 체계가 없었다. 서수경은 무릎 수술을 받아야 했고 그 뒤로 더는 이전만큼 달리지 못했다. 운동에 별 미련은 없었다고 서수경은 말했다. 대회가 끝난 뒤에 늘 탕수육이나 볶음밥을 먹을 수 있었고 자기가 달린 이유는 그것뿐이었다고 말이다. 그러나 그때 제대로 된 훈련을 받았다면 다른 인생을 살았을 수도 있겠다는 뉘앙스의 말을 지나가듯 할 때가 있고 그러면 나는 4녀1남의 3녀인 서수경의 입지에 관해 생각하고는 한다. 중학교나 고교 운동선수란 얼마간은 부모와 돈이 키워내는 것이고 그 둘에 관해서라면 서수경에겐 기대할 수 있는 바가 거의 없었으니까.

서수경은 고교 남은 기간 동안 공부에 전념해 항공우주공학과로 진학했고 장학금과 끊임없는 아르바이트와 학자금 대출로 학사과정을 마쳤다. 항공우주공학. 그것은 무슨 학문일까를 곰곰 생각하다가 항공과 우주는 이질적인 영역 아니냐고 나는 물었다. 항공과 우주란, 대기권과 중력의 유무로 확실하게 갈리는, 전혀 다른 성질의 영역 아닌가. 롯데리아에서 감자튀김을 집어 먹으며 내가 그것을 물었을 때, 서수경은 플라스틱 빨대를 입에 문 채 나를 보다가 지구에서 우주를 드나드는 일이란 일단은 대기권을 관통하는 일이며 그것은 곧 공기와의 마찰과 중력을 경험하는 일이라고 답했다.

그러나 내가 이런 이야기를 서수경에게 들은 것은 나중의 일로 우리가 재회한 뒤였고, 당시에 서수경의 소식을 알지 못했던 나는 그가 어딘가 다른 지역에서 예선전에 참가하고 있을 거라고 생각했다. 잘 달리는 선수들은 제대로 갖춰진 육상부를 지닌 학교의 선생에게 자기 지역으로 전학 오라는 방식으로 스카우트 제안을 받기도 하니까, 그렇게 갔을 것이다. 분명 어디에선가 뛰고 있을 것이다. 그렇게 생각했기 때문에 전국 규모의 대회가 있을 때마다 관심있게 뉴스를 찾아보고는 했으나, 서수경의 소식은 없었다.

서수경을 다시 만난 것은 조국통일범민족청년학생연합과 한국대학총학생회연합의 공동 주최로 제6차 8·15통일대축전이 열릴 예정이었던 연세대학교에서였다.

3

나는 재수를 거쳐 96학번이었고 서수경은 95학번이었다.
우리는 각각 서총련(서울지역대학총학생회연합) 산하 동총련(서
울동부지구총학생회연합)과 경인총련(경기인천지역대학총학생회연
합) 산하 인부총련(인천부천지역총학생회연합) 소속으로 1996년
8월의 며칠을 연세대학교 종합관에서 보냈다. 캠퍼스를
둘러싼 포위를 뚫고 탈출하려다가 전투경찰들에게 쫓겨
들어간 종합관에서 스스로 바리케이드를 쌓은 채 고립
되고 만 것이다. 며칠에 불과했지만 그 며칠의 인상은 내
게 고스란히 1996년 전체의 인상이 되었다. 누군가 '96년'
이라고 말하면 나는 그를 돌아본다. 그 뒤로도 많은 시간
이 흘렀고 적지 않은 사건이 있었지만 1996년은 덜 삼킨
덩어리처럼 목구멍 어디엔가 남아 있다. 오감이 다 동원
된 물리적 기억으로. 페퍼포그와 안개비처럼 공중에서 쏟
아지던 최루액 냄새, 굶주림과 목마름, 야간 기습과 체포
에 대한 공포, 더위와 습기와 화학약품 부작용으로 문드
러진 동기생의 등, 만지지 않아도 상태가 느껴지는 타인
의 피부, 세수 한번과 양치 한번에 대한 끔찍한 갈망, 그리

고 "보지는 어떻게 씻었냐 드러운 년들."("연세대를 포위한 9일

간 경찰은 학생들에게 식량도, 의약품도, 심지어 여성용 위생용품조차 반입

시키지 않았다. (⋯) 8월 20일 연세대 내에 진입한 경찰이 학생들을 연행하

는 과정에서 있을 수 없는 성적 추행과 폭력 행사가 있었다는 것이다. (⋯)

이들은 건물에서 여대생들을 연행하며 마치 기차놀이를 하듯 앞사람의 허리

를 잡고 몸을 숙여 이동하라고 요구했다고 한다. 그리고 이렇게 여학생이 몸

을 숙이면 그 뒤에서 여학생의 가슴과 엉덩이를 만졌다고 한다. (⋯) '얼굴

도 못생긴 것들이 꼭 데모질이야. 아무도 안 놀아 주니까 꼭 데모를 해요. 야.

맞지? 남자애들한테 퇴짜를 맞으니까. 야. ××(여자 성기 표현)는 어떻게 씻

었냐? 어휴, 드러운 년들. 열흘 동안 닦지도 않았지? 암컷 내 난다. 야, 얼마나

대줬냐? 사수대 수고했다고 그 짓 해줬지? ×같은 년들.'" 고상만 「'초선' 추

미애가 국감장서 쌍욕 읊은 이유」, 『오마이뉴스』 2016.8.29.)

8월 더위에 비가 연달아 내려 습하고 더웠다. 물과 전기는

끊겼고 하루에도 몇번씩 헬기가 종합관 위를 오가며 최루

액을 뿌렸다. 건물 외벽이며 창에 달라붙은 최루액 때문

에 창을 열 수가 없어 낮이나 밤이나 종합관 내부는 한증

막이었다. 먹지도 마시지도 못하는 생활이 이어지자 그때

쯤엔 땀을 많이 흘리지도 않았는데 그 점 한가지는 다행

이었다. 얼굴에 땀이 흘러 무심코 문질렀다가 최루액 성

분이 눈으로 스며들어 눈물을 쏟은 것이 수차례였다. 우리는 경찰이 마지막으로 종합관 내부로 진입한 날에 경찰과 화재에 쫓겨 옥상까지 올라갔다가 그날 정오가 되기 전에 앞사람의 어깨에 두 손을 올린 구속의 자세로, 말하자면 각자 세상에 난 뒤 가장 굶주리고 피곤하고 무기력한 상태로 콜타르 같은 재와 잿물이 흐르는 계단을 내려왔고 종합관 앞 시멘트 바닥에 쪼그리고 앉았다. 내가 서수경을 발견한 것이 그때 그 장소에서였다. 그렇게라도 그 상황이 종결된 데 은밀히 안도하며 다른 사람들처럼 무릎 위에 머리를 얹은 채 앉아 있을 때 나는 내가 멍하니 보고 있는 것이 어떤 사람의 옆모습이라는 사실을 알았고 곧 그게 서수경이라는 것을 알았다. 서수경은 초록색과 아이보리색으로 스트라이프 무늬가 들어간 티셔츠에 짙은 색 면바지를 입었고 맨발에 새까맣게 젖은 스니커즈를 신고 있었는데 두 팔로 무릎을 끌어안은 채 고개만 조금 들어 앞을 보고 있었다. 서수경은 입술에 일어난 거스러미를 이로 씹으며 앞을 보고 있다가 고개를 숙였다. 계단을 내려오다가 그을린 벽에 손을 댔는지 오른쪽 턱과 목에 손가락으로 문댄 듯한 검댕 자국이 짧게 나 있었다.

그가 서수경이라는 것을 알아보고 내가 최초로 건넨 말은 이것이었다.

나 너 알아.

내가 너를 안다고 말하고 이름을 말하고 우리가 언제 어느 때, 어떤 장소에 같이 있었는지를 말했는데도 서수경의 표정엔 별다른 변화가 없었다. 그래 반갑다. 그게 전부였고 얇고도 질긴 막을 뒤집어쓴 것처럼 그 얼굴과 눈엔 별다른 표정이 없었으며 그 말의 내용처럼 반갑다거나 놀랍다는 기색도 없었다. 나는 재회가 기뻤다. 거의 찰나처럼 느껴졌던 그 시간 동안 나는 우리가 같이 소년체전 예선전에서 뛴 적이 있다는 것을 말했고 체육학과에 진학했느냐고 물었으며 아니라는 대답을 들었고 서수경이 항공우주공학과에 진학했다는 정보를 알아냈다. 삐삐를 가지고 있느냐고, 가지고 있다고, 알려달라고, 이거라고, 당시나 지금이나 내게는 굉장하다고 말할 수밖에 없는 속도와 내용으로 대화를 나눈 뒤 우리는 헤어졌다. 서수경과 나는 각자 배당된 장소에서 경찰 조사를 받고 단순가담자로 분류, 훈방 조치된 뒤 각자의 집으로 귀가했다. 나는 그해 여름이 지나기 전에 서수경과 통화했다. 우리는 그해 여름 내내 전화 통화를 하느라고 밤을 새웠고 만나서도 좀처럼 헤어지지 못하고 세상 온갖 것을 이야기하느라고 공원 같은 곳에서 밤을 보내다 날이 밝는 광경을 함께 보고는 했다. 우리에게는 다른 무엇보다도 함께 있을 공간이 필요하다는 생각에 이르는 데엔 오랜 시간이 걸리지 않았다. 서수경과 나는 올해로 20년째 함께 살고 있다.

처음에 서수경에게 연락을 하면서, 그리고 그 이전부터 내가 생각하기로 서수경의 이미지는 좀 불친절하다 싶을 단답으로 대화를 하거나 만사에 초월적인 태도를 지녔을 것 같은 사람이었는데, 예상 외로 서수경은 성실한 수신자였고 답신자였다.

단과대 총무를 맡고 있었기 때문에 그 자리에 있었다고 서수경은 말했다. 1996년에 서수경은 공과대 학생회에서 임시 총무를 맡고 있었다. 본래 총무였던 학생이 돌연 권태와 허무에 사로잡혀 더는 학교에 나타나지 않자 통장 관리 문제로 몹시 곤란한 지경에 이른 단과대 학생회장이 임시,라는 조건으로 당분간 서수경에게 맡아줄 것을 부탁했기 때문이었다. 자기 학교에는 '우리가 강성이었다'는 회고가 전설처럼 남아 있었다고 서수경은 회고했다. 우리가 이 지역에서는 끝내줬다, 데모로는 갑이었다…… 그러나 서수경이 보고 듣고 느끼기로는 그냥, 있는 이야기였다. 벽에 걸린 그림 속 만년설 같은 형태로 어느 학교에나 잔존하고 있는 이야기. 서수경이 새내기로 입학한 1995년에 이미 학내 분위기는 데모와 거리가 멀었다. 문민정부에서 데모할 일이 뭐 있냐,라는 분위기로, 학생회에서 주력하는 문제도 스쿨버스 요금 동결이나 식당 메뉴 개선 같은 학내 복지 문제였다고, 게다가 어디까지나 임시직이었기 때문에, 총학생회나 한총련 등에 자신은 별 소속감이 없었다고 서수경은 말했다.

1996년에 서수경이 연세대에서 열린 범민족대회와 통일대축전에 학생회장단으로 참석한 이유는 그해 3월에 노수석(1976년 11월 23일 광주 출생. 1995년 연세대학교 법학과 입학. 1996년 3월 29일 '김영삼 대선자금 공개와 교육재정 확보를 위한 서울지역대학총학생회연합 결의대회'에서 경찰의 토끼몰이식 진압에 의해 사망. 2003년 9월 9일 '민주화운동관련자 명예회복 및 보상심의위원회'에서 민주화운동 관련자로 인정. 출처: 노수석열사추모사업회 홈페이지)이 죽었기 때문이었다. 노수석이 전투경찰에게 쫓기다가 사망한 장소는 서울 을지로 일대였고 그 부근은 서수경이 중학생이었을 때부터 영화를 보거나 햄버거를 먹으러 놀러 가곤 했던 장소였다. 서수경은 자신이 안다고 생각했던 거리에서 누군가가 전투경찰에게 맞아 죽을 수도 있다는 사실에 충격을 받았고 그가 자신과 동갑이라는 사실에도 충격을 받았다. 1996년 8월에 연세대에서 우리가 모인다,라는 공지를 접했을 때 서수경이 떠올린 것은 그러니까 연세대 법학과 학생으로 시위에 나섰다가 사망한 동갑내기였다. 모종의 부채감이 있었다고 서수경은 말했다.

그러나 그뿐, 싸움의 의지 같은 것은 없었다. 범민족도 통일도 서수경의 관심사가 아니었다. 서수경은 90년대 후반 내내 그같은 사실을 반추하며 후회했다. 그곳에 함께 간 서수경의 후배 중에는 학교 정문과 백양로 등지에서 백골단을 향해 돌을 던졌다는 이유로 구류를 살고 나온 사람이 있었고 당시 광주전남지역총학생회연합 즉, 남총련의 범상치 않은 기세에 압도된 뒤 전남대 출신 한총련 의장의 삭발식을 보고 감명을 받아 머리를 밀고 운동권으로 전향했다가 학업을 다 마치지 못한 채 학교를 떠난 사람도 있었다. 그들을 그 장소에 데려다놓았다는 생각에서 벗어날 수가 없었다고 서수경은 말했다. 별다른 각오도 고민도 없이 어쩌면 모꼬지를 가는 마음이었을지도 몰랐는데 그 정도의 마음으로, 그들을 그 장소에 데려다놓았다는 후회에서.

당시에 기계공학과 96학번이자 학생회 일원이었던 L의 이름을 말하면서 서수경은 1996년 8월 이후로 몇달 동안 L이 주기적으로 학교에 나타나지 않았다고 말했다. 한달에 사흘 정도…… 생리 주기였다. 그의 규칙적인 결석은 '별난' 생리증후군으로 회자되었고 트라우마로 인정되지 않았다. 트라우마. 서수경은 그 말을 하고 한동안 침묵했다. 내가 그것을 트라우마로 생각할 수 있었던 것도 시간이 많이 흐른 뒤였어. 당시엔 그냥 이렇게 생각했지. 저 아이가 많이 예민해서 그 일을 견디지 못하는구나. 나중엔 그 예민함이 조금 괴상하기도 했어. 우리 다 같이 그 공간에서 그 사건을 겪었는데…… 어쩔 수 없었잖아, 하고. 어쩔 수 없는 상황에서 생리혈로 얼룩진 바지를 입고 지낸 것이 그 정도로 부끄러울 일은 아니라고 나는 생각했던 것 같아. 그 애는 누구에게도 그게 어땠는지를 말하지 못했을 거야. 우리는 그 장소에서의 경험 자체를 별로 말하지 않았지. 고통스러운 기억이었고, 굳이 말하지 않아도 모두 같은 걸 겪었으니 다 안다고 생각했으니까.

서수경의 임시 총무직은 그해 단과대 학생회가 임기를 마치고 해체될 때까지 이어졌고 서수경은 그 뒤로 학생회에 완전히 발길을 끊고 학업에 전념했다. 내 앞마당을 쓸자. 그것이 서수경의 목표가 되었으나 그 앞마당엔 IMF라는 회오리가 들이닥치고 있었다. 97년이 지나자 기약 없이 휴학을 하거나 자퇴를 선택해 학교에서 사라지는 선배와 후배와 동기생이 늘어갔다. 서수경은 학자금 대출과 노동과 운을 다 동원해 무사히 학부를 마칠 수 있었지만 졸업을 하고도 어디에서도 마땅한 일자리를 발견할 수 없었다. 서수경은 학자금도 갚고 연구경력도 쌓을 수 있도록 해주겠다는 제안을 받고 담당교수의 연구실 석사과정으로 진학했다. 항공기와 전투기 시뮬레이션을 연구하고 개발하는 그 연구실에서 서수경이 맡은 일은 연구실에서 발생하는 지출 영수증의 관리와 산학연 사업에 제출할 사업계획서 초안 작성과 시뮬레이터 제작회사 경리실과의 연락, 그리고 학부생들의 시험지 채점으로, 연구경력과는 무관한 일들이었다. 옆자리 남학생이 실험 데이터를 쌓아갈 때 서수경은 교수의 치과진료 영수증을 복리후생 항목으로 넣을 수 있을지 예비비로 처리할 수 있을지를 고심하며 식사 영수증을 종이에 풀로 붙이고 있었다. 공학관 1014호. 그 연구실은 두명의 공대 교수가 공유하고 있었는데 파티션 너머 옆 연구실에서 영수증 관리를 맡고 있는 사람도 지영이라는 이름의 석사생이었고 그가 연구실의 유일한 여성이었다고 서수경은 회고했다.

서수경이 석사과정을 중단하고 학교를 떠나기로 결정하게 된 결정적인 계기는 C의 논문 때문이었다. 같은 연구실 선배였던 C는 헬기 시뮬레이터와 연동되는 시뮬레이션 프로그램을 짜고 있었다. 그 실험은 시뮬레이터를 제작하는 방위산업체와의 계약으로 정부지원금을 받는 산학연 과제였다. C는 그 실험 과정으로 석사논문을 쓰고 있었는데 결과값을 임의로 미리 설정해두고 거기에 과정을 맞추는 방식으로 작업했으니 그 논문의 질적 수준은 보나 마나였다. 전공 교수들을 모아두고 졸업논문을 발표하는 자리에서 그의 프로그램과 연동된 시뮬레이터는 아예 작동하지 않거나 오작동을 반복했고 그는 결과값에 대한 교수들의 질문(자네 어떻게 해서 이런 값이 나왔나)에, 제대로 대답하지 못하고 절절매다가 자기 실험결과 앞에서 울어버렸다. 하지만 그는 그 논문으로 석사학위를 받을 수 있었다고 서수경은 말했다. 담당교수가 다른 교수들의 연구실을 방문해 티타임을 몇차례 가지면서, C가 애인의 임신으로 석사과정 중에 결혼한 한 집안의 '가장'이라는 것을 설명한 뒤에 약간의 내용 개선을 전제로 학위를 주기로 합의한 것이다. C가 홀가분하고 상쾌해 보이는 얼굴로 첫 페이지에 자기 사인을 적은 논문을 서수경에게 건넸을 때 그 얼굴에서 눈을 뗄 수가 없었다고 서수경은 말했다. C의 논문은 누구에게도 도움이 되지 못하며 후속연구자들의 연구에 해만 될 뿐인 오류투성이 결과물이었는데도 연구논문의 자격으로 학교 도서관에 자리를 차지할 예정이었고 어쨌거나 구색을 갖춰 곤색 하드커버 장정에 코팅을 입어 광택이 돌았다. 그 번들번들한 논문을 받아들었을 때 오히려 복잡한 생각이 다 사라지고 마음과 머릿속이 동시에 단순해졌다고, 너무 명쾌해 더는 그곳에 남아 있을 수가 없었다고 서수경은 말했다.

—

나는 1996년에 인문대학 어문학과에 입학했다가 이듬해 자퇴했다. 내게는 입학과 자퇴의 동기가 딱히 없었다. 나는 단지 인문계 고등학교에 진학해 성적을 쌓아왔다는 이유로 대학입시를 치렀다. 그밖에 다른 동기가 없었기 때문에 대학에 들어갔고 대학에 남을 동기를 발견하지 못해 대학을 떠났다. 불가능성이 내 동기들이었다고 말할 수도 있을까. 첫 학기가 시작되자마자 나는 내가 내 졸업을 믿지 못하고 있다는 것을 알았다. 당시 내 동기생들은 전공 언어권 국가로의 유학이나 어학연수를 당연하게 생각하며 신입생 시절부터 구체적인 계획을 짜고 있었는데 입학금도 간신히 마련한 나는 한학기나 두학기 이상의 미래를 상상할 수 없었다. 와중에 전공수업은 대학 학사과정이라기보다는 어학원 초보 교실 수준으로 이를테면 주격, 소유격, 목적격 인칭대명사를 반복적으로 외치는 정도였고 전공서적들의 지질紙質은 하나같이 번들거리면서도 빳빳해 손을 대기가 몹시 껄끄러웠다. 나는 수업이나 학과를 떠나 학생회관 근처를 맴돌며 동아리 활동에 주력했다.

수업을 거르며 북과 장구를 두들겼다. 내가 속한 동아리는 중앙풍물패로 학원재단 비리 문제에 관심을 가졌고 당시 여당에 반대하는 정치적 입장을 가지고 있었지만 그건 내 관심사나 입장은 아니었다. 나는 악기를 다루는 것이 좋았고 오로지 그것 때문에 동아리방에 드나들었다.

북과 장구를 두들길 때 말고, 대학 생활이란 여름 아침 안개처럼 내게 미적지근하기만 했다. 정말 여름 안개 속에서, 동아리 동기생인 J와 나란히 벤치에 앉아 있었던 아침을 나는 기억한다. 밤새 동아리방에서 술을 마시다가 시큼한 공기와 곰팡내를 더는 견딜 수가 없어 밖으로 나와 선선한 아침 공기를 바라며 거기에 앉아 있었지만 아침부터 기온은 높았고 바람은 전혀 없었으며 무릎 높이로 안개가 내려앉아 있었다. 나는 그 아침 벤치에서 J가 내 어깨에 머리를 얹은 채로 말하는 연애담을 들었다. 여자들이 자기 때문에 자꾸 죽는다…… 두명의 여성이 자기 때문에 싸우다가 목숨을 끊어버리는 바람에 자기는 지금 괴롭고 앞으로도 평생 괴로울 예정이라는 이야기부터 그가 가장 경애한다는 아티스트가 미시마 유끼오라는 이야기까지. J는 미시마 유끼오가 다자이 오사무를 추남이라며 공개적으로 혐오하는 데 서슴지 않았다는 점이나 자기가 쓴 소설 내용처럼 할복이라는 형식을 택해 삶을 마감했다는 점에 큰 매력을 느끼는 것 같았다. 탐미를 추구하다가 문학과 삶이 일치되어버려 죽음에 이른 그의 삶을 미학적으로 높이 평가한다는 J의 말을 들으며 나는 내장의 냄새를 생각하고 있었다. 어렸을 때 학교와 집을 오가는 길에 반드시 통과해야 하는 재래시장이 있었고 그 시장의 마지막 코스인 좁은 골목에 보신용 고기를 파는 가게들이 늘어서 있었다. 나는 그 길을 오가며 맡은 닭과 개의 냄새로 잠식하는 몸의 내장 냄새를 알았다. 그 냄새를…… 미시마 유끼오가 좋아했을 것 같지는 않다고 나는 말하지는 않았고 다만 여름 안개 때문에…… 가뜩이나 피부에 끈적하게 달라붙는 옷 위에 기묘한 각도로 얹힌 그의 머리통에 신경을 쓰고 있었다. 나보다 키가 크고 허리도 길고 마른 그가 이렇게 내 어깨에 머리를 얹으려면 자세가 많이 어색하고 불편할 텐데 굳이 왜 이러고 있을까. 내게 데이트 신청을 하고 싶은 걸까. 그래서 자신에게는 여자들이 죽어나갈 정도의 매력이 있다고 내게 고백하면서, 이렇게 머리를 기대고 있는 걸까. 그러나 그가 내게 데이트 신청을 한다고 해도 거절할 텐데 왜냐하면 그가 입은 옛날풍의 양복저고리와 어깨뽕이 너무 거슬려서…… 그만하자.

1996년에 내가 연세대학교에 있었던 이유는 그것과 다름없었다. 말하자면 여름 아침 안개처럼 부유하다가 엉뚱하게 굴러들어간 장소가 거기였다.

1996년 8월 이후에 한총련은 이적단체로 규정되었고 정명기 한총련 의장은 수배된 뒤 구속되었으며 운동권에 대한 대학사회의 혐오, 특히 연세대 학내의 운동권 혐오는 되돌릴 수 없는 지경이 되었고, 시위·집회에 대한 사회 전반의 감정도 악화되었다. 체감상 학생운동은 끝났다. 8월의 연세대학교를 빠져나온 사람들은 바로 그 장소에서의 마지막 슬로건이었던 "집에 가고 싶다"에 대한 수치심과 무력감을 지닌 채 각자의 집으로 돌아갔고 세수와 양치를 했으며 단 며칠간 경험으로 바싹 야위고 만 자신의 얼굴을 거울을 통해 물끄러미 바라보다가 잠자리에 들었고 이튿날엔 자기 앞마당이나 쓸자는 생각을 깨달음으로 간직한 채 학교로 돌아갔다가 이윽고 몰아닥친 구제금융의 거대한 물결에 휩쓸려 학교를 영영 떠나거나…… 자기 앞마당 관리에 집중했다. 국민을 국가의 적으로 규정하고 잔혹하게 진압한 정부로부터 싸울 이유를 찾아낸 사람들도 있었으나 소수였고, 그들의 이야기에 공감해주는 이들은 더욱 소수였다.

서수경과 나는 1996년의 고립에 대해서는 별로 말하지 않았다. 각자가 그 안에서 무엇을 보고 느꼈는지를 말이다. 그 고립의 기억은 잊혀지지는 않고 다만 묻혀 있다가 2008년 6월 10일, 광화문 대로에 명박산성이 등장했을 때와 2009년 1월 20일, 용산에서 남일당 건물이 불타오르기 시작했을 때 구체적으로 환기되었다.

2008년 6월에 광화문 대로를 가로막은 컨테이너 벽은 시위대가 기어오르지 못하도록 기름이 도포되어 있었고 명박산성이라는 이름으로 즉시 많은 이들의 조롱과 비웃음을 샀지만 이 벽이 완성되는 과정을 지켜보며 서수경과 나는 다른 사람들처럼 웃을 수가 없었다. 명박산성 이후 빠르게 발전해 마침내 세련된 형태로 완성된 차벽 봉쇄는 아마도…… 96년 학생운동권의 고립에서 힌트를 얻었을 것이라는 게 서수경의 추측이었다. 96년이 체제에 영감을 주었을 것이라는 생각을 오랫동안 떨칠 수가 없었다고 서수경은 씁쓸한 얼굴로 말했다. 관리자들은 90년대 대학 운동권의 몰락으로 학습한 것이 있었을 것이다. 이를테면 시위대를 향한 대중의 혐오 같은 것. 1996년의 연세대 사태는 '폭력적' 시위대를 향한 대중의 혐오라는 것을 국가세력과 시위대가 동시에 목격한 사건이기도 했는데, 전자에게는 그 양상이 꽤 흥미롭게 여겨졌을 것이라고 서수경은 말했다. 1996년 8월 15일에 연세대학교의 그 육중한 철문이 포클레인으로 뜯겼을 때 사람들은 큰 충격을 받았고 그것을 뜯어낸 쪽이 정부였는데도 시위대의 폭력성을 개탄했지. 유레카. 고위 관리 중에 누군가는 그렇게 생각하지 않았을까? 물리적으로 고립시키고, 폭력이라는 틀을 씌운다. 수단으로써 그것은 철저하고도 완전한 발견이었을 거야. 물리적 봉쇄와 이념적 봉쇄, 운동과 일상의 격리. 말하자면 일상적인 것에서 정치적인 것의…… 박리. 뭐가 됐든 차벽이 그것을 완성시킬 것이다. 차벽은 말이지 차벽은…… 벽으로

써 시위 관리에 동원되지만 시위대가 그것에 손을 대고 흔들기 시작하는 순간 그것은 더는 벽이 아니고 재산이 되잖아. 국가의 재산. 시위대의 움직임은 가로막힌 길을 뚫는 돌파 행위가 아니고 재산 손괴 행위가 된다. 관리 자들이 행복해진다. 관리가 쉬워지니까. 더는 움직이지 못하도록 막아둔 뒤, 시위대가 다녀간 자리에 남은 것들을 텔레비전이나 사진으로 대중에게 보여주면 되는 것이다. 파손된 차벽과 도로에 널린 깨진 유리조각들을. 부서진 재물, 재산을. 운동이 아닌 관리자의 방향으로 대중의 공감이나 이입이 이루어지도록. 그렇게 되도록 하는 데에 재산 손괴,만큼 효과적인 광경도 없을 거라고 서수경은 말했다. 재산 손괴 장면은 종종 인명 손실 장면보다도 효과가 강하지. 왜냐하면 그 장면에 대한 이입이 훨씬 더 쉬우니까. 왜 그게 더 쉬운지는 설명하기 어렵지만 지금 여기서는 그게 더 쉽고, 뭐가 더 쉬우면 쉬운 쪽으로 되어간다. 뭐가 그렇게 되기 쉬우면 뭐는 곧 그렇게 되지 여기서는.

그렇지. 툴을 쥔 인간은 툴의 방식으로 말하고 생각한다. 그리고 어찌된 영문인지, 툴을 쥐지 못한 인간 역시 툴의 방식으로……

4

1997년 여름에 나는 경기도 김포 모처의 포도밭에서 빠져나오면서 학교를 떠났다. 학생회가 주도한 여름농활이었고 나는 동아리 구성원으로 거기 가 있었다. 8·15뗌박질대회,라는 문구가 날염된 여름 티셔츠를 입었고 허리와 밑단을 고무줄로 조이는 헐렁한 바지를 입었으며 밀짚모자를 쓰고 있었다. 그날 아침, 마을 이장댁을 방문해 감자밭이나 오이밭이나 포도밭 중 한곳으로 배정되기를 기다리며 마당에 서 있을 때, 나와 동갑이자 동아리 선배인 B가 내 왼쪽 어깨 쪽으로 머리를 기울이면서 내게 목걸이와 귀걸이를 빼라고 속삭였고 나는 포도밭 고랑에 서서 그걸 생각하고 있었다. B는 내게 이렇게 말했지. 너 그거 당장 안 빼? 그는 그 장신구들이 '가난한' 농부들에게 얼마나 좋지 않은 인상을 줄지, 말하자면 얼마나 사치스럽고 허영 있어 보일지를 물으면서 그 모습이 지난해 연세

190

대 사태로 가뜩이나 악화된 대학생들의 인상을 더 나쁘게 만들 것이라고 경고했다. 그의 말에 따르면 내 귀와 목에 걸린 것 때문에 우리가 다 매도당할 수 있었다. 지난해 연세대 사태 때문에 농활 장소를 섭외하는 데 학생회와 선배들이 얼마나 힘들었는지 아느냐고, 대학생들이 말이야, 깃발 들고 북한을 왜 가느냐고 말이야, 모두 다 빨갱이 아니냐고 농부들 거부감이 대단해서 우리가 정말 어렵게 섭외를 했는데 너 때문에 우리가 다 좋지 않게 보일 수 있다.

그날엔 내게 조그만 포도밭이 할당되었고 오전과 오후 내내 나는 거기서 혼자 일할 예정이었다. 그 밭에서는 포도나무에 직접 농약을 치지 않고 포도와 닿는 면에 농약을 바른 종이봉투를 송이 하나하나에 씌우는 농법으로 포도를 키우고 있었다. 내가 할 일은 납작한 봉투에 숨을 불어넣어 봉투를 벌린 뒤 포도송이에 씌우고 고정하는 일이었는데 봉투를 입으로 불 때마다 농약 성분이 코와 입으로 날아들어 곧 약간 취한 것 같은 상태가 되었다. 목구멍이 마비되어 뻣뻣했고 가슴이 답답했다. 고랑에 쪼그리고 앉아서 봉투를 불어가며 포도송이에서 다른 송이로 옮겨가기를 반복하다가 나는 막 일어선 참이었다. 현기증이 일었고…… 얇은 주머니 속에서 내 넓적다리를 줄곧 찌르던 귀걸이와 목걸이를 꺼내 손에 올리고 들여다보았다. 우리 모두가 매도당할 수 있는 위험하고도 불경한 사물, 그것은 생떽쥐뻬리의 어린 왕자가 음각된 펜던트가 걸린 가느다란 체인과, 직경 1센티미터도 되지 않는 링 귀걸이 두개였다. 그걸 쥐고 고랑에 서 있다가 나는 포도밭 너머로 먼지를 일으키며 다가오는 버스를 보았다. 버스가 다가왔고 정류장에 멈췄다가 아무도 태우지 않은 채로 출발했다. 나는 들쭉날쭉한 칼처럼 자란 질경이풀을 무릎과 발로 밀어내며 고랑을 걸어 포도밭을 빠져나왔고 표지판도 차광막도 없는 정류장에 서 있다가 다음 버스를 타고 서울로 돌아왔다.

그 뒤로 학교 사람들과는 연락이 끊어졌고 이제 나는 그들의 안부가 궁금하다. 메모지를 식탁에 놓고 그들의 이름을 기억나는 대로 적어본다. B와 T와 R과 N과…… 그들 각각은 어떻게 지내고 있을까. 어떤 얼굴을 하고 어떤 삶을 살고 있을까. 요 몇달 사이 거리 어딘가에서 내가 그들 중 누군가와 스치고 지나간 적도 있을까. 나의 동갑내기 선배들, B는 항상 상쇠였고 그 때문인지 후배들과 걸을 때에도 길놀이 대열(상쇠가 선두에 서고 나머지 연주자들이 뒤를 따르는 대열)을 선호했으며 후배 중 누군가가 자기보다 몇 발짝이라도 앞서 걷는 것을 허용하지 않았는데 다 같이 돈 없는 학생 신분이었던 그때에 돈이 정말 없어서 떡볶이 한 접시나 알탕 한 뚝배기를 유일한 안주로 둔 술자리에서 그는 서총련 산하 동총련, 우리, 민족, 민주를 말하다가 지금 안주가 부족하니 술 마실 줄 모르는 것들은 안줏발 세우지 말라고 소리를 지르고는 했지. 또다른 선배 T는 별명이 '5대독자 3대장손'이었고 그게 왜 그의 별명이었냐면 그 자신의 입버릇이자 그가 스스로에게 붙인 별명이었거든. 자기가 5대독자 3대장손이라서, 자기 아들을 낳는 여자는 무조건 1억을 받게 된다고 말하면서 회식자리에서 그는 옆자리 여학생을 덮치듯 눕히곤 하는 버릇이 있었고 캠퍼스 이 구석 저 구석에서 아 섹스하고 싶다고 뜬금없이 외치곤 했는데, 또라이라고 칭하면서도 그를 진지하게 말리는 선배는 없었고 그의 동기나 후배들은 모꼬지나 술자리에서 그를 호명할 일이 있을 때마다 여학생이

나 남학생이나…… 다 같이 박수로 리듬을 맞추며 5대독
자 3대장손을 연호했어.

(짝)5대독자아,

(짝)3대장소온.

이렇게 할 당시에 나는 크게 불편하거나 하지는 않은 채
같이 리듬을 맞췄어. 웃기도 했던 것 같아. 농담인 것처럼.
우리가 다 같이 재미난 것을 하는 것처럼. 하지만 나는 항
상 T가 싫었고 재수 없어 단둘이 있고 싶지 않았고 그가
언젠가는 섹스와 관련된 문제로 크게 망할 것이라고 생
각했어. 그래도 별일 없이 잘 살았나봐. T는 수년 전 종
로 모처에서 얼굴 못생긴 여자가 서비스가 좋다는 이명
박 대통령의 말("이명박 한나라당 대통령 후보가 지난 8월 28일 서울
시내 한 중국음식점에서 주요 중앙일간지 편집국장 10명가량과 저녁식사
를 하는 도중 '여성'에 관한 부적절한 비유를 한 것으로 알려져 (…) 한나라
당 경선 승리 일주일 후에 마련된 이날 만찬에서 이명박 후보는 '인생의 지
혜'를 논하면서 남성들이 '특수 서비스업'에 종사하는 여성을 선택하는 방법
에 대해 언급한 것으로 알려졌다. (…) 당시 현장에 있었던 한 신문사의 A 편
집국장은 '이 후보가 군대 안 가게 된 이야기, 현대에서의 회사 생활 이야기
등을 하면서 인생의 지혜에 대해 이야기하다가 문제의 발언을 했다'고 말했

다. A 국장은 '이 후보가 현대건설 다닐 때 외국에서 근무한 이야기를 하면서 "현지에서 가장 오래 근무한 선배는 마사지걸들이 있는 곳을 갈 경우 얼굴이 덜 예쁜 여자를 고른다더라. 왜 그럴까 생각해봤는데 얼굴이 예쁜 여자는 이미 많은 남자들이⋯ (편집자에 의해 일부 생략) 그러나 얼굴이 덜 예쁜 여자들은 서비스도 좋고⋯ (편집자에 의해 일부 생략)"식의 이야기를 했다. 2주 전의 일이라 내가 옮긴 말이 100% 정확하다고 할 수는 없지만 그런 식의 이야기를 한 것으로 기억한다'고 말했다."「이명박 후보, 편집국장들에게 부적절 비유, 얼굴 '예쁜 여자'보다 '미운 여자' 골라라?」,『오마이뉴스』 2007.9.12)에 격분하며 그것이 무슨 말이냐고, 얼굴 예쁜 애들이 섹스도 잘한다고 떠들어대는 사회인으로 내게 목격되었어.

1997년 여름에 나는 포도밭에서 빠져나오면서 그곳을 떠났다.

서너해 전에 나는 그렇게 시작되는 소설을 쓰려고 했고 끝내 그 소설을 완성하지 못했다. 그것을 첫 문장 삼아 불모의 세계를 탈출하는 사람의 이야기를 쓰고 싶었는데 그 뒤를 이어 쓸 수 없었다. 무엇을 상상하고 어떻게 써도 거짓말, 기만이라는 생각을 떨쳐낼 수가 없었고, 내가 상상하는 것을 스스로 믿을 수 없었다. 탈출의 경험이 내게 없기 때문일까? 내가 그것을 고민하고 있을 때 서수경은 1997년에 네가 김포 포도밭에서 나오지 않았느냐고, 그것이 탈출 아니냐고 물었지만 그것이 탈출일까? 나는 오랫동안 도망이라고 생각했다. 1997년 여름에 나는 경기도 김포 모처의 포도밭에서 도망쳤다,라고.

나는 포도밭에서, 탈출했을까 도망했을까.

그 둘은 구별되는 것일까.

어떻게든 오늘은 가고 내일은 온다. 사람들의 이름 옆에 그렇게 적어본다. 맨 처음 단어인 '어떻게든'에 줄을 여러 번 그어 지우고 나머지를 남긴다. 오늘은 가고 내일은 온다. 오늘은 어떻게 기억될까. 나는 오늘을 기억해두려고 월차를 사용했고 내일은 오늘을 기억으로 간직한 채 내 책상 앞으로 출근할 것이다. 중저가 브랜드의 디자인을 카피해 저렴한 여성화를 만들어 파는 구두회사 사무실 관리부에 내 자리가 있다. 전국 매장에 흩어진 재고를 문서로 관리하는 것이 내 일이다. 업무로 연락을 주고받다가 친해진 제화공들의 친절로 내 발에 꼭 맞는 구두를 가끔 만들어 신을 수 있다는 점이 좋기는 하지만 얼마나 더 이 직장을 다닐지는 모르겠다. 내일의 출근을 생각하자마자 두통처럼 K가 떠오른다. 내가 월차를 내고 쉴 예정이라는 것을 어디서 어떻게 들었는지 K는 어제 내게 서류를 건네며 비웃는 듯한 표정을 하고 김소영 주임, 내일 쉰다고요? 굳이 왜요? 뭐 보러 가요? 그래서 뭘 하려고요 어쩌려고? 라고 비아냥거렸다. 세달쯤 전에 내가 그에게 나는 너와 데이트를 하는 애인 관계가 될 생각이 없다고 말한 뒤로 그는 내내 이렇게 굴고 있는데 내 생각엔 이런 불쾌나 모욕감이 충분히 쌓인 끝에 내가 스스로 퇴사하기를 바라는 것 같다. 혹은 그저 단순하게, 너는 내게 모욕감을 줄 수 있는 정도의 사람이 아니다,라고 내게 알리고 싶거나. 그러니까 그는 그걸 말하고 싶은 것 같다. 네가 얼마나 하찮고 무력하고 같잖은 존재인지를 알라.

K의 작업녀. 나는 내가 언제부터 사무실에서 그렇게 정의되고 있었는지 모른다. 회식 자리에서 K가 늘 옆이나 맞은편에 앉곤 한다는 것을 내가 눈치챈 무렵에 나는 이미

그거였고 그때쯤엔 '둘 사이'로 놀림을 당하곤 했다. 아니라고 애인 있다고 말해도, 진짜냐고 보여달라고, 싫다고 왜 내가 내 애인을 보여줘야 하느냐고, 에에 그것 보라고 없으니 이렇게 말하지 있다가도 없고 없다가도 있는, 그런 남자친구 말고 바로 옆에 있는 진짜 남자나 한번 만나보라고, 둘이 잘돼서 다 같이 국수나 먹자고 사람들이 나를 놀릴 때마다 K는 한마디 말도 없이 흐뭇하게 웃으며 앉아 있더니 어느날 퇴근길부터 내 곁에 따라붙어서 자기 차에 타라고 요구하기 시작했다. 타요. 데려다줄게.

회사에서 집까지는 버스로 겨우 여섯 정거장 정도의 거리이고 걸어갈 수도 있으므로 괜찮다고 거절했는데, 이튿날에도 그다음 날에도 그는 내가 걷고 있는 인도 쪽으로 차를 바짝 붙여가며 내게 타라고 말했다. 싫다고 거절하고 계속 걷는데도 보조석 차창을 내린 채 느린 속도로 따라오면서 걱정하지 말라고, 자기는 나쁜 사람이 아니라고.

먼저 퇴근하고도 주차장에서 나를 기다리고 있는 그를 목격한 뒤로 나는 가급적 그와 단둘이 남는 일이 없도록 경계하면서 업무로 나눠야 하는 대화 형태도 단답이 되도록 주의했다. 하루는 점심을 먹은 뒤 회사 입구에서 테이크

아웃 잔에 담긴 커피를 마시며 영업부 과장과 내가 대화를 하고 있을 때 K가 문득 나타나 과장에게 말을 거는 척하면서 자기 몸을 과장과 나 사이에 밀어 넣었다. 그는 그렇게 하면서 과장으로부터 내 몸을 격리하려는 것처럼 나를 슬쩍 옆으로 밀어냈고 그 과정에서 내 허리에 팔을 감았다가 내렸다. 당시엔 그 접촉에 너무 놀란데다가 그들의 대화 내용이 중요한 거래 건으로 넘어가는 바람에 끼어들지 못한 채 자리로 돌아왔던 나는 하룻밤 그 일을 생각한 뒤 이튿날 계단으로 K를 불러냈다. 나는 너의 차에 타고 싶었던 적이 없고 앞으로도 없을 것이며, 사람들이 말하는 것과는 달리 나는 당신과 애인 관계였던 적이 없고 그렇게 되고 싶었던 적도 없으며 앞으로도 그럴 것이다. 그러니 내 몸에 손대지 마시오……라는 말을 최대한 완곡하게 전달하자 K는 한발짝 내게서 물러나면서, 어제 등에 손을 댄 것은 미안하다고, 하지만 만진다거나 그런 의도는 아니었다고 말한 뒤 몹시 얼굴이 빨개진 채 서둘러 계단을 올라갔다. 계단 위쪽에 누가 있었는지 K에게 왜, 지금 이게 무슨 상황인지를 묻는 말이 들렸고 거기에 K가 어, 김주임이 무슨 오해가 있었나보다고 답했다.

그 뒤로 K의 화가 내게 쏟아졌다. 사적인 접근은 사라졌지만 이제는 공적으로 내게 폭언을 쏟아내면서 고압적인 태도로 업무를 지시하고 내가 필요한 서류를 요청하면 최대한 미적거리다가 내 실수를 발견하기라도 하면 그는 즉시 내 자리로 찾아와서 얼굴 앞에 그걸 들이밀며 소리를 지르고 그러고도 마치 분한 사람처럼 한동안 내게서 등을 돌린 채 씩씩거리며 서 있다가 가버리고는 한다. 나를 대하는 그의 태도에 악의가 너무 분명해 관리부 부장이 그에게 왜 그렇게 하느냐고, 그러지 말라고 만류하자 그는 자기가 뭘 했느냐고 반문하며 왜요, 나 때문에 사람 하나 또 그만둘까봐요?라고 대꾸했다. 나는 그 대화로 K에게는 패턴이 있고 이 사무실에서 전례가 이미 있었다는 것을 알았다. 근래에 와서야. 그런 전례를 알고도 내게 K를 밀어붙인 사무실 사람들은 요즘도 이따금 내게 와서 K가 어제 회식에서 술을 너무 많이 마시고 무슨 말을 했다느니 어쨌다느니, 소식을 전하며 내게 묻는다. 그런데 정말 그에게 마음이 없었느냐고.

야, 이 야차 같은 인간들아.

재고관리 화면 너머로 얼굴을 내밀어 이렇게 외치고 싶을 때마다 나는 쓸모없음 외에는 쓸모가 거의 없는 사물을 한개씩 사서 책상에 올려두었다. 이제 내 책상엔 빈자리가 아주 좁은 면적으로 남았다. 그 사물들을 고스란히 남기고 사라지듯 퇴사하는 광경을 나는 상상한다. 내가 말을 삼키고 토끼똥처럼 남긴 사물들을 그 사람들이 처리해야 할 것이다. 내 손바닥 선인장은 누구에게 갈까. 사람들은 소우주가 터져 나간 것 같은 내 책상의 풍경을 괴상하게 여기는 것만큼이나 내 손바닥 선인장을 괴상하게 여기고 있을 것이다. 그렇지만 누군가는 사실 내 선인장을 좋아하고 있지 않을까.

내 선인장은 처음에 동그랗고 넓적한 다육잎에 다섯개의 다육잎이 짧은 손가락처럼 솟아 정말 손바닥 모양이었는데 어느날부턴가 다섯개 중 딱 가운데 잎이 나머지 잎들의 성장속도를 앞지르며 자라기 시작하더니 이제 그 길이만 홀로 30센티미터를 넘었고, 나는 매일 아침 출근할 때마다 누군가의 해코지로 중지가 꺾이거나 부러진 선인장을 목격할 가능성을 염두에 두고 내 책상을 향해 다가간다. 내가 작은 견출지에 '중지'라고 이름을 적어 붙인 내 선인장은 그 별난 성장 덕분에 처음엔 사무실 구성원 모두의 재미난 구경거리이자 농담거리였으나 지금은 누구도 그 선인장의 생장이나 안부를 입에 올리지 않는다. 나는 그 주제에 관한 그들의 침묵에서 모종의 긴장을 느낀다…… 사람들은 내가 그것으로 무엇을 상상하는지를 매일 상상할 것이다……

아니야 언니.
사람들은 그런 걸 상상할 정도로 남을 열심히 생각하지는 않아.

그것이 김소리의 의견이었고 김소리는 그러니까 내가 겪는 것을 사무실 사람들에게 말해야 한다고, 미친년이 되더라도 내가 뭘 느끼고 있는지를 그들에게 말할 필요가 있다고, K가 내게 다가와 비아냥거리거나 고압적인 태도로 업무를 지시하거나 퇴근길에 그의 청색 티볼리가 너무 빠른 속도로 너무 가까운 거리에서 내 곁을 스쳐갈 때, 내가 느끼는 심리적이고도 신체적인 위협과 불안, 그걸 사람들에게 충분히 말해야 한다고 했지만 나는 이미 그걸,

말을 한다는 것을 겪은 적이 있었다.

2002년 12월, 제16대 대통령선거를 앞둔 시기에 나는 학습지 제작회사에서 일하고 있었고 그게 내 첫번째 직장이었다. 당시 오너의 제안으로 새천년민주당 노무현 후보와 한나라당 이회창 후보와 민주노동당 권영길 후보 가운데 각자가 지지하는 후보를 홍보하는 미니 연설회 같은 것이 회사에서 열렸는데, 당시 대선엔 그런 분위기가 있었고, 많은 이들이 광장과 집단을 강력하게 경험한 그해 월드컵의 여운이라는 것도 그런 연설회가 열리는 데 아마도 몫을 했을 것이다. 내 차례가 되어서 내가 지지하는 후보의 장점을 몇가지 말했을 때 당시 영업팀 소속이었던 H라는 사람이 우우우, 야유했고 그것으론 충분치 않다고 생각했는지 왼손 검지와 중지 사이에 엄지를 끼운 채 오른손 엄지로 왼손 엄지 주변을 두들기며 쯥, 쯥, 쯥, 입으로 소리를 냈어. 당시에 나는 그게 뭔지 몰라서 다만 어리둥절했는데 뭔가 불쾌하기는 했고 그런데 생각할수록 그게 뭐였느냐면 보빨이야 보빨……

그는 내가 여성이라서 그런 방식으로 야유했을까?

서수경은 네가 남자였어도 그가 그 동작으로 야유했을 거라고 말했고 내 생각도 그러했다. 그는 발화자를 모욕하고 그 발언의 내용을 야유하려고, 너의 말은 보지 빠는 소리나 다름없다고 말하려고, 그런 행동을 했을 텐데 왜 그 동작은 야유와 모욕을 의미할까?

그는 그걸 어디서 배웠을까?

며칠을 생각하다가 내가 그 일을 문제 삼았을 때 사람들은 그 행위를 한 사람에게 해명을 요청한 것이 아니고 나를 뜨악하게 보았지. 보빨…… 어떻게 그런 생각을 하고 그런 말을 공적으로 입에 담느냐고…… 그들은 내게 경악했지.

5

아름다운 것을 생각해야 할 필요가 있을 때마다 나는 별과 책을 생각한다.

내가 읽은 별 이야기 중에 가장 아름다운 것은 앙뚜안 드 생떽쥐뻬리의 고원 착륙기였다. 사하라를 가로질러 프랑스 항공 노선을 개척하던 시기에 그와 그의 우편기는 쥐

비곳과 시스네로스 사이의 편평한 고원에 착륙한 적이 있었다. 수백만년 동안 인간의 손길이 닿지 않은 융기된 해저 단면에서 생떽쥐뻬리는 운석의 잔해를 주웠고, 그것을 이야기로 기록해 남겼다. "사과나무 아래 펼쳐놓은 보자기에는 사과만 떨어지듯, 별 아래 펼쳐놓은 보자기에는 오로지 별의 가루만이 떨어질 뿐이다." 생떽쥐뻬리는 그 편평한 고원을 하늘 아래 펼쳐진 식탁보,라고 칭했는데 그러고 보니 그것은 또다른 식탁보,에 관한 이야기로구나. 올라브 하우게의 식탁보와는 다르면서도 크게 다르지는 않은 식탁보. 『어린 왕자』*Le Petit Prince*를 썼고 2차 세계대전 중에 정찰기를 타고 나섰다가 실종되었다는 사실 외에 생떽쥐뻬리가 한 인간으로서 어떤 삶을 살았는지 나는 잘 모르지만, 그가 300미터 높이의 고원에 착륙해 운석 조각들을 줍고 "그렇게 하여 나는 별의 우량계가 된 그 고원 위에서, 놀랄 만큼 축약된 형태로, 느리게 쏟아지는 불의 소나기를 목격했던 것"(『인간의 대지』, 시공사 2014)이라고 기록한 덕분에, 그가 목격했다는 불의 소나기를 나도 목격할 수 있었다. 수백만년의 밤하늘과 별들을. 그리고 그 별의 조각들을 무심하게 얹은 채 수백만년의 시간을 조용히 회전해온 이 별의 높고 춥고 쓸쓸한 단면을.

말하자면 영원을.

수백만년이란 얼마나 긴 시간일까. 현재까지 발견된 인간의 서사시 가운데 가장 오래된 서사시가 4000년 전 「길가메시의 서사시」The Epic of Gilgamesh이고 기록으로 남은 산문 중 가장 오래된 것이 1000년 전 「겐지모노가따리源氏物語」인 점을 생각해보면 수백만년, 그것은 인간에게 이미 영원의 영역이다. 그러나 또한 그 영원의 한순간은 생떼쥐뻬리의 식탁보, 그것 한장으로도 목격된다. 내가 뭔가 아름다운 것을 손에 쥐고 만져야 할 필요가 있다고 느낄 때마다 책장에서 한묶음의 종이를…… 왠지 모르게 늘 약간 온기가 느껴지는 책 한권을 꺼내 펼쳐드는 데엔 그런 이유가 있다. 내 공간을 책으로 채워야 할 이유가 있는 것이다. 여성/사람이 뭔가를/픽션을 쓰기 위해서는 돈과 자기만의 방이 필요하다는 버지니아 울프의 말은 옳다. 사람에게는 돈과 자기만의 방이 필요하다. 그리고 그 방엔 책의 자리가 있어야 한다.

지금 이 집에는 약 삼천권의 책이 있다. 서수경과 나는 그

수를 지나치게 넘지 않도록 주기적으로 책을 솎는다. 매년 1월에, 먼지막이용 마스크를 쓰고 목장갑을 양손에 낀 채, 책에 쌓인 먼지를 털어내고 배열을 다시 하며 그중에 내보낼 책들을 골라낸다. 첫 장을 읽는 동안 아무런 매력을 발견할 수 없어 책장에 꽂아둔 채로 오래 묵은 책들, 흥미진진한 서사구조를 가지고 있어도 두번 세번 읽고 싶은 문장이 없는 책들, 저자의 말투가 별로 매력적이지 않은 인문사회학서들, 그런 책들은 이 방 바깥으로 밀려나가 현관에 놓였다가 사라진다. 몇달 전에도 우리는 선별 작업을 했고 그 어느 때보다도 많은 책이 내 책장에서 사라졌다.

어떤 책을 남기고, 어떤 책을 버릴 것인가. 기준은 한가지다. 두번 읽고 싶은가? 간단한 질문이지만 대답에 이르는 과정은 그다지 간단하지 않다. 쎄라 워터스의 『핑거스미스』*Fingersmith*와 마거릿 애트우드의 『그레이스』*Alias Grace*는 둘 다 내게 풍성한 독서경험을 안겼지만 전자는 한번으로 족하고 후자는 두번도 부족하다. 이 차이는 어디에서 올까? 나도 실은 제대로 짐작할 수 없는 이 막연한 과정을 거쳐 어느 해엔 살아남은 책이 이듬해 미련 없이 버려지는 일도 매년 있다. 가와바따 야스나리는 거의 매번 남았으나 작년에 전부 밀려 나갔고 존 윌리엄스의 『스토너』*Stoner* 는 작년에 간신히 살아남았지만 올해엔 버티지 못했다. 사까구찌 안고는 내년에 어떻게 될까? 종이가 너무 얇아 반대편 페이지와 그다음 페이지의 문장까지 비치는 바람에 읽고 싶은데도 읽을 수 없는 책들과, 도저히 읽고 싶지 않은 서문이나 추천사가 실린 책들은 매년 내게 골칫거리다. 후자의 경우엔 뒤표지를 뜯어낼 수밖에 없는데 그러면 그 흉측한 상태 때문에 상심을 더하고, 결국엔 가지고 있기를 단념하는 수밖에 없는 것 같지만 그래도 본문을 두고두고 읽고 싶다면…… 그만하자. 아무튼 책은 내게 필요하고 그 수가 많으면 좋지만 적어도 괜찮고 실은 적을수록 좋다는 생각을 하면서, 책들이 내 방 문턱을 넘지 않도록 조절하고 있다. 책을 한권 사고 싶으면 이미 가진 것 중에 한권이나 두권을 다 읽을 때까지 참는다. 그러나 책은 너무 빨리 절판되기 때문에, 매번의 독서엔 다음 책을 향한 조바심이 상당량 포함된다. 이걸 다 읽기 전에 그 책이 사라지면 어떡하지? 스타니스와프 렘의 『솔라리스』*Solaris* 를 그렇게 놓친 적이 있는 나로서는 독서를 마냥 느긋한 일로 생각할 수가 없다.

언제고 내가 내 책꽂이에 꽂을 이야기 한편을 완성할 수 있을까.

김소리와 내가 어린 시절과 성장기를 보낸 집에는 어두운 밤색 마루를 깐 시원한 거실이 있었다. 거실의 북쪽 벽면 엔 유리 문짝이 달린 책장이 있었고 그 선반들엔 우리 자매가 사촌들에게 물려받은 책들이 꽂혀 있었다. 우리보다 먼저 어린 시절을 보낸 사촌들이 가지고 있던 책들. 그중에 가장 특별한 책은 계몽사에서 출간된 소년소녀세계 문학전집이었다. 1976년 판본이었으며 총 50권으로, 읽은 흔적이 거의 없고, 엉성한 듯 아름다운 삽화가 실린 책들이었다. 각각의 낱권은 붉은색 마분지 껍데기에 담겨 있었고 책의 겉장 역시 딱딱한 마분지였으며 속 지질이 몹시 거칠었는데 펼치면 책장에서 보릿가루나 옥수수빵 냄새가 났다. 나는 그 책들을 몇번이고 되풀이해 읽으며 책의 물성에 대한 애착을 키웠다. 활자가 찍힌 곳에 일어난 보푸라기를 관찰하면서 엄지와 검지로 책장을 비비며 읽는 것을 좋아했기 때문에 내가 특별히 좋아한 책들은 낡아서 삭아버린 것처럼 위쪽 모퉁이가 둥그스름하게 닳아 있었다.

나는 초반 몇 페이지의 내용과 인쇄 상태로 흥미로운 책과 흥미롭지 않은 책으로 나눈 뒤 후자를 김소리에게 넘겼다. 그렇게 해서 『그리이스 신화』와 『호머 이야기』와 『성경 이야기』가 김소리에게 넘어갔고 『닐스의 이상한 여행』과 『별의 왕자님』과 『북유럽 동화집』과 『프랑스 동화집』 등이 내게 남았다. 김소리는 자기 몫이 된 책들에 손을 대지 않았고 내가 내 것이라고 주장하는 책들에도 손을 대지 않았다. 내 탐욕과 이기심을 말하고 싶을 때마다 김소리는 그 책들을 언급하면서, 언니가 내 정서 발달에 미친 영향을 생각해보라고 말한다. 나는 그때마다 그것이 퍽 옛날 일이며 지금은 내가 그때와는 다르고 어쨌든 그 덕분에 너의 어린 시절이 안데르센으로부터 안전할 수 있지 않았느냐고 말해본다…… 예쁘고 좀 빨간 구두를 탐냈다는 이유로 어른들에게 따돌림을 당하고 신에게까지 버림받은 뒤 발목이 잘리고 목사관에서 겁에 질린 노예로 평생을 살다가 죽은 뒤에야 천국 입성을 허락받았다는 가엾은 여자아이의 이야기를 지어낸 그 고약한 작가의 세계로부터 말이다.

안데르센이 바이섹슈얼이었다는 설이 있는데 그것이 사실이라면 금기의 영향을 받을 수밖에 없는 삶을 살면서 금기를 어기고 벌을 받는다는 이야기를 어째서 그렇게 끔찍하게 쓰고 말았을까. 그는 왜 그런 이야기로 동화의 아버지가 되었을까. 어쨌거나 어머니가 모성을 말하고 아버지가 금기를 말하는 이야기는 싫다. 그런 이야기를 도취된 채로 아이들에게 읽어주는 어른도 싫다. 정진원은 그것보다는 좋은 이야기를 읽고 자랐으면 좋겠어. 왜냐하면 독서의 경험이란 앞선 삶의 문장을, 즉 앞선 세대의 삶 형태들을 양손에 받아드는 경험이기도 하니까. 이 생각과 유사한 문장을 나는 최근 어떤 책에서 보았고 그 책의 저자는 아마도 롤랑 바르뜨였을 것이다. "산다는 것은 (…) 우리보다 먼저 존재했던 문장들로부터 삶의 형태들을 받는 것"……(『롤랑 바르트, 마지막 강의』, 민음사 2015)

우리 가족의 경제적 상황이 크게 악화되었을 때 김소리는 국민학교 졸업을 앞두고 있었고 나는 고등학생이었다.

우리가 진짜 망했고 가난해졌다는 사실을 김소리와 내가 정말로 안 것은 소년소녀세계문학전집을 비롯해 우리가 가진 모든 책을 빼앗겼을 때였다. 어느날 구두를 신은 남자들이 집 안으로 들어왔고 그들은 책장을 비롯해 모든 수납장의 문을 닫은 뒤 그 문짝에 차압 딱지를 붙였다. 안에 든 것을 빼내려고 문을 열면 딱지가 찢어져 증거가 남도록.

어머니는 아침 일찍부터 외출 중이었고 아버지는 직전에 출근한 참이었으며 김소리와 내가 집에 남아 있었다. 집달리들이 문턱에 구둣발 자국을 남기며 딱지를 다 붙이고 떠난 뒤에야 집으로 전화 한통이 걸려왔다. 갔냐? 아버지였다. 출근하려고 집을 나선 그는 우리 집 쪽을 향해 가는 남성 한 무리를 스쳐 지나갔고 그들이 집달리들, 경매 집행관들이라는 사실을 직감했다고 말했다. 나는 이 전화를 받고서야 김소리와 내가 집행관들의 방문을 받고 그 일을 겪을 동안 아버지가 바깥에 있었다는 사실을 알았다. 내가 그 사실에 분노해, 아빠,라고 외치자 그는 그 상황에선 자기가 없는 게 더 나았다고 판단했으며 그런 판단으로, 그들이 일을 마치고 떠나기를 기다렸다고 말했다. 자기가

가진 '힘' 때문에 더 큰 비극이 벌어질 수도 있었다고 그
는 말했고 당시에 나와 김소리는 그의 판단을 판단이라
고 믿었지만 지금은 그렇게 생각하지 않는다. 그런 일이
벌어질 때 집안에 아빠가-남자가 있으면 사달 난다, 그게
사실일까? 자기 자신에 대한 과잉된 믿음이나 과장된 불
신은 아니었을까.

그게 무엇이었든 아버지는 그 일을 자기가 경험했다고 믿
는다. 1946년에 태어났고 5녀2남의 장남인 그는 십대 때
부터 작은 사업들을 시도했는데 장사나 사업에 별 수완
도 소질도 없어 번번이 망했고 그때마다 누나들과 여동생
들이 미싱 시다로 일하며 번 돈을 끌어다 썼다. 전쟁 통에
남편을 잃고 시장에서 장사를 하며 아이들을 키운 할머니
에게는 그의 실패가 그의 무능력은 아니었고 그의 불운이
자 천성의 결과일 따름이었다. 우리 자매의 고모들에게도
오랫동안 그랬던 것처럼. 남을 속이거나 해코지 못하는
착한 동생, 비정하고 몰인정한 사업의 세계에서 약삭빠르
지 못해 손해만 보고 미끄러지는 불쌍한 오빠, 착하고 불
쌍한 아들로 살아온 그는 스스로를 선하고 불쌍하게 보는
데 익숙하고, 불쌍한 사람으로 자신을 타인에게 내보이는

데 능숙하다. 1992년 김소리와 나의 정신세계를 크게 뒤흔든 집행관 사건을 그는 기회가 있을 때마다 자기 경험으로 말한다. 1992년에 말이지, 집달리들이 집으로 들이닥쳤을 때 자기가 어떤 일을 겪었는지, 집이 바로 보이는 공중전화 박스 속에서 내가 줄담배를 태우며 말이야, 그때 본인의 심정이 얼마나 고통스러웠는지를 말하기 위해서. 그래, 그랬지. 아빠가 얼마나 괴로웠겠어. 김소리와 내가 자라는 동안, 그리고 불과 몇년 전까지만 해도, 그를 향한 연민으로 어쩔 줄 몰랐다는 점을 나는 생각해본다. 그 마음들은 다 어떻게 된 걸까? 그도 그것이 궁금할 것이다. 내 딸들이 왜 이렇게 되었을까? 그 애들이 왜 이렇게 예민해졌을까?

아버지는 종로구 장사동에 위치한 세운상가 1층에서 이동식 난방기와 냉방기를 판매하고 있다. 난방기와 냉방기만으로는 수익이 부족해 가습기, 토스터, 전기 포트 같은 소형 가전도 판다. 실질매출은 30년 전이나 40년 전보다 못하지만 어쨌든 가게세를 내고, 어머니와 아버지, 두 사람이 살아갈 정도의 생활비는 버는 듯하다. 30년 전과

40년 전. 아버지의 전자상 일대 풍경은 그때나 지금이나 크게 달라진 것이 없는 것 같다. 매대에 오른 전자제품들의 상표나 디자인이 다를까, 10년 전에 본 것과 20년 전에 본 것과 30년 전에 거기서 내가 본 풍경이 크게 다르지 않다. 아버지는 김씨 일가의 장녀인 큰고모가 한국에서의 삶에 진저리를 내며 미국 비자를 얻어 도미하기 전에 마지막으로 내어준 자금으로 세운상가 일대에서 장사를 시작했고, 한차례 부도를 겪기는 했지만, 그럭저럭 그 자리에서 40년 동안 장사를 이어왔다. 그의 가게는 3층 데크로 덮여 햇빛이 들지 않는 주차장을 마주하고 있고 그 부근에서는 늘 담배와 배기가스와 침과 오줌 냄새가 난다. 1987년에도 그는 그곳에서 장사하고 있었고 매일 버스를 타고 광화문을 거쳐 종로3가로 출근했다. 그해 6월의 며칠, 전에 없이 어머니가 아버지를 마중한다며 나갔다가 둘이서 고춧가루 냄새를 풍기며 돌아온 밤이 있었다. 문이 열리자마자 쏟아지듯 집 안으로 들어선 그들의 몸에선 김소리와 내가 전에 한번도 맡아본 적 없는 강렬한 냄새가 났다. 그들의 귀가와 더불어 온 집 안을 채운 그 냄새 때문에 김소리와 나는 숨을 쉬기도 어려웠다. 눈물이

고이고 콧물이 흐르고 눈이며 뺨이며 너무 문질러 빨개진
채로 부은 그들의 얼굴을 보고 김소리와 나는 엄마와 아
빠가 어디서 몹쓸 일을 겪어 많이 울었나보다고 겁을 먹
었지만 정작 두 사람은 즐거워 보였다. 그들은 개네들, 개
네들이라고 말하며 배를 붙들고 웃었고 서로를 바라보며
웃고 당혹스러워하는 우리 자매를 보면서도 웃고 얼굴이
따갑다고 웃고 너무 세게 달려 종아리가 아프다고 웃었
다. 두 사람이 그처럼 다정하고 즐거워 보이는 모습을 김
소리와 나는 그 전에도 이후에도 본 적이 없다. 어머니와
아버지는 냄새가 밴 옷을 벗고 세탁물을 뭉쳐 세탁기에
던져 넣고 장난하는 아이들처럼 깔깔거리며 둘이 함께 욕
실에 들어가 씻었다. 그들의 머리카락에 밴 냄새는 샤워
를 거치고 나서도 완전히 지워지지 않았고 그런 밤이 한
번으로 끝나지도 않아서, 그 냄새는 베개와 이불에도 뱄
고 덕분에 안방이며 이불장에 며칠이고 그 냄새가 남아
있었다. 최루탄이라는 물질을 김소리와 나는 그렇게 그해
에 처음 겪었다.

1996년에 내가 연세대학교에서 집으로 돌아왔을 때 아버

지는 내 귀가를 다정하게 반기면서 자기에게도 공권력을 향해 돌을 던져본 역사가 있다며 1987년 6월의 종로와 광화문을 말했다. 퇴근하던 길에 그는 호헌철폐, 독재타도를 외치는 사람들에게 경찰이 최루탄을 쏘는 광경을 목격했고 너무 열 받아 소리를 질렀다고, 경찰, 사람 때리지 마, 최루탄 쏘지 마, 하다보니 종로3가 대로에서 본인이 사람들과 돌을 던지며 행진하고 있더라고, 대통령직선제와 헌법재판소를 얻어냈으며 대통령의 힘은 줄이고(국회해산권 폐지) 국회의 힘을 늘리는 방향으로(국회에 계엄해제권과 국정감사권 부여) 헌법을 개정하는 데까지 이른 민주화 대열에 그처럼 본인도 있었다고 말하면서 지금은 시대가 그렇질 않다고 덧붙였다. 너희들 시대. 반바지에 러닝셔츠 차림으로 양반다리를 하고 앉은 그의 앞에 디스 한갑과 백원짜리 플라스틱 라이터가 놓여 있었다. 앉자마자 담배부터 태우곤 하는 평소 습관과는 다르게 아버지는 이야기를 하는 동안 담배에도 라이터에도 손을 대지 않았다. 니들이 데모할 일이 뭐가 있느냐고 그는 괴로워하며 말했다. 지금은 독재가 아니다. 전두환도 감옥에 가는 시대다. 명분이 없다. 깃발 들지 마라. 데모 따라다니지 마라. 북한 간다고 나서는 거 봐라. 빨갱이 짓이다.

1987년 6월 민주화항쟁에 엄마와 아빠도 몫을 했다는 이야기는 그 전에도 몇번, 그들에게 직접 들은 적이 있었다. 너희 엄마하고 아빠가 그때 광화문에서, 사람이 그렇게 많이 모인 것을 그때 처음 봤는데 거기에 경찰이 최루탄을 빠바바바바…… 그러니까 그 많은 사람들이 와악, 흩어지더라.

이윽고 그들이 목격한 것이 김대중(득표율 27퍼센트)과 김영삼(득표율 28퍼센트)의 분열이었고 노태우(득표율 36.6퍼센트)의 당선(1987년 12월 16일, 제13대 대통령선거)이었다는 점을 생각하면 조금 마음이 아프다. 동갑내기 부부인 그들이 1987년에 41세였고 오늘의 나와 동갑이었다는 점을 생각하면 조금 더 그렇다. 어머니와 아버지는 이듬해 12월에 무엇을 생각하고 느꼈을까. 실패라고 생각했을까. 데모 따위, 해봤자,라고 생각했을까 세상 뻔하다고. 그 경험이 그들에게 영향을 주기도 했을까.

—

한나 아렌트는 1961년 예루살렘에서 진행된 전범 아이히만의 재판 과정을 지켜본 글에서 "아이히만에게서 서로 긴밀히 연결된 세가지의 무능성을 언급"한다. "말하기의 무능성, 생각의 무능성, 그리고 타인의 입장에서 생각하기의 무능성이 그것이다."(김선욱, 한나 아렌트 『예루살렘의 아이히만』 역자 서문) 『예루살렘의 아이히만』 *Eichmann in Jerusalem*(한길사 2006)에서 '평범성'으로 번역된 banality는 김학이 선생이 지적했던 것처럼 '평범성'보다는 '상투성'에 가까운 말인 듯하다.("한국의 학자들 대부분은 'banality'라는 단어를 '평범성'으로 번역하는데 이는 그리 적절해 보이지 않는다. (…) 아렌트는 1965년 증보판의 후기에 그 개념을 '무사유'로 해석했다. 여기서 무사유란 상투어만을 사용하기에 진정한 소통을 하지 못하는, 그래서 얄팍한 상태를 가리킨다. 그래서 뻔하다는 것이다." 라울 힐베르크 『홀로코스트 유럽 유대인의 파괴』 *The Destruction of the European Jews* 1권 역자 서문, 개마고원 2008) 한나 아렌트가 아이히만에게서 발견한 악의 어떤 측면은 평범성이라기보다는 상투성에 그 기원이 있을 것이다.

종북과 좌빨.

몇십 년 동안 구독해온 신문의 어휘와 논조를 그대로 닮은 아버지의 말에서 나는 아렌트가 묘사한 아이히만 식의 상투성을 본다. 즉 말하기, 생각하기, 공감하기의 무능성을.

아버지는 이제 칠십대에 접어들었고 누군가가 식사를 차려주지 않으면 곤경에 빠지고, 어느 서랍에 자기 양말이며 바지가 들었는지를 잘 모르고, 잘 씻지 않고, 아파도 스스로를 돌보지 않아서 어머니를 안달복달한 상태로 밀어넣고, 자신을 내버려둔다고 딸들을 원망하며 누군가를, 무언가를 혐오하는 데 전보다 많은 시간을 보내고 있다. 젊음도 늙음도 혐오하는 그가 가장 혐오하는 것은 노조 활동과 폭로와 노무현인데, 파업은 빨갱이 활동이고 삼성의 수십억원대 비자금을 폭로한 김용철 변호사는 비열한 배신자이며 고故 노무현 전 대통령은 가당찮은 자리까지 올라간 범인凡人이다. 막노동에 나보다 많이 버는 것들이 무슨 노조며 파업이냐,라는 그의 불쾌에는 노동 혐오와 노동자 혐오가 동시에 있고, 그보다 더 근본에는 약함을 혐오하는 마음이 있는 것 같고, 특히 노무현 전 대통령을 향한 분노나 혐오에 종종 등장하곤 하는 말이 '권위도

뭣도 없다'라는 점을 생각해보았을 때, 노동자, 김용철, 노무현을 향한 그의 혐오는 같은 물줄기가 아닐까,라고 김소리와 나는 대화를 나눈 적이 있었다. 그는 권위 없음을 혐오한다. 그는 힘없음無力을 혐오한다. 그는 약함을 혐오한다.

아버지에게 힘이란 무엇이고 권위란 무엇일까. 그것을 생각할 때마다 나는 1980년대에 우리 가족이 사용했던 양철 밥상이 생각난다. 꽃과 이파리와 공작 그림이 색색으로 프린트된 둥근 은색 밥상. 1986년 아시안게임 체조 종목에서 서선앵(86아시안게임 금메달리스트. 이후 부상으로 1988년 서울 올림픽에 출전하지 못한 채 은퇴) 선수가 금메달을 딴 날에도 우리는 그 밥상을 사용해 저녁을 먹고 있었다. 서선앵 선수의 평균대 경기를 보도한 그날 뉴스의 끝자락쯤에 전두환과 노신영(18대 국무총리, 1987년 박종철 고문치사 사건으로 사임)의 모습이 방영되었다. 그 장면을 보고 내가 아는 것을 자랑하려고, 아빠, 대통령이 죽으면 국무총리 할아버지가 대통령이 되는 거지요?라고 물었을 때 아버지가 양철 밥상이 튀어 오르도록 다급히 몸을 기울여 손으로 내 입을 막았다. 나는 단지 내가 아는 것을 자랑하려고 했을 뿐인데 그는 그런 이야기를 해서는 안 된다고, 네가 그런 말을 하고 다니면 아버지가 군인에게 잡혀간다,라고 말했다. 아버지는 겁에 질려 있었다.

이렇게 가정해볼까. 아버지가 말하는 권위는 곧 힘이고 힘이란 곧 누군가를 공포에 질리게 만들 수 있다는 사실이다. 사적인 공간에서 누가 들을까 두려워 급하게 자식의 입을 틀어막게 만든 힘, 그는 그런 힘을 경험했고 그것이 힘이라는 것을 알며 힘이란 곧 그게 되었다. 그게 없음을 그는 혐오한다. '권위 없음'을 혐오한다. 누구도 '권위 없음'을 두려워하지는 않으므로 그는 자신의 '권위 없음' 상태를 두려워한다. 그가 누군가의 '권위 없음'을 비난할 때 그에게는 그것을 하는 '권위'가 있으므로 그는 힘없음을 힘껏 혐오한다……

아버지는 정치적 견해가 달라 딸들과 갈등을 겪고 있다고 판단한 것 같고 그가 그렇게 판단하고 있다면 나는 그 판단에 동의할 수 있다. 김소리와 나는 그 갈등의 가시적 기원을 일단 김소리의 상견례에 두고 있다. 김소리는 5년 전에 정씨 성을 가진 원단 유통업자와 결혼했다. 그를 탐

탁지 않게 여긴 아버지가 그의 부모를 만나는 상견례 자리에서 못되게 티를 낼지도 모른다고 어머니와 김소리와 나는 걱정을 했는데, 그날 아버지는 시종일관 우리가 전에 보지 못한 기품 있는 태도로 온화하게 상견례에 임했다. 어려운 자리를 끝내고 우리끼리 돌아오는 차 안에서, 아버지는 조만간 종로 근처로 만나러 갈 테니 둘이서 술이나 한잔하자고 제안한 그쪽 집안의 아버지를, 사돈과의 대화를 곱씹으며 분개했다. 내가 자기를 왜 만나느냐고, 지가 만나러 오면 내가 아무 때나 만날 수 있는 사람이냐, 그 여유가 다 뭐냐고 아들 가진 놈이라고 다 가졌다 이거냐고 말했다. 그 여유 있는 표정! 사돈의 미소를 그는 이렇게 일컬었다.

승자의 미소.

그 말을 듣고 김소리가 운전석에서, 내가 조수석에서, 어떻게 얼어붙었는지를 어떻게 말할 수 있을까. 그는 그 순간의 말 몇마디로 수십년 묵은 열등감과 자격지심을 드러냄으로써 딸들에게 자신의 생각을 들켰는데 김소리와 내가 그 나이에 이를 때까지 그의 그런 생각, 기분, 감정을 느낀 적도 짐작한 적도 없다는 점은, 오히려 그가 그 긴 세월 동안 그래도 비교적 훌륭했다는 증거는 아니었을까.
서수경과 김소리와 나는 나중에 그런 대화를 나누기도 했
지마는 승자의 미소, 이후로 김소리와 내가 아버지와의
관계를 이전처럼 생각할 수는 없었다. 우리는 이미 알았
고 모르는 상태로는 돌아갈 수 없었어. 그렇지 않겠나. 그
의 '불쌍'에 우리의 존재가 있었다니. 아니야 정확히 말해
야지 우리의 보지가.

딸들과의 관계에서 최근에 아버지가 가장 억울하게 생각
하는 것은 딸들이 자신을 더는 불쌍하게 여기지 않는다는
점일지도 모르겠다. 그는 김소리와 내가 사회적 사건들에
마음 쓰고 있다는 것을 알고 있고 그 마음을 못마땅해하면
서 배덕과 배반을 말한다. 2014년 4월 16일 진도 팽목항 앞
바다에서 침몰한 세월호 탑승자들과 그 유가족들과 미수
습자 가족들에게 김소리와 내가 마음 쓰는 것을 두고 그는,
그는 우리가 그들을 불쌍하게 여긴다고 생각하는 것 같은
데, 이렇게 말한다. 생판 남인 그 사람들에겐 그렇게 신경
을 쓰면서 네 부모는 왜 돌보지 않냐. 도덕적으로 그건 문
제, 이율배반, 배반 아니냐. 너희들 앞마당부터 쓸어라.

그가 말하는 앞마당이 그 누구의 것도 아닌 당신의 앞마당이라는 점을 우리가 눈치챘다는 것을 그에게 말해야 할까? 아버지는 자신의 농담에 일일이 정색을 하고, 아빠 불쌍하지,라는 물음에 더는 대답하지 않고, 다정하지 않고, 자주 화를 내곤 하는 딸들에게 이제 화가 났으며 어머니를 통해 그 화를 주기적으로 통지한다. 너희들이 계속 이런 식으로 자신을 대하면 용서하지 않겠다고 그가 말했다지만 그것이 무슨 가치가 있겠나 그의 용서가…… 우리에겐 그의 용서가 이미 필요하지 않다. 그가 그것을 모른다는 것과, 알아도 인정하지 않을 것을 생각하면 마음이 아프다. 그렇지 이렇게 앉아 어머니와 아버지를 생각할 때, 김소리나 나는 화가 나기보다는 종종 서글프다.

어머니는 어떻게든 갈등을 끝내보려고 김소리와 내게 전화를 건다. 너희 아버지가 짜증과 심술만 늘어 자기를 괴롭힌다고, 외출할 일이 있어 국도 끓여두고 반찬도 냉장고에 있으니 꺼내 먹기만 하면 된다고 전달하고 나갔는데 와서 보니 김치통과 밥만 꺼내 먹고 자기가 먹은 것을 보라는 듯 뚜껑을 열어둔 채로 모든 것을 식탁에 내버려두었더라, 내가 요즘 이런 걸 보고 산다, 너무 시달린다고 호소한 뒤에 니들이 아빠를 좀 달래보라고, 아빠에게 다정하게 굴어보라고 청하며 마지막엔 늘 이렇게 묻는다.

너희는 엄마가 불쌍하지도 않니.

사회교육학자인 전진성 선생은 『상상의 아테네, 베를린·도쿄·서울』(천년의상상 2015)에서 1890년에 제국헌법으로 법제화된 '국체國體' 개념을 설명하면서 국체의 정점인 천황을 언급하는 와중에 니시따 키따로오의 '절대무' 개념을 인용하는데, 그의 절대무 개념이 "주체와 객체가 더는 이성에 의해 방해받지 않고 하나가 된다는 종교적 경지를 설파했다"고 말하고, "이는 일본이라는 주체가 제국이라는 객체로 용해된다는 논리로 읽힐 만한 여지가 있었다. 여기서 주체와 객체를 초월하는 '절대무'에 해당하는 것은 물론 천황"이라고 덧붙인다. 나는 그 부분을 읽으며 애니메이션 『신세기 에반게리온新世紀エヴァンゲリオン』의 극장판인 「엔드 오브 에반게리온」End of Evangelion(1997)을 떠올렸다. 전투병기 제작/무장 집단인 네르프NERV의 수장이자, 이까리 신지의 아버지이고, 텔레비전 시리즈에서는 늘 의미심장한 무표정과 침묵으로 일관했던 이까리 겐도오는

「엔드 오브 에반게리온」에서 자신의 숨은 열망을 드러낸다. 겐도오는 에반게리온 초호기로 흡수된 아내, 이까리 유이를 만나기 위해 인류를 절멸에 이르게 하는 서드 임팩트를 감행하고, 그 순정의 대가로 그를 포함한 인류는 액화되어 단일한 전체가 되어버린다. 인간이 사라진 세계엔 에바 초호기 파일럿인 이까리 신지와 2호기 파일럿인 소류 아스카 랑그레이가 최후의 인류로 남는다. 「엔드 오브 에반게리온」의 엔딩은 아스카의 독백이다. 아버지의 사랑으로 모든 인간이 그 사랑 속에 융해된 주홍빛 세계에서 신지는 울고 아스카는 말한다.

키모찌와루이気持ち悪い(기분 나빠).

6

정진원은 우리를 어떻게 기억할까.

김소리와 서수경과 나를. 지금 이 집에 모인, 그의 어른들을.

어른.

우린 언제 어른이 되었을까.

정진원이 태어났을 때 나는 여러번 병원과 산후조리원으로 아기를 보러 갔다. 내 첫 조카가 특별하게 예뻤기 때문은 아니었고 세상에 나타난 지 한달도 되지 않은 그 작은 얼굴이 누구와도 닮지 않았기 때문이었다. 누구와도 닮지 않은 그 얼굴이 왜 이렇게 낯익은가. 그것이 궁금하고 신묘하고 두려워 자주 아기를 보러 갔다. 아기는 대개 고치처럼 담요에 감긴 채 투명한 요람에 담겨 있었다. 잠들거나 깨어 있거나 짜증을 내거나 부르튼 입을 오므리거나 하면서. 나는 그 얼굴이 아직 내 인생에 도래하지 않은 지난날, 그 얼굴을 예상하지도 예측하지도 못했던 지난날을 생각했다. 김소리와 내가 어렸을 때, 서수경과 내가 더 젊었을 때, 그 어느 때에 내가 저 얼굴을 이미 만난 적이 있는 것 같았어. 그래서 어제 보고 온 조카의 오늘 얼굴이 궁금해지고는 했다. 껍질을 이제 막 빠져나온 나비 날개가 천천히 펼쳐지는 것처럼 그 아이의 얼굴도 조금씩 명확해지고 있었으니 그러다 어느 순간엔 저 얼굴을 대체

228

어디서 어떻게 목격했는지도 알 수 있지 않을까.

정진원은 이제 다섯살이고 주어와 동사를 다 갖춘 말을 할 수 있다.

예쁘다.

말을 시작한 시기에 정진원은 그 말로 매일 조금씩 자기 말을 늘렸다. 물고기 예쁘다. 나비 예쁘다. 엄마 예쁘다. 엄마 오늘 예쁘다. 이모 오늘 눈이 까매서 예쁘다…… 휴일이나 평일 퇴근 후, 그 아이가 내게 맡겨져 아이와 단둘이 있어야 하는 경우가 있는데 그럴 때 나는 난감하다. 둘이서 무엇을 해야 좋을지 모르겠어. 놀이가 어렵고 특히 대화가 어렵다. 아이에게 어떻게 말해야 하는지, 아이의 질문에 어떻게 대답해야 하는지를 알 수가 없어 애를 먹곤 한다. 나는 내 대답이나 생각이 아이에게 미칠 영향이 두렵다. 한번은 둘이서 골목을 걷다가 바싹 마른 꽃나무를 살리려는지 마저 죽이려는지 화분째 바깥에 내다둔 집 앞을 지나갔고 그때 정진원이 내게 이모, 저 나무가 죽었느냐고 물은 적이 있었다. 살아 있어, 아직은…… 삶보다는 죽음에 가까운 대답을 해놓고 뜨끔해 아이를 내려다보았다. 정진원은 다만 햇빛이 눈부신 듯 미간을 찡그린 채 걷고 있었다. 진지하게 무언가를 생각하는 얼굴 같기도 했다. 나는 이 아이가 조금 전 대화에서 아무런 인상을 받지 않았기를, 대화 자체를 벌써 잊었기를 바랐다.

재작년에 존 클라센의 그림책인 『이건 내 모자가 아니야』*This Is Not My Hat*를 함께 읽었을 때에도 그랬지. 우연한 기회에 작은 모자를 훔친 물고기가 모자를 숨기려고 물속을 나아가며 모자에 관해 몽상하다가 모자의 본래 주인인 거대한 물고기가 따르는 후방을 알지 못한 채 물풀 속으로 천진하게 사라지는 그 이야기 말이야. 작은 물고기는 아무도 자길 찾아내지 못할 거라고 자신하며 물풀 속으로 들어가지만 큰 물고기가 그 뒤를 따라 들어갔고, 이윽고 모자를 되찾은 큰 물고기가 물풀 숲을 유유히 떠난 뒤 마지막 페이지엔 물풀 숲이 남는다. 이 마지막 장에 이르자 정진원은 몹시 당황하면서 그림책을 자기 앞으로 당기더니 책장을 뒤지기 시작했다. 겉장에 접착된 마지막 장을 손가락으로 긁어 떼어내려고 하면서 그 속에 한장이 더 있을 거라고 믿는 것처럼, 감춰진 이야기를 찾아내려고 애를 쓰더니 물고기가 어디로 갔느냐고 내게 물었다.

나는 대답할 수가 없었다. 나도 몹시 놀란 참이라서. 물풀

이 우거진 마지막 페이지는 너무 고요해 보였고 그게 내게 뜻하는 바는 곧 그 이야기를 이끌어가던 화자의 죽음이었다. 작은 물고기의 죽음. 존 클라센은 그 페이지에 검은색, 갈색, 자주색 물풀만을 그려놓았지만 나는 작가가 그 속에 작은 물고기의 사체를 감춰두었다고 생각했다. 그 속에 작은 물고기의 사체가 감춰져 있다. 두번을 보고 세번을 보아도 내게는 그렇게 보였다. 눈물이 맺힌 눈으로 나를 보면서 물고기의 행방을 묻는 조카의 곁에서 나는 당혹스러웠고 무능했다. 내게는 죽었다,거나 먹혔다, 밖엔 답이 없었으니까.

그날 퇴근해 돌아온 서수경에게 정진원과 내가 그 책을 펼쳐 보이며 하소연하자 서수경은 웃었다.

작은 물고기는 지금 숨어 있는 거야.

왜?

부끄러워서. 조금 있다가 나올 거야.

언제?

네가 안 볼 때, 아무도 안 볼 때.

—

어른은 부끄러움 뒤에 온다고 김소리는 말했지.

서너달 전에 김소리가 구두회사 근처로 점심을 먹으러 왔
을 때였다.

어린 시절을 회고하다가 내가 우리 집 현관에 배어 있던
1987년 6월의 최루탄 냄새를 말하자 김소리는 고개를 갸
웃하더니 자기에게는 그 기억이 분명하지 않다며 그보다
는 1996년,이라고 말했다. 1996년 여름에 김소리는 상업
고등학교 상과 학생이었고 홍익대학교 인근 패스트푸드
매장에서 아르바이트를 하고 있었다. 어느날 일을 마치고
합정역 근처에서 버스를 탔는데 이미 그 버스의 승객이
었던 대학생들이 이제 막 버스에 올라탄 김소리에게 내리
라고 야단스럽게 손짓한 일이 있었다고 김소리는 말했다.
김소리는 그들이 왜 그렇게 행동하는지 이해할 수 없었
다. 머리나 가슴에 글자를 적은 띠를 둘렀고 먼지와 땀자
국으로 얼굴은 얼룩덜룩했으며 소매가 뜯겨 나간 셔츠를
입고 있는 등 차림새도 너무 뜬금없어 무슨 코스프레를

하고 오는 길인가보다고 김소리는 생각했으나 곧 신촌 일
대에서 데모를 하고 어디론가 이동하는 사람들이라는 것
을 알았다. 그들은 자기들 몸에 밴 최루탄 냄새 때문에 어
린 학생이 고생할 것이라며 이 버스에서 내리라고 김소리
에게 말하고 있었다. 나 집에 가야 되는데? 이거 안 타면
뭐 타? 차비 이미 냈는데? 김소리는 처음에 당황했고 곧
짜증이 치밀었다고, 그들이 선량하게 "너를" 배려한다는
듯한 표정을 하고 있는 것이 싫었고, 자기들 몸에 두른 띠
에 적힌 민족, 민주, 같은 것들이 "너와는 관계가 없으니"
저리 가라고, 그 언니오빠들이 말하는 것 같았다고 말했
다. 뭔데 타라 타지 마라야. 김소리는 오기가 치밀어 냉큼
빈 좌석에 앉았고 버스가 양화대교를 넘어가는 내내 대학
생들의 머리며 옷깃에 밴 최루탄 냄새 때문에 눈물을 흘
렸다. 냄새가 정말 지독했다고 김소리는 회고했다.

괜히 탔다고 후회했는데 그걸 들키고 싶지 않아서 꼿꼿이
앉아 눈물만 흘렸지. 나는 그 언니오빠들이 어른인 척한
다고 생각했어. 나보다 고작해야 서너살 많을 뿐이면서,
기회가 있었다는 이유로 대학생이 되었을 뿐이면서, 뭘
어른인 척을 하고 있어 재수 없게, 그렇게. 난 그때 언니

가 연세대학교에 있었다는 것도 몰랐지. 나중에 귀신 같은 몰골로 귀가한 언니를 보고서도 눈물이 나더라. 그리고 이듬해 언니는 학교를 그만두었지. 언니는 거길 그만둘 수가 있었던 거야. 별 미련도 없어 보였고. 너무 재수 없었어.

김소리에게 대학생들은 어른이 아니었다. 언니도 어머니도 아버지도 어른이 아니었다. 십대 때 자기에게 어른은 배지혜 한 사람이었다고 김소리는 말했다. 김소리가 지혜 언니라고 불렀던 배지혜. 그는 김소리가 고등학교를 졸업하자마자 취업해 들어간 창고형 할인매장의 직원이었다. 배지혜는 상대방의 성별, 지위를 막론하고 말이 거침없으면서도 대응에 능했고 판단이 빨랐다. 김소리는 그에게 일을 배웠고 그에게 직접 일 잘한다는 칭찬을 들었으며 앞으로 더 잘할 거라는 격려도 받았다. 센 년, 난 년, 소리를 듣는 배지혜를 따라다니며 일을, 보다 정확히 말하자면 일하는 태도를 배우다보니 '지혜 새끼'나 '새끼 지혜'라는 말을 듣기도 했지만, 그걸 듣는 기분이 오히려 좋았다고 김소리는 말했다. 김소리에게 배지혜는 제대로 자기 일을 하는 사람, 자기 분야에서 무시할 수 없는 어른이었고, 그를 닮아간다는 것은 자기도 그런 어른이 될 수 있다는 의미였으니까. 하루는 열한살짜리 아이가 매장을 혼자 돌아다니다가 뭘 훔쳤는데 배지혜가 그 현장을 잡은 일이 있었다고 김소리는 말했다. 왜 훔쳤냐. 배지혜가 안내데스크 앞에 아이를 세워두고 묻자 아이는 "집에 엄마가 계시는데, 엄마가 아프신데, 그 물건이 엄마한테 필요해서 훔칠 수밖에 없었다"고 답했다. 훔친 물건이 프라모델의 부속품임을 지적하며 그 물건이 '아픈 엄마'한테 필요할 리가 없지 않느냐고 묻자 아이는 정말이라고, 엄마가 그 물건이 꼭 필요하다고 말해서 자기가 그걸 가져다주려 했다고 호소했다. 배지혜는 어이가 없다는 표정으로 아이를 쳐다보다가 야 됐어, 꺼져, 꺼져,라고 말한 뒤 아이를 두고 가버렸다. 김소리는 상황을 처음부터 보고 있었고, 아이가 멍하니 그 자리에 남은 것을 보았고, 정말 가도 되는지를 몰라 당황한 기색으로 두리번거리며 서 있다가 이윽고 어디론가 가는 것까지를 모두 보았다. 1999년의 일로 당시에 김소리는 열아홉살이었다.

김소리는 그 창고형 할인매장에서 3년여를 더 일하다가

할인매장 직원에서 하청업체 직원으로 한차례 소속이 바뀌고 두차례 계약기간이 연장된 뒤 그 일을 그만두고 다른 직장을 찾았다. 배지혜와는 연락이 끊어졌지만 김소리가 일하는 방식에는 여전히 배지혜 방식이 있었고 그 방식을 따르면 유능한 사람일 수 있었다고 김소리는 말했다. 지혜언니라면 이럴 때 어떻게 할 것인가. 그것이 사회인 김소리의 기준이었다. 때문에 2009년, 서울시 양천구 목동에 위치한 서점에서 열한살짜리 아이 둘이 만화책 포장 비닐을 커터로 찢고 있는 현장을 잡았을 때, 지혜언니라면 어떻게 할 것인가를 생각할 필요조차 없었다고 김소리는 말했다.

그 애들이 커터로 아무렇게나 포장을 그어 표지까지 싹 잘라먹은 책 다섯권이 바닥에 흩어져 있었어. 걔들이 사용한 커터엔 우리 가격표가 붙어 있었지. 문구 매대에서 판매용 커터를 가져가서 그걸로 책 포장을 뜯고 있었던 거야. 이게 뭐하는 짓이냐 어떻게 이렇게 할 수 있느냐고 물었더니 내용이 너무 궁금한데 돈이 없어 그랬대. 애들이 울면서 엄마한테 연락하지 말아달라고 사정했어. 너무 화가 나고 기가 차니 머리와 눈 속이 다 싸늘해지더라. 내가 그랬어. 야 됐어. 됐어.

꺼져.

그리고 나는 카운터로 돌아갔지. 애들이 주뻣거리며 있더니 울음을 멈추고 나갔어. 나는 카운터에 있던 직원하고 찢어진 책 처리 문제를 두고 대화했어. 출판사에서 반품도 안 받아줄 텐데 이거 어떡하냐고. 그때 어떤 아저씨가 카운터로 다가왔어. 1962년생, 서점 회원으로 등록된 사람이었고 여름에 잡지 몇권을 주문하면서 자기가 수학교사라고 말한 적이 있었지. 그가 내게 말했어. 상황을 계속 보고 있었는데 같은 어른 입장에서 자기 얼굴이 다 빨개졌다고. 어른으로서 부끄럽게 행동했다는 걸 알라고 나더러.

그 사람의 얼굴이 어땠는지 기억이 나지 않아. 내가 그 얼굴을 보고 있었는데. 반죽 같은 얼굴에 검고 둥근 눈, 코, 입. 아래위로 나를 훑어본 것 같기도 하고 웃은 것 같기도 하고. 나는 말문이 막혀서 아무 말도 못하고 있었는데 옆에서 동료 직원이 내 편을 들었어. 이런 일이 한두번이 아니고 훔쳐가는 애도 있고 이렇게 파렴치하게 책을 망가뜨리는 애도 있고 한둘이 아니다 이렇게 창피라도 주지 않으면 애들이 통제되지 않는다고 설명했지만 나는 단지 수치스러웠어. 그가 그렇게 내 편에서 말할수록 더. 나는 아저씨가 그냥 빨리 갔으면, 하고 바랐어. 이 사람이 빨리 사라졌으면. 옆에서 설명하고 있는 사람도 그만 입을 다물었으면. 그게 내가 스물아홉에 겪은 일이야. 나는 이 일을 누구한테도 말한 적이 없어 언니. 그때 옆에 있었던 직원이랑도 다시 얘기한 적이 없다. 나는 그 일을 기억에 남기기도 싫었어. 그런데 계속 생각나고는 했어. 밤에. 가만히 있을 때.

내가 왜 그랬지?

왜 내가 창피해야 했지?

어른 입장.

그건 어떻게 만들어지는 걸까 사람이 그냥 자라면 어느 순간 어른인가?

내가 어른이야?

누가 내게 그 기회를 줬어?

그런 생각들을 끝없이 하면서 나는 억울했던 것 같아. 기억하기도 싫고 남한테 말하지도 못하는 그 일을 못 잊으면서 오랫동안. 그런데 언니, 1999년에 배지혜 언니가 스물한살이었다. 나보다 두살 위였으니까. 나이 차이가 얼마 나지 않으니 실은 그 사람이 대단치 않았다는 말이 아니야. 내가 학교를 갓 졸업하고 매장에서 본 지혜언니는 이미 어른이었거든. 하지만 내가 스물아홉에는? 서른넷에는? 이렇게 생각하니 이상했어. 열아홉살에 어른스럽다고 여겼던 스물한살의 행동을, 스물아홉살에 내가 한 거야. 이렇게 생각하고 나서야 나는 내게 꺼지라는 말을 들은 그 애들이 보였어. 아저씨랑 나랑 둘이 있던 사건에 그 애들이. 이전까지 그 일은 내가 수모를 '당한' 일이지 내가 그 애들에게 뭔가를 '한' 일이 아니었거든. 살면서 부끄러운 일을 꼽으라면 이제는 제일 먼저 그 일이 생각난다. 나 언니 돈 떼먹은 것도 별로 부끄럽지 않은데, 부끄러워. 내가 내 입으로 그 애들에게 "꺼져"라고 말한 순간이. 그래서 언니 나는 내가 지금 어른 같다. 지금 내가 어른이라는 걸 나는 알아.

–

김소리의 이야기를 듣고 점심시간이 끝날 무렵 구두회사

로 돌아온 나는 2000년대 초반에 서울 양천구 목동 인근 서점에 들르곤 하며 본인을 수학선생이라고 소개했다는 1962년생 고객, 그를 용서할 수가 없어서, 그날 오후에 구두공장으로 내려보내야 하는 발주서의 내용조차 제대로 읽을 수가 없었다.

내가 왜 그랬지?

김소리는 수년 동안 자신에게 그렇게 물을 수밖에 없었는데 그는 어땠을까? 그도 그렇게 했을까? 그에게도 그 질문이 있었을까? 바르고 옳게 행동했다는 생각에 그런 질문조차 없지는 않았을까? 그는 김소리에게 부끄러움을 가지라고 말했지만 당시에 김소리가 가진 것은 수치심이었고 경멸감이었지. 그는 김소리에게 어른을 요구했지만 그 자신도 김소리에게는 어른이었으면서, 그는 김소리의 아무것에도, 김소리의 어른 됨에 아무런 책임을 지지 않고 비난만 하고 갔어. 그의 어른 됨은 김소리를 관찰하고 김소리를 판단하고 사후에 다가와 비난할 때에만 유용하게 작동했는데, 어른 됨이 그런 것이라면 너무 편리하고 야비하지 않나. 그런 생각을 하느라고 나는 그날 밤 잠을 이룰 수 없었고 결국엔 일어나 서수경의 방으로 건너가 서수경에게 그 사람 야비하다고, 야비해 견딜 수가 없다고 말했다.

그래 그 사람 좀 야비하다.

이야기를 들은 서수경은 김소리의 수치심과 내 분노에 공감하면서도, 김소리가 수치심에서 부끄러움으로 이동하며 어른을 경험했고 소리 자신도 그 경험을 중요하게 여기고 있다면 그 경험의 계기가 그 수학선생의 말이었으니 그 역시 중요한 사람 아니겠느냐고 내게 물었다. 그 사람은 그냥 그 자리에 우연하게 있었고 그 상황에서 자기가 할 수 있는 일을 한 것 아닐까? 그게 그의 최선은 아니었을까?

그 밤엔 서수경의 질문까지 품고 내 잠자리로 돌아와서 한동안 잠들 수가 없었다. 선생, 그가 김소리에게 준 것과 같은 '계기'는 서글프다고 나는 생각했다. 그가 김소리에게 어른 됨의 계기가 된 것처럼 김소리도 표지에 칼집을 낸 아이들에게 어른 됨의 계기가 된 걸까. 그 아이들이 김소리에게 받은 것과 김소리가 그 수학선생에게 받은 것이

다를 바가 없다고 나는 생각했다. 수치심. 모멸감. 자신을 향한 남의 경멸감. 어른의 재료가…… 그런 것일 수 있지. 하지만 '나를 목격하고 있는 이 사람이 빨리 내 눈앞에서 사라졌으면 좋겠다', 어른이 되는 계기라는 것을 그런 감정과 우연한 경험의 조합으로 받곤 하는 삶에 나타나는 어른이란 어떤 인간일까……를 생각하느라고 나는 잠을 이룰 수가 아니야 실은 하필 그런 일을 겪고 어른이 되어버린 사람이 김소리, 내 동생이었다는 점이 속상해 나는 그 선생을 도저히 도저히 용서할 수가 없었고.

7

"산다는 것은 말하는 것입니다. (…) 산다는 것은 (…) 우리보다 먼저 존재했던 문장들로부터 삶의 형태들을 받는 것입니다." 나는 이 문장들을 롤랑 바르뜨의 『롤랑 바르뜨, 마지막 강의』*La Préparation du roman I et II*에서 발견했고 그 아름다운 문장들을 발견한 뒤로 읽는 속도를 늦추고 늦춰 일년째 같은 책을 읽고 있다. 『기호의 제국』*L'empire* *des signes*에서 일본 문화에 대한 해석을 시도한 롤랑 바르뜨는 『마지막 강의』에서도 하이꾸 해석을 통해 일본 문화에 대한 취향을 드러낸다. 『상상의 아테네, 베를린·도쿄·서울』에서 전진성 선생이 "지나치게 창조적인 오독"이라고 평가한 롤랑 바르뜨의 일본 문화에 대한 해석은 내게 일본에 대한 해석이라기보다는 그리고 바르뜨 본인이 말한 것처럼 "동양에 관한 거대한 지적 노동"(『기호의 제국』, 산책자 2008)이라기보다는 우선, 바르뜨 자신의 취향/심미에 관한 해석처럼 보이는 면이 있었고 바로 그 부분에서 나는 롤랑 바르뜨에게 친밀감을 느꼈다. 내가 온갖 종이와 책에 느끼는 경이와 유사한 종류의 경이를 경험하는 마니아…… 덕후의 표정을 그의 문장들에서 본 것이다.

『마지막 강의』의 표지엔 그 사람, 롤랑 바르뜨의 얼굴이 인쇄되어 있다. 시가를 피우는 바르뜨의 사진으로, 그 사진이 인쇄된 흑백톤 껍데기를 벗기면 뜻밖에 연보라색인 하드커버가 나타난다. 껍데기는 벗겨 선반에 꽂아두고 알맹이로 두거나 가지고 다녔기 때문에 이 책은 내게 흑백이 아닌 연보라색이다. 내가 가진 것 중에 가장 연보라색인 책. 롤랑 바르뜨는 본인의 마지막 '말'들이 한국에서 옅은 무라사끼※색 커버로 묶였다는 점을 어떻게 생각할까. 나는 그가 무라사끼 시끼부※式部의 「겐지모노가따리」를 읽었을 것이라고 생각하며, 무라사끼※가 자주색과 보라색을 의미하는 글자라는 것도 그가 알고 있었을 거라고 생각한다. 저 연보라색을 처음 확인했을 때 책을 이리저리 뒤집어보며 롤랑 바르뜨가 게이였다는 점이 그의 강의록 표지가 보라색으로 결정되는 데에 영향을 미쳤을까가 나는 궁금했는데 그것은 무슨 영문이었을까.

내가 이 이야기를 했을 때 서수경은 자신도 그렇다고, 보라색은 적어도 한국에서, 성소수자의 상징이 아닌데도 자신 역시 보라색을 성소수자의 색으로 '느끼고' 있었다고 말했고 우리는 함께 그 느낌의 근원을 찾다가 1998년 한국공영방송KBS에서 방영된 『꼬꼬마 텔레토비』Teletubbies의 캐릭터 보라돌이에 이르렀다. 전세계 어린 시청자와 어른 시청자에게 은근하고도 열광적인 인기를 얻었던 그 텔레비전 시리즈는 이치나 인과랄 것이 없는 텔레토비 동산의 정적이고도 괴상한 일과와, 한번 보면 눈을 뗄 수가 없어 계속 볼 수밖에 없는 중독성 때문에 몇가지 음모론에 휘말렸는데, 그중에 보라돌이가 게이라는 설이 있었다. 흐느적거리는 몸짓과(실은 모든 텔레토비의 움직임이 그러했는데), 남성을 상징하는 파랑과 여성을 상징하는 빨강을 섞은 색인 보라색이 그의 캐릭터라는 점이 근거로 회자되었다. 그 음모론은 게이 캐릭터를 보라돌이에 숨기는 동시에 드러내 게이라는 존재를 대중에게 친근하고 익숙하게 만들려는 음모가 있으며 그 음모를 꾸민 사람들이 어린이용 인형극을 통해 '게이는 사랑스럽고 무해하다'는 세뇌 메시지를 발신하고 있다는 내용이었다. 일찍이 우리가 그 음모론에 무슨 인상을 받기라도 한 걸까?

어쨌든 내 연보라색 책에는 늘 페어로 존재하는 분홍색 책이 한권 있는데 내가 가진 것 중에 가장 두껍고 넓은 분홍색인 『우리 본성의 선한 천사』*The Better Angels Of Our Nature*가 그 책이며, 그 책이 지금 내 식탁 위, 롤랑 바르뜨의 『마지막 강의』 뒤에 놓여 있다.

『우리 본성의 선한 천사』의 한국어본(사이언스북스 2014) 표지가 핑크색인 것은 저자인 스티븐 핑커의 성이 핑커 Pinker이기 때문일 거라고 생각하는 것이 나는 즐겁다. 2011년에 출간된 원본이나 그보다 늦게 출간된 페이퍼백

영문판 표지에서는 그와 같은 핑크색을 찾아볼 수 없고 심지어 페이퍼백의 표지엔 녹슬어 다루기 까다로워 보이고 그걸로 베이면 즉시 파상풍에 걸릴 것처럼 보이는 지저분한 면도칼이 실려 있다. 한국어본 표지에 등장하는 여덟명의 아기 천사도 영어본엔 등장하지 않는다. 아기 천사는 better angel일까. 스티븐 핑커는 『우리 본성의 선한 천사』에서 히브리 성경을 기반으로 한 기독교 문화권에 만연했던 야만적인 폭력에 관해 말하기도 하는데, 무슨 영문으로 한국어본 표지엔 기독교 버전의 아기 천사가 등장하게 되었을까. 아주 잠깐이었지만 나는 어렸을 때 부모님 손에 이끌려 개신교 교회를 다닌 까닭에 어린 시절 내내 우상 숭배에 대한 막연한 두려움을 가졌을 정도로는 기독교적인 부분이 있는데, 그래서인지 처음에 저 표지를 보았을 때 '선한 것'과 '천사'와 '아기'는 전혀 불편한 것 없이 매끄럽게 연결되었다. 이것과 저것을 연상할 때 사람들은 어떻게 하는 것일까. 우리가 생각조차 하지 않을 때에 우리에게 일어나는 연상이란 어떻게 구성되는 것이고, 거기서 '상식'은 무슨 일을 할까. 선한 것과 천사와 아기는 '핑크' 속에서, 어떻게 서로 작용하고 있는 걸까.

누가 뭐라건 인류의 역사는 덜 폭력적인 쪽으로, 선한 쪽
으로 발전해왔으며 "지금 우리는 종의 역사상 가장 평화
로운 시대를 살고 있을지도 모른다"는 주장을 뒷받침할
증거를 찾으려고 분투한 스티븐 핑커의 노력은 내게도
경이롭지만, 그의 핑크는 내게 늘 핑크 트라이앵글Rosa
Winkel을 떠올리게 만든다.(보라돌이의 머리에 달린 안테나 모양이
역삼각형이라는 점은 핑크 트라이앵글과 관련이 있을까?)

베를린 홀로코스트 메모리얼에서 에베르트슈트라세라는
도로를 건넌 곳에 위치한 공원 가장자리엔 공중으로 내던
져졌다가 지면에 비스듬하게 꽂힌 모양의 콘크리트 덩어
리가 있다. 나치에 희생된 동성애자 추모관Denkmal für die
im Nationalsozialismus verfolgten Homosexuellen인 그 시설물의 외
벽엔 추모객이 얼굴을 바짝 들이대야 어두컴컴한 내부를
엿볼 수 있는 작은 창이 달려 있다. 서수경과 나는 2013년
가을에 그 공원으로 우연히 발을 들였다가 그 창을 통해
나치에 희생된 동성애자들을 기록한 영상물을 보았다. 그
들의 외투 앞섶이나 소매에 붙은 삼각형은 유대인의 별과

는 다른 꼴로 한개의 꼭짓점을 아래로 둔 역삼각형이었고 세피아나 흑백 톤인 영상이라서 당시엔 거무스름한 색으로 보였다. 그것이 나치가 동성애자 성정체성을 지닌 사람에게 찍는 낙인인 '트라이앵글'이라는 것을 우리는 시간이 조금 흐른 뒤에야 알았고, 그보다 더 시간이 흐르고서야 남성 동성애자와 여성 동성애자가 핑크와 블랙으로 구분되어 있었다는 것을 알았다.

핑크 트라이앵글을 한국의 인터넷 검색 엔진으로 검색하면 나치나 동성애 탄압이나 인권운동, 인류 역사에 관한 이미지는 찾아보기가 어렵고, 여성용 분홍 삼각팬티/브리프나 분홍 삼각 패턴을 지닌 직물 등이 검색된다. 서수경과 나는 이 결과물들을 일별하고서야 핑크 트라이앵글과 블랙 트라이앵글을 차례로 찾아낼 수 있었다. 나치는 게이에게 핑크 트라이앵글 배지를 달고 다니도록 강요해 낙인을 찍었는데 레즈비언의 경우에는 그들만을 지칭하는 낙인이 따로 없었고, 비사교적/반사회적인asocial 인물이나, 부정한 성적 관계, 즉 '유대인과 섹스한' 아리아인의 낙인인 블랙 트라이앵글이 지급되었다는 점은 우리를 많이 생각하게 했지. 레즈비언의 낙인/상징이 따로 존재하지 않았다는 것은 무엇을 뜻할까. 그들이 남성 동성애자보다 적었다는 뜻일까? 아니면 덜 보였다는 뜻일까?

홀로코스트 메모리얼에 설치된 2711개의 추모비들은, 콘크리트 관 같은 형태를 하고 저마다의 높낮이로 가지런하게 도열되어 있었는데 '나치에 희생된 동성애자 추모관'은 그 열에서 내던져진 한개의 덩어리로, 핍박과 말살을 목적으로 분리된 전체에서 다시 분리된 한 조각으로, 다소 엉뚱하게 공원 가장자리에 꽂혀 있었으며 그 존재 양상은 내게 격리와 배제의 반복으로 보였고 서수경에게는 독자성/가시성으로 보였다.

이렇게 해야 보이겠지.

서수경은 말했다.

그 시설물이 홀로코스트 메모리얼 광장을 촘촘하게 메운 추모비들 틈에 있었다면 좀처럼 그것을 구별할 수 없었을 것이며 '그들이 거기 있었다'는 점이 사람들의 눈에 보이지도 않았을 거라고.

서수경의 말 그대로, 우리가 지나는 길에 그 좁은 창을 통해 추모관 내부를 들여다보기 전까지 그것이 '누구를' 추모하는 시설인지를 몰랐고 홀로코스트 당시 대규모 동성애자 탄압이 있었다는 사실도 알지 못했다는 점을 생각하면 베를린 동성애자 추모관의 위치와 그 관음적 관람 방식은 적절하고도 부적절하게 느껴졌는데, 이후 베를린을 떠나 그 여행의 막바지에 들른 폴란드 비르케나우 절멸수용소에서도, 베를린 동성애자 추모관만큼 서수경과 나를 쓸쓸하고 고독하며 복잡한 생각에 잠기도록 만든 것은 없었다.

정진원은 우리가 그 추모관을 보고 온 해에 태어났고 이제 다섯살이며 분홍을 좋아한다. 색연필을 고르거나 젤리벨리 단지에서 젤리빈을 꺼내 먹을 때 정진원은 신중하게 분홍을 선택하고, 특별한 것과 특별한 사람을 그림이나 색으로 표현할 때에도 분홍을 선택한다. 조금 더 어렸을 때 그 아이는 기분이 좋으면 핑크를 우리에게 베풀곤 했다. 이런 식으로.

나는 분홍색이야.

엄마는?

엄마도 분홍색이야.

뚜껑(수경) 이모는?

뚜껑 이모도 분홍색.

나는?

이모는…… 좋아(몹시 베푸는 기색으로), 이모도 분홍색 해.

정진원은 여전히 분홍을 좋아하지만 어린이집에서 같이 놀던 남자아이에게 분홍색 양말을 신었다는 이유로 떼밀리고 으름장을 들은 뒤로는 자기 취향을 드러내는 데 고민이 많은 눈치다. 한번만 더 분홍 양말 신으면 때려줄 거래. 그 애는 왜 나를 밀지? 왜 다음엔 나를 때리겠다고 말하지?

어린이집에서 정진원의 올해 보육과 교육을 담당하고 있는 P선생은 파랑과 분홍으로 남녀를 구별하지는 않지만 정진원이 변기에 앉아 소변을 눈다고 아이들에게 놀림을 당했을 때 그 소식을 김소리에게 전달하며 어머니, 집에서는 그렇게 하더라도…… 애들이 놀리니까요 여자 같은 자세로 오줌 눈다고…… 진원이가 상처를 받으니 다른 아이들처럼 하는 걸 가르치는 것도 좋지 않을까요?라고 물어 김소리와 서수경과 나를 근심에 빠뜨렸다. 자신의 노동으로 우리 삶을 돕고 있는 그를 우리는 신뢰할 준비가 되어 있지만, 이따금 우리는 그를 향한 신뢰가 우리 입장에서의 편의일지도 모른다는 것을 깨닫곤 한다. 예컨대 풀잎반 여자아이 둘이 손을 잡고 그에게 다가가 둘이 결혼하기로 했다고 말했을 때, 그는 여자아이와 여자아이는 결혼할 수 없다고, 상식적으로 결혼은 남자와 하는 거라고 말했고, 서수경이 내 이마에 입 맞추는 광경을 본 정진원은 그 상황을 우리에게 묘사하며 P선생의 말을 반복했다.

8

여자는 여자와 결혼할 수 없어. 결혼은 남자랑 하는 거야.

오시이 마모루 감독의 2008년 작품인 애니메이션 「스카이크롤러」The Sky Crawlers, スカイ・クロラ는 3대의 전투기가 도그파이트를 벌이는 공중전으로 시작된다. 이 장면에서 '키

르도레'의 전투기에 꼬리를 잡힌 '티처'의 전투기가 기체 앞머리를 들어올려 속도를 문득 늦추는 방법으로 뒤쪽 전투기를 앞서 보내고 사격에 유리한 6시 방향을 점한 뒤 상대를 격추시키는 비행술이 등장한다. 그런 식으로 꼬리 잡는 기술을 푸가초프의 코브라, 즉 '코브라 기동'이라고 한다는 것을 내게 말해준 사람은 서수경이었다. 적기의 꼬리를 잡느냐 마느냐가 생사를 가르는 공중전에서 코브라 기동이 가능하다는 것은 결정적인 공격 기회를 잡을 수 있다는 것이고 그것은 곧 생존에 유리하다는 뜻이지만 기술 자체가 매우 어렵고 위험하며 그것을 구현할 수 있는 전투기도 드물어 러시아의 다목적 전투기인 수호이 Su-37와 미국 전투기인 스텔스 F-22 정도뿐이라고 서수경은 말했다.

「스카이 크롤러」를 볼 당시에 우리는 서울시 양천구 목2동 526번지에 살고 있었다. 여름휴가를 맞아 어디로 갈까를 의논하다가 어디에도 가지 말고 휴가를 집에서, 절반은 벽돌, 절반은 슬레이트로 만들어져 더위와 추위에 고스란히 노출되곤 하는 옥탑방에서 보내기로 결정한 여름 어느날에, 얼음을 넣은 레몬수를 마시며 위성방송을 보다가 우리는 우연하게 그걸 시청했다. 서수경이 레몬을 짜 만든 레몬수는 레몬즙의 함량이 너무 높아 시고 떫었고, 레몬수를 담은 큰 유리컵 표면엔 흘러내릴 정도로 물방울이 맺혀 컵을 쥐면 손바닥이 다 젖었지. 우리가 그때 「스카이 크롤러」를 방영하기 시작한 채널을 다른 채널로 돌리지 않고 그대로 둔 것은 그것이 누군가의 다급한 숨소리로 시작되었기 때문이었고, 이윽고 하늘이 펼쳐졌기 때문이었어.

「스카이 크롤러」는 어른보다 무구한 입장인 어린 인간을 파이터로 등장시킨 전쟁서사이며 하필 그것이 제2차 세계대전의 전범국인 일본에서 만들어졌다는 면에서 서수경과 내게 완전한 호감을 얻지는 못했지만, 우리가 그 작품의 블루레이 디스크를 무작정 사고, 오로지 그 디스크를 재생할 목적으로 블루레이 플레이어를 구입했을 정도로 우리를 깊이 건드리는 무언가를 담고 있었다. 「스카이 크롤러」의 세계는 '실제 같은' 전쟁 쇼를 유지해야 할 정도로 권태롭고, 이 권태를 해소하기 위한 대리전에 동원되는 키르도레("사춘기 소년소녀의 모습으로 더이상 성장하지도, 늙지도, 죽지도 않는 존재이다. 파일럿으로 훈련된 그들은 전투 중의 전사가 아니면 죽을 수 없다."「스카이 크롤러」블루레이 설명 중)의 죽음을 끊임없이 소비한다. 조지 오웰의 『1984』에서 전쟁은 저 바깥 어딘가에서 이어지고 있다는 소문과 선전 문구 속에 있지만,「스카이 크롤러」에서 전쟁은 끊임없이 사람이 살고 죽는 엔터테인먼트로써 일반인들의 생활공간 위에서, 하늘에서 펼쳐진다. 키르도레 파일럿인 칸나미 유이찌는 이 전쟁에서 몇번이고 연인인 쿠사나기 스이또에게 돌아온다. 쿠사나기는 그의 사랑하는 사람, 칸나미를 기다린다. 그 기다림엔 늘 죽음이 준비되어 있고 구체적으로 예감되어 있다. 서수경과 나를 건드린 것은 아마도 이 기다림일 것이다.

당신의 귀환을 기다린다.

서수경과 나는 20년을 함께 살아왔다. 20년 전, 우리는 좁은 부엌이 딸린 방 하나를 얻었고 거기에 냉장고도 없이 책상과 책장과 서랍장을 넣고 살았다. 밤에 불을 끄면 거의 완전한 어둠에 잠기는 후미진 방이었다. 일과를 마치고 어둠 속에서 독서등 불빛에 의지해 책을 읽다가 뒤를 돌아보면, 벽에 기대 앉아 스도쿠 퍼즐을 풀거나 책을 읽고 있는 서수경의 얼굴이 또다른 작은 불빛 속에 있었고, 그러면 나는 안도하고 도로 책을 읽거나 바닥으로 내려가 서수경이 덮은 이불 속으로 들어가곤 했지. 지금 우리는 각자 돈을 벌고 있고 우리의 십대나 이십대 때만큼 가난하지는 않다. 우리에게는 각자의 침대와 각자의 방이 있다. 대화나 포옹이 필요할 때 혹은 그저 서로를 봐야 할 때 우리는 서로의 방으로 건너가고, 잠들기 전까지 같은 침대에 누워 대화하다가 그대로 잠들거나 잠들기 직전에 각자의 침대로 돌아간다. 같이 잘 수도 있고 아닐 수도 있지. 우리는 서로의 사물과 습관과 기척에 익숙하지만 그것을 당연하게 여기지 않는다. 서로를 깨우는 아침, 각자의 일터에서 떨어져 지내는 오후에 주고받는 안부, 피곤한 귀갓길 끝에 만나는 평일의 환영歡迎과, 늦잠에서 깨어나 점심이나 저녁을 천천히 만들어 먹는 주말, 그것이 우리의 일상이지만 그와 같은 일상이 문득 중단되는 순간을 우리는 상상한다. 때때로 나는 출근길 전철 안에서, 점심을 먹고 사무실로 돌아가기 위해 신호를 기다리던 횡단보도 앞에서, 서수경이 아직 돌아오지 않은 집에서, 이를 닦다가 세면대 앞에서, 서수경의 퇴근을 기다리며 간단한 저녁식사를 준비하던 부엌에서, 이를테면 내가 피곤하고 평화로울 때, 고요할 때, 아무것도 생각하지 않을 때, 추락을 경험한다. 찰나에 불과해 심호흡 한번으로 지나가고 말 때도 있지만 그렇지 못할 때도 있고, 후자일 때 나는 그 순간 세상 어딘가에 서수경이 무사하게 있다는 것을 믿기 위해 노력을 해야 한다.

서수경이 죽어도 내게 연락이 오지 않을 것이다.

나는 이 생각에서 자유로워본 적이 없다.

20년을 함께 살아왔지만 유사시, 우리에게는 서로의 유사가 전달되지 않는다. 서수경에게 위급한 일이 생기면 그 연락은 서수경의 가족에게 갈 것이다. 내게 위급한 일이 생기면 김소라나 내 부모에게 갈 것이다. 그렇지 않을 가능성이 있다 하더라도 서수경과 내가 조금 더 염두에 두는 가능성은 서로에게 연락이 '오지 않을' 경우이고 우리는 그 가능성과 살아가며 끊임없이 서로의 죽음을, 혹은 죽음에 이르는 순간을 가정한다. 조금씩 독을 삼키듯 상실을 경험한다. 일상에서 내 기도의 내용은 서수경의 귀가이다. 서수경이 매일 집으로 돌아온다. 그는 저 바깥에서, 매일의 죽음에서 돌아온다.

나한테 뼈 한조각을 줘.

뼈?

네가 먼저 죽으면.

소용이 있나.

그냥 가지고 있으려고.

가져라. 두개 가져도 돼.

내 것도 줄까?

나는 필요 없어.

왜, 내 뼈가 필요 없어? 왜.

무슨 소용이야 네가 죽고 나면.

줄게 받아라.

그래 그러면.

언젠가 우리는 이런 대화를 나눈 적이 있는데 그렇게 될
수 있을까? 서수경의 가족에게 내가 그걸, 서수경의 뼈를,
나누어달라고 요구할 수 있을까? 그보다, 남은 사람에게
각자의 가족은 무엇을 요구할까.
2013년 10월 20일 부산 북구에는, 오랜 세월 동거한 여성

이 암으로 죽은 뒤 살던 집 옥상에서 투신해 죽은 육십대 여성이 있었고 그가 그의 파트너와 사십년을 살아온 집에서 거의 빈손으로 쫓겨나 죽음에 이른 이유는 파트너의 '가족'이 권리를 행사했기 때문이었어.(「'40년 동거' 여고 동창생들의 비극적인 죽음」, 서울신문 2013.10.31.) 서수경과 나는 그 뉴스를 통해 우리의 미래에 그런 일이 일어날 수도 있다는 것을 고통과 더불어 깨달았다. 서수경과 나는 집을 공동명의로 구매했고 둘 중 한 사람이 사망할 경우엔 집에 관련된 권리를 남은 한 사람에게 모두 준다는 내용으로 유언장을 작성하고 그 내용을 낭독해 녹음으로도 남겨두었다. 남은 한 사람의 생활을 보호하고, 그를 각자의 가족으로부터 보호하기 위해서. 언젠가 그 일이 닥칠 때 내가/서수경이, 우리의 유언대로 남은 삶을 품위 있게 마저 살 수 있을까?

서수경과 나는 공증이라는 형식이 조금 더 안전하다는 것을 알고 있고, 유언의 내용을 공증받으려면 두명의 증인이 필요하다는 것도 알고 있다. 서수경과 나는 그 두 사람을 기다린다. 김소리가 한명이 되어줄 수도 있을 것이다. 정진원이 어른이 되었을 때 나머지 한 사람이 될 수 있을까를 나는 생각해본다. 우리가 우리의 관계를 그 아이에게 설명하는 순간이 올까? 우리가 무슨 관계인가. 병원에서 백화점에서 여행지에서 관공서에서 시장에서 우리가 사는 집 앞에서, 사람들은 우리에게 그것을 묻고는 한다. 둘이 무슨 관계/사이예요?

우리가 무슨 관계인가.

우리는 서로에게, 서로를 마중 가는 사람, 20년째 서로의 귀가를 열렬히 반기는 사람, 나머지 한 사람이 더는 집으로 돌아오지 못하는 순간을 매일 상상하는 사람, 서로의 죽음을 가장 근거리에서 감당하기로 약속한 사람. 우리는 우리의 관계를 묻는 사람들 모두가 우리에게 대답을 들을 자격이 있다고 생각하지는 않지만 질문을 받을 때마다 '친구'나 '친척'이라고 대답한다. 그 대답이 가장 간단하고 간편하기 때문은 아니고 그것이 우리 이웃으로부터 우리를 보호할 수 있는 내용이기 때문이다. 그리고 그 대답조차 실은 충분하지 않다. 우리의 관계가 보였을 때, 가시되었을 때, 우리에게 일어날 수 있는 일은 이미 우리에게 일어난 적이 있다.

20년 전에 서수경과 내가 첫번째로 빌려 살았던 후미진 방은 담으로 둘러싸인 1층에 있었다. 그 집은 70년대에 지어진 2층 주택으로 임대인이 사용하는 대문과 임차인들이 드나드는 쪽문이 따로 있었고 두개의 문은 서로 반대편에 있다고 할 정도로 떨어져 있었는데 그 집의 소유주인 남자가 이른 시각이나 늦은 시각에 아디다스 저지를 입은 모습으로 쪽문 근처를 서성이다가 우리를 발견하면 아가씨 둘이 어디를 가느냐고, 둘이서 뭘 하느냐고, 맨날같이 다니는 것을 보니 둘이 아무래도 데이트하는 사이 같다고 넉살인 것처럼 말하곤 했다. 그 집에서 어느날 우리는 창에 달린 방충망이 주먹이 드나들 정도로 뜯긴 것을 발견했고 그다음 어느날엔 우리가 잠든 사이에 누군가 열어둔 창을 보았고 그다음엔 그 창 바로 아래쪽 외벽에 달라붙은 정액인 듯한 물질을 발견했고 그 뒤엔 현관문을 나서면 바로 맞닥뜨리는 담벼락 위에 보란 듯 올려둔 티슈 뭉치를 아침마다 목격하기 시작했다. 아침저녁으로 우리가 사는 공간을 들여다보려고 애를 쓰며 자위하는 남성은 집주인일 수도 있고 아닐 수도 있었는데 우리는 일단 집주인을 의심했다. 그가 아닐 수도 있다는 생각은 우리의 불안에 별 도움이 되지 못했다. 그러면 그는 한명이고 아니라면 그는 여러명이지. 서수경과 나의 관계가 다만 '여자 둘'로 누군가의 자위 대상으로 관찰되거나 몽상될 수 있다는 것을 그 집에서 그렇게 경험한 뒤로 우리는 일단 1층이나 반지하에 방을 얻는 것을 피했고, 우리 이웃들에게 우리가 특히 성^性적으로 상상될 수 있는 가능성을 경계하며 살아왔다. 그밖에도 우리의 관계를 안 우리의 이웃이, 우리의 존재를 혐오한 나머지 행할 수도 있는 언言과 행行의 가능성도.

너희가 무슨 관계인가.
나는 궁금하다. 그렇게 묻는 우리의 이웃은 그것이 정말 궁금할까? 그 '궁금함'의 앞과 뒤에는 어떤 생각이 있을까, 그것은 생각일까? 예컨대 너희가 무슨 관계냐는 질문을 받을 때 서수경과 나는 우리의 대답으로(우리가 대답을 하건 하지 않건) 우리가 또는 우리 각자가 대면할 수 있는 위협을 생각하고, 질문자와의 관계 변화를 생각하고, 그 질문이 나오기까지의 과정과 대답 이후까지를 찰나에 상상하는데 우리에게 질문한 이웃도 그 정도는 생각했을까?

아니야 언니.

라고 김소리는 말했지.

사람들은 그런 걸 상상할 정도로 남을 열심히 생각하지는
않아.

그것을 알/생각할 필요가 없으니까.

–

오일러의 운동방정식과 베르누이의 방정식을 사용한 계
산으로 푸가초프의 코브라 기동 원리를 설명할 수 있었던
서수경은 그 계산법을 배운 전공을 버리고, 말 그대로 서
적이며 자료며 작은 모형들이며 전공과 관련된 모든 것
을 버리고 학교 이름이 양각된 둥근 무쇠 문진 하나만을
남겼는데 그 문진이 남은 이유는 내가 그걸 내 책상으로
가져와 메모지들을 누르는 데 사용하고 있었기 때문이었
다. 재활치료학을 택해 그 분야에서 일하는 서수경은 골
절 등으로 석고붕대를 팔이나 다리에 감은 채 오래 생활

한 사람이나 회복기의 암 환자, 근육이나 관절 수술을 받은 노인의 재활을 도우며 급여를 받고 있고 그밖에도 근력 단련이 필요한 집단에 수업 방식으로 운동처방을 하고 있다. 서수경이 수업으로 만나는 사람들은 서수경에게 종종 중매를 제안한다. "내 주변에 괜찮은 총각이 하나 있는데." "젊은 나이에 횟집 사장이고 얼마나 성실한지 몰라. 횟집 사모님이 되어보는 건 어때?" "대학에서 일본어를 가르치는 교수래." "그 집 엄마가 며느리 주려고 1억을 모았대." 서수경의 첫번째 전공이나 두번째 전공과는 완전히 무관한 그 제안의 내용들은 최근 결혼적령기로 넘어가서, '상식적으로' 서수경의 나이가 결혼적령기를 이미 훌쩍 넘었으며 해가 갈수록 재취밖에는 자리가 없을 것이므로 기회가 왔을 때 잡으라는 독촉으로 진행되는 모양이었다. 서수경은 본인의 인생에서 그다지 중요하지 않은 이야기라서 말없이 웃고 넘어갔다지만 상식적으로, 그 말을 전해 듣고 나는 다시 궁금했다.

'상식적으로'에서 상식은 뭘까? 그것은 생각일까? 사람들이 자기 상식을 말할 때 많은 경우 그것을 자기 생각이라고 믿으니 그것은 생각일까. 아니야 common sense니까 세계에 대한 감이잖아. 그것이 그러할 것이라는 감感. 한나 아렌트의 『예루살렘의 아이히만』 해제를 쓴 정화열 선생은 상식을 '사유의 양식'이라고 칭하며 그것을 '감각에 바탕을 둔 사유일 뿐만 아니라 모든 사람들이 공통으로 공유하고 있다는 점에서 공동체적인 것'이기도 하다고 말했는데 그에 따르면 상식, 또는 공통감sensus communis이란 아무래도 '생각'인 모양이고, 다시 그를 인용하자면 서수경에게 적용되었다는 '상식적으로'에서 상식은 본래의 상식, 즉 사유의 한 양식이라기보다는 그 사유의 무능에 가깝지 않을까. 우리가 상식을 말할 때 어떤 생각을 말하는 상태라기보다는 바로 그 생각을 하지 않는 상태에 가깝다는 점을 생각해보면 그것은 역시 생각은 아닌 듯하다…… 우리가 상식적으로다가,라고 말하는 순간에 실은 얼마나 자주 생각을…… 사리분별을 하고 있지 않은 상태인지를 생각해보면 우리가 흔하게 말하는 상식, 그것은 사유라기보다는 굳은 믿음에 가깝고 몸에 밴 습관에 가깝지 않을까. 그렇지 않다면 그건 상식이지,라고 말할 때 우리가 배제하는 것이 너무나 많다는 것을 어떻게 설명해야 할까. 너와 나의 상식이 다를 수 있으며 내가 주장하는 상식으로 네가 고통을 당할 수도 있다는 가정조차 하질 않잖아. 그럴 때의 상식이란 감도 생각도 아니고…… 그저 이 이야기는 그렇게 끝나는 것이고 저 이야기는 저렇게 끝나는 것이라는 관습적 판단일 뿐 아닐까.

서수경은 내 머리에 손을 올리며 너무 속상해하지 말라고 말했지만 아니 나는 속상하다고 진짜 속상해서 그 사람들을 일일이 방문해 이렇게 말해주고 싶다고, 한 사람이 말하는 상식이란 그의 생각하는 면보다는 그가 생각하지 않는 면을 더 자주 보여주며, 그의 생각하지 않는 면은 그가 어떤 사람인가를 비교적 적나라하게 보여주는데 당신은 방금 너무 적나라했다고 말해주고 싶다고. 그렇지. 적나라赤裸裸. 그 광경은 마치 투명한 창을 통해 보이는 남의 집 베란다처럼…… 우리는 왜 때때로 베란다를 청소하듯 그것을 점검해보지 않는 것일까. 모조리 끄집어내서 거기 뭐가 쌓였는지도 확인을 좀 해보고 먼지도 털어보고 곰팡이 끼거나 망가진 것은 닦거나 내다버리고 하면서 정리도 다시 해보고 새로운 질서로 쌓아보거나…… 하지를 않는 걸까 좀처럼.

그럴 필요가 없기 때문일까?

9

그것을 알 필요가 없다.

나는 그 태도를 묵자墨子의 세계관이라고 부른다.

1882년, 거의 눈이 먼 상태에서 니체가 구입한 몰링 한센 타자기는 현대의 타자기나 키보드와는 형태가 달랐다. 나는 그 디자인을 보자마자 영화 「헬레이저」Clive Barker's Hellraiser(1987)의 핀헤드를 연상했으며 저 기괴하게 아름다운 사물의 디자인이 핀헤드라는 캐릭터의 디자인에도 영향을 주었을 거라고 생각했다. 몰링 한센 타자기는 알파벳이 새겨진 압정 모양의 자판이 박힌 반구半球 형태이며 반구의 크기는 북반구 백인 남성, 보다 정확히는 니체의 타자기를 연구한 디터 이버바인의 머리뼈 크기와 거의 같아 보인다. 그것을 사용하는 인간은 두 손을 오므려 누군가의 머리를 쓰다듬듯 문장을 타이핑했을 것이다. 명칭도 실은 라이팅볼writing ball이다. 몰링 한센의 라이팅볼은 레밍턴사社의 타자기보다 작고 가벼워 휴대에 용이했고 가격도 쌌지만 상업적 경쟁에서 레밍턴 타자기에 밀리고 말았다. 무기와 재봉틀을 제작하던 미국 자본의 투자로 레밍턴 타자기가 하드웨어 개선과 보급 면에서 앞서가는 동안, 라이팅볼의 유통은 코펜하겐에 머물렀다. 라이팅볼을 제작한 회사는 상대적으로 자본이 부족해서 미국이나 유럽에 지점을 낼 수 없었고 더 많은 라이팅볼의 주문과 제작을 감당할 수 있을 정도의 직원을 고용할 수도 없었다. 국제 라스무스 몰링 한센 협회The International Rasmus Malling-Hansen Society는 이처럼 불공정한 상황에서 몰링 한센 라이팅볼이 레밍턴 타자기와의 상업적 경쟁에서 완전히 밀린 이유를 설명하면서 모종의 뉘앙스가 담긴 문장을 공식 홈페이지에 기록해두었다: 돈이 부족했어!(It is obvious that Malling-Hansen's invention couldn't win under these very unequal conditions, and the reason he lost the commercial competition should be obvious: lack of capital!)

라이팅볼을 안 뒤로 나는 21세기의 보편적 타이핑 도구의 모양이 반구가 아니라는 점이 몹시 유감스러웠다. 아쉽다. 라이팅볼이 보편적 형태가 될 수도 있었는데. 생각을 기록하는 기계의 물리적 형태라면 네모보다는 아무래도 반구가 적합하며 그 편이 훨씬 아름답잖아. 니체가 두 손을 가볍게 오므리고 자신의 머릿속을 들여다보는 듯한 자세로 라이팅볼을 더듬어 생각을 기록하는 모습을 나는 상상해보고는 한다. 나도 모르게 그와 같은 자세가 되어서…… 이렇게 손가락을 구부린 채 그는 그의 생각을 생각의 속도로…… 그러나 니체는 사실 그의 작업에서 라이팅볼을 능숙하게 사용하지 못했다. 그 이유에 대해서는 몇가지 이견이 있는 모양이지만 국제 라스무스 몰링 한센 협회의 부회장인 디터 이버바인은 라이팅볼의 손상을 유력한 이유로 들고 있다. 그에 따르면 니체의 라이팅볼은 이탈리아의 제노아로 옮겨지는 도중에 파손되었다. 니체는 망가진 라이팅볼의 수선을 기계공에게 맡겼지만 라이팅볼의 구조를 잘 몰랐던 기계공은 그것을 더 파손시키고 말았다. 니체의 난관은 이어진다.

읽고 쓰는 인간이 시력을 잃은 뒤엔 무엇을 읽고 어떻게 쓸까?
어제까지 그의 세계였던 '보이는 세계'는 이제 어떻게 감각될까?
내가 문장으로 읽고 말로 들은 것처럼, 보이지 않는 세계란 정말 깜깜할까? 묵자의 먹처럼 그 세계는 검을까?

수개월 전에 나는 내 양안 시신경이 40퍼센트 이상 죽었고 앞으로도 조금씩 죽어갈 거라는 말을 들었다. 재생과 회복은 없으며 상실한 것은 영영 상실한 채로 더 광범위한 상실을 대비하며 살아갈 것이다. 그것을 내게 일러준 의사는 소년처럼 말쑥한 인상을 하고 있었다. 그가 특별한 렌즈를 통해 내 눈 속 유리체 너머 시신경들을 들여다보는 동안 나는 그의 진료도구가 내 눈 속으로 쏘아 보내는 빛을 바라보았다. 주홍색 빛이었고 그 빛에서 민트껌 냄새가 났다. 의자 등받이가 너무 좁은 각도로 세워져 있어 등을 밀어내는 것 같았다. 나는 앞으로 구부정하게 몸이 꺾이지 않으려고 다리와 등에 힘을 주고 앉아 있다가 무엇이 문제냐고 물었다. 안압이 높은가? 아니다. 최근에 내가 스마트폰을 쓰기 시작했는데? 아니다. 책을 많이 읽어서? 아니다. 편식 때문에? 아니다. 너무 울어서? 아니다. 별다른 이유가 없어도 그렇게 될 수 있다. 의사는 짧은 말로 대답하면서 검사결과를 띄워놓은 모니터 쪽으로 돌아앉았다. 나는 진료실 구석에 놓인 보호자 대기석에 앉아 이쪽을 보고 있는 서수경을 바라보았다. 어두컴컴해 서수경의 표정이 잘 보이지 않았다. 먹지 말아야 할 것이나 하지 말아야 할 것을 알려달라고 나는 의사에게 말했다. 그는 그런 것은 없고 다만 물구나무서기를 하지 말라고 대답한 뒤 점안액을 내게 처방해주면서 이 질병의 치료는 본질적으로 치료라기보다는 관리이고 우리가 할 일은 가급적 오래, 남은 시신경과 중심 시력을 지금 상태로 유지하는 것이라고 말했다. 잘 관리하면 괜찮을 겁니다. 내가 그의 심플하고 담백한 낙관을 불신하는 까닭은 그가 이 병엔 아무런 자각 증상이 없으므로 환자가/내가 고통을 느낄 리 없고 시신경은 다소 잃었지만 시력은 1.0 정도로 비교적 양호하기 때문에 생활하는 데 불편하지는 않을 것이라고 말했기 때문이었다. 하지만 무언가를 집중해서 보려고 할 때마다 나는 구토와 어지럼증을 느끼고 있었다. 때때로 눈 속에서 짧은 바늘이 곤두서는 듯한 통증을 느꼈고 늘 초점이 불분명한 상태로 무언가를 보느라고 두통을 느꼈으며 저녁 무렵엔 이런 감각들 때문에 눈을 뜨고 있기가 어려웠고 그럴 때 눈을 감으면 아주 작은 단말마의 흔적처럼…… 소금 알갱이만한 크기로 나타났다 사라지는 빛점들을 보고는 했고 그리고 무엇보다도 내가 검사를 하러 병원을 찾은 이유가 바로 그 '생활'이 불편하기 때문이었는데.

내가 책을 자주 읽는다고 말하자 그는 고개를 끄덕이며 읽어도 괜찮다고, 독서와 시신경 손상은 별 관련이 없다고 말했다. 아니 그게 아니라…… 나는 늘 책이나 다른 무언가를 읽는데 그게 잘 보이지 않는다고, 하필 내가 보려는 그 페이지 그 문장이 또렷하게 보이질 않는데 이것은 내가 매번 무언가를 보려고 할 때마다 보이지 않는 영역이 일단 보이기 때문이겠죠,라고 내가 말하자 그는 고개를 갸웃했다. 보이지 않는 영역이 어떻게 보이죠? 글쎄 그것이 보인다고 그 점이 불편하다고 거듭 말했을 때에도 그는 고개를 갸웃하며 안 불편할 텐데? 그렇게 불편하지는 않을 텐데?라고 말했다. 나는 그의 말을 이해할 수 없어 그를 바라보다가 훨씬 좋지 않은 사례에 비해,라는 말을 그가 하고 싶었을 거라고, 바로 그 말을 생략했을 거라고 생각하기 시작했다.

볼 수 있는 세계가 중단된다면 그다음에 가능한 것은 무엇일까? 무엇으로 읽고 쓸까?

점필點筆로 기록된 점자點字로 충분할까?

점자로 번역되었거나 애초에 점자로 기록된 문헌은 충분히 있을까? 내게 충분할 만큼, 있을까?

서수경과 나는 그런 질문을 가진 뒤에야 비맹인이 사용하는 글자를 일컫는 말이 있다는 것을 알았다. 맹인이 사용하는 글자를 점자라고 칭하는 것처럼 비맹인이 사용하는 글자를 일컫는 말이 있으며 그 말이 묵자墨字라는 것을 그때에서야. 묵자란 볼 수 있는 사람들의 언어/도구이며, 벽이며 간판이며 각종 게시판의 공지사항이며 약병에 붙은 라벨에 적힌 안내문과 주의사항과 경고와 지금 이 문장과 롤랑 바르뜨와 생떽쥐뻬리와 한나 아렌트와 라울 힐베르크의 책에 잉크로 인쇄된 것들이 모두 그것에 해당하고 그것을 '볼 수 있다'는 것이 세계의 기본적인 전제라는 것도 우리는 그때에 알았다. 서수경과 나는 사십여년을 사는 내내 그 말을 몰랐던 이유가 궁금했다. 우리를 둘러싼 기록문자들, 우리가 보는 언어들이 전부 묵자인데 그것을 묵자라고 칭한다는 것을 우리는 왜 몰랐을까. 한번도 그 말을 들어본 적 없고 본 적 없으며 말해본 적이 없는 이유에 대해 우리가 함께 생각한 대답은 다음과 같았다.

우리는 그것을 말할 필요가 없었다.

묵자의 상태가 상식이라서 그걸 부를 필요도 없어, 그것이 너무 당연해 우리는 그것을 지칭조차 하지 않는다.

나는 우리가 그런 이야기를 나누고 몇주 뒤에 내가 본 것을 지금 이 식탁 앞에서 기억해낸다. 토요일 오전 열한시에 나는 ITX 열차를 타려고 용산역 1번 플랫폼에 서 있었다. 손이 너무 차서 코트에 두 손을 넣었지만 공기가 너무 싸늘해 별 소용이 없었다. 경의중앙선 전철과 춘천행 열차가 공유하는 플랫폼으로 열차가 들어오고 있었다. 열차 진입을 알리는 신호음이 울렸고 안내방송이 뒤따랐다. 지금 열차가 들어오고 있습니다…… 나는 플랫폼에 서서 이번 열차가 어떤 열차인지를 알리는 다음 공지를 기다렸으나 그것으로 끝이었다. 그냥 "열차가" 들어오고 있었다. 그게 어떤 열차이고 어느 방향으로 어디까지 가는지는 눈으로 직접 확인하는 수밖에 없었다. 전광판에 안내되는 '지평'이라는 묵자를 볼 수 없는 사람은 지금 들어온다는 그 열차가 지평행 전철인지 춘천행 ITX 열차인지를 알 길이 없었다. 나는 갑자기 그것을 깨닫고 몹시 당황한 채로 지평,이라는 글자를 올려다보았다. 지금 들어오는 열차는 지평행이다. 그것은 안내될 필요가 없다. 그것을 말할 필요가 없다.

보면 되니까.

토요일 오전 열한시라는 묵자의 세계를 사는 사람은 묵자를 읽지 못하는 누군가가 용산역 1번 플랫폼에도 있을 수 있으며 그가 동행인 없이 홀로 서서 열차를 기다릴 수도 있는 상황을 가정하지 않는다. 보는 이는 보지 못하는 이를 보지 못한다. 보지 못하는 이가 왜 거기 있는가? 그는 고려되지 않는다. 용산역 1번 플랫폼의 상식에 그는 포함되지 않는다. 그는 거기 없다…… 나는 아직 그것을 볼 수 있었으므로 거기 있었지만 언젠가 사라질 것이다. 상식의 세계라는 묵자의 플랫폼에서, 다시 한번.

그 플랫폼의 골격은 '건강'일까? 사람들의 상식에 따르면 나는 건강하지 않다. 나는 이성애자가 아니고 착한 딸이 될 수 없으며 비맹인에서 점차로 멀어지고 있다. 나는 '건강'이라는 말에서 철근에 점착된 오일 냄새와 매캐한 연기와 니체의 냄새를 맡는다. 니체는 1882년에 어떻게 보아도 인간의 두개골을 연상시키는 몰링 한센 타자기를 만나고 1883년엔 『짜라투스트라는 이렇게 말했다』*Also sprach Zarathustra*의 1부 원고를 열흘 만에 완성했으며 그 뒤로 작업을 이어가다가 1887년엔 『도덕의 계보』를 발표한다. '짜라투스트라'와 『도덕의 계보』 사이는 독일의 식민지 경영이 시작된 시기였다. 독일식민사업협회Gesellschaft für Deutsche Kolonisation가 1884년에 설립되었다는 점까지를 생각해보면, 『도덕의 계보』에서 니체가 "힘의 우월성, 주인, 명령하는 자"라는 뜻으로 아리아arya라는 단어를 풀고, 고트인을 구트/좋음이라는 의미로 설명하기 위해 "작은 두개골 크기"를 언급하며 "지적, 사회적 본능에서 우세하게 되었다"라고 비약하는 것은, 그만의 독특한 사고의 결과라기보다는 당대 정신의 반영이었는지도 모르겠다. 하여간 니체는 썼고, 나치즘은 자신에게 가장 이로운 대중적 설명서를 니체의 저작에서 발견했다. 그 와중에 몰링 한센 타자기와의 물적 접촉이 니체의 골상학적 발언에 영향을 주기도 했을까, 그것을 나는 생각해보기도 했다. 인간을 도구로, 기계적 측면에서 수단으로 삼는 것이 전체주의적 시각이라는 점을 생각해보면, 모종의 도구/두개골 모양의 타자기가 그 근원에 있었을지도 모른다는 생각도 해볼 법하지 않겠나…… 도구를 쥔 인간은 도구의 방식으로 말하고 생각한다…… 그 시절의 도덕적 기준으로도 지금의 도덕적 기준으로도 도대체 '건강'하지 못한 나는 『도덕의 계보』를 펼치고 그 속에서 내가 진정으로 두고두고 생각하고 싶기로는 유일했던 문장을 다시 읽어본다. 우리는 자기 자신을 잘 알지 못한다.(프리드리히 니체『선악의 저편·도덕의 계보』)

—

완주,라는 제목으로 이야기 한편을 쓰고 싶다.

언젠가 그것을 완성할 날이 있을까. 나는 매번 그 이야기를 쓰려고 노력했는데.

누구도 죽지 않는 이야기를.

실명하고도 나는 이야기를 쓸 수 있을 것이다. 나는 눈을 감고도 이 생각을 타이핑할 수 있다. 실명하고도 나는 이야기를 쓸 수 있을 것이다. 점자와 촉각의 세계는 내게 세계를 향한 다른 감각을 열어줄 것이다. 나는 그것을 믿는다. 그러나 내가 내 이웃을 믿을 수 있을까. 이 집에 맹인 여성이 산다. 내가 내 이웃을 믿지 못해 그것을 숨기려고 외출조차 두려워하게 되지는 않을까. 그리고 아까워. 아직 읽지 못한 책이 너무 많다. 이미 읽었으며 몇번이고 다시 읽어야 할 책도 너무 많다. 나는 언제든 책을 펼치고 모든 지면을 만질 수도 있겠지만 거기 적힌 문장을 읽을 수 없어 애가 탈 것이다. 모든 지면은 내 손가락 끝에서 편평한 종이로 돌아갈 것이다. 그때에도 내가 그것을 사랑할 수 있을까. 백만 페이지에 달하는 적막. 그 속에서 메마르게 익사하지는 않을까. 내가 그것을 걱정하며 시야가 얼마나 남았는지를 알아보려고 한쪽씩 눈을 가려가며 책꽂이 앞에 서 있으면 서수경이 다가와 내 머리에 손을 올린다. 나는 이따금 눈이 아프다는 핑계로 서수경에게 책을 읽어달라고 부탁한다. 우리는 밤에 나란히 앉아 책을 읽는다. 나는 서수경의 목과 어깨에서 나는 냄새를 맡으며 서수경의 호흡으로 문장을 듣고 이야기의 높낮이에 조용히 공명하는 서수경의 낭독에 공명한다. 서수경은 좋은 낭독자다. 그럴 수밖에 없다는 것을 나는 매번 깨닫는다. 지난 세월 내내 서수경은 내게 조금도 지겹지 않은 화자話者였으니까.

서수경이 이야기를 써보는 것은 어떨까.

서수경은 어떤 이야기를 쓸까.
서수경이 우리를 설명할 수 있을까. 말하자면 오늘이 오늘이었다는 것을.

이제 조금 뒤엔 잠든 사람들을 깨워야 한다.
서수경과 김소리와 정진원. 정오에 이 집에서 잠든 사람들. 우리는 오늘 아침 이 집에 모여 아침을 먹고 뉴스를 보았다. 3년 전에도 우리는 이 식탁 앞에 모일 예정이었다. 아이가 먹을 초콜릿 케이크와 우리가 먹을 생크림 케이크를 사고 라넌큘러스 꽃다발과 선물도 준비해 저녁에 모일 예정이었다. 식탁에 올리는 음식이나 구성물은 조금씩 달라도 매년 그렇게 모이는 날이었다. 케이크와 촛불과 꽃이 있는 날. 2014년 4월 16일에 우리는 작은 파티를 열 계획이었다. 서수경의 생일이었다.

10

2013년에 서수경과 내가 보름 일정으로 유럽을 향해 떠났
을 때 우리의 마지막 목적지는 폴란드 오시비엥침이었다.
우리는 베를린 중앙역에서 국경을 넘는 열차를 탔고 폴란
드 포즈난에서 한차례 열차를 갈아탄 뒤 저녁 늦게 바르
샤바에 도착해 이튿날 다시 열차를 타고 크라쿠프로 이동
했다. 크라쿠프에서 오시비엥침까지는 버스를 이용했는
데 크라쿠프 터미널에서 출발한 그 소형 버스의 실내는
아주 좁았고 어두웠으며 가는 길엔 비가 조금씩 내렸다.
아우슈비츠 제1수용소에서 관람객들을 맞은 도슨트는 오
십대 중반으로 보이는 여성이었다. 그는 배를 꽉 죄는 투
피스 재킷을 입었고 재킷과 같은 색 스커트 아래엔 회색
스타킹에 두꺼운 굽이 달린 구두를 신고 있었다. 그는 인
체를 태운 소각로에서 긁어낸 재를 담은 항아리 앞에 관
람객들을 세워두고 거기 적힌 숫자를 손가락으로 짚어 보
이면서, 아우슈비츠에서 발생한 사망자, 희생자 수는 전부
임의로 계산한 추정치에 불과하며 지금까지도 그 수를 정
확히 알 수 없다고 말했다. 언카운터블uncountable. 우리는

그의 엄숙하고 진지한 설명을 들으며 제1수용소를 둘러본 뒤 버스를 타고 제2수용소인 비르케나우로 이동했다. 비르케나우로 들어가는 문은 열차가 드나들 수 있도록 거대했고 그것이 그 공간으로 드나드는 유일한 문이었다. 우리가 비르케나우에 당도했을 때 흰 바탕에 파란 줄무늬와 유대의 별이 그려진 이스라엘 국기를 저마다 망토처럼 어깨와 등에 두른 청년들이 경기에서 이긴 축구선수들처럼 주먹을 치켜들고 소리를 지르면서, 수용소와 바깥을 잇는 단 하나의 길에 놓인 철로 위를 걸어 수용소 안으로 들어서고 있었다.(생존자들의 후손이었을까? 그들이 그곳에서 살아남아 그 후손으로 그 장소에 이렇게 돌아왔다는 승리의 함성이었을까?) 도슨트는 아직 남아 있는 수용시설과 소각로와 여성과 아이들의 재가 뿌려진 연못으로 관람객들을 안내했다. 그날 안내의 마지막 장소인 공중변소에서 포로들이 재빠르게 바지를 내리고 앉아 배설했던 구멍들의 열을 가리켜 보이며 도슨트는 관람객들에게 이 구멍들이 뜻하는 바를 물은 뒤 서로 눈치만 보고 있는 사람들의 얼굴을 하나하나 바라보면서 절멸수용소라는 공간은 포로 수용이나 교화가 목적이 아닌 오로지 인간 말살과 모욕을 위해 만들어진 기계적 공간이라고 스스로 답했다. 공중변소를 나오는 길에 누군가 그에게, 홀로코스트를 경험한 그들이, 그러니까 이스라엘 사람들이 팔레스타인을 대하는 태도를 우리가 어떻게 생각하면 좋은가,라고 울적하게 묻자 도슨트는 완고하고도 묵직한 목소리로 이렇게 말했다.

위 캔트, 저지 뎀We can't judge them.

그 말은 내게 주문呪文처럼 들렸다.

아마도 그는 그 장소에서 그 대답을 반복해왔을 거라고 서수경은 말했다. 사람들이 자꾸 물을 테니까. 거길 방문하는 세계인들이. 그렇겠지. 그러니까 그렇게 즉시 대답할 수 있었겠지. 우리는 그들을 재단할 수 없어. 우리에게는 그럴 자격이 없어. 몇번이고 반복된 질문에 훈련되고 준비된 표정과 어조. 그런데 그것은 그 자체로 이미 상투어가 아닐까? 2013년의 비르케나우에서 우리가 들은 대답은 한나 아렌트가 "두려운 교훈"이라고 한 그것, 말과 사고를 허용하지 않는 악의 상투성과 어느 정도의 거리를 두었을까……

그러나 이런 대화나 생각은 아주 나중에야 할 수 있었고,

서수경과 내가 버스를 타고 아우슈비츠 제1수용소를 떠나 비르케나우에 당도했을 때부터, 우리는 거의 아무것도 생각할 수 없었고 말할 수 없었다. 우리가 말문이 막힐 정도로 압도되어 두려움을 느낀 이유는 그곳에서 여성 포로들의 비참한 막사를 보고 공중변소를 보고 소각로 검은 벽에 남은 손톱자국들을 보았기 때문이 아니었다. 비르케나우, 그곳이 광막한 벌판이었기 때문이었다. 이래서는 도망갈 수 없어. 절멸수용소에 이르는 기차에 실려 비르케나우에 도착한 사람들은 도착하자마자 완전한 무력감을 경험했을 것이다. 홀로코스트를 재현한 영화나 다큐멘터리를 통해 우리가 보아왔으며, 실제로 수용소를 둘러싸고 있는 철조망은 사실, 필요하지도 않았을 것이다. 그 공간의 모든 세부와는 별도로 그리고 일관된 맥락으로 그 공간이 선언하는 바는 이것이었다.

탈출할 수 없어.

—

2015년 4월 16일은 서수경의 서른아홉번째 생일이었고 우리는 저녁에 서울시 중구 정동 대한문 앞에서 만났다. 서수경은 입구를 끈으로 조이는 주머니 모양의 륙색을 메고 있었는데 벌써 여러번 사용해 낡히고 눌린 청록색 발포방석이 륙색 바깥으로 조금 비어져 나와 있었다. 해가 완전히 떨어지면 춥겠다고 서수경은 말했다. 우리는 플라자호텔 쪽으로 길을 건넜다. 경찰버스들이 시청광장을 에워싸고 있어 광장 안으로 바로 진입할 수 없었다. 서수경과 나는 늘어선 경찰버스들이 만들어낸 벽을 따라 구시청까지 걸어간 뒤 거기서 입구를 발견했다. 조금 이르게 도착했는데도 광장에 사람이 많아 안쪽으로 들어가기가 쉽지 않았다. 들어서자마자, 이동하는 사람들의 흐름에 휩쓸렸다. 거기가 어디냐고 묻고 여기는 어디라고 설명하고 거기로 가겠다, 여기로 와라,라는 내용으로 통화하는 사람들로 사방이 북적였다. 서수경과 나는 그들 속에서 간신히 몇 미터쯤 나아가다가 구시청 입구로 올라가는 계단의 두번째 단에 가까스로 발을 올리고 설 수 있었다. 광장 어딘가에 도착한 일행과의 무수한 통화 끝에 조우에 성공한 사람들이 우리 머리 뒤쪽에서 대화를 나누었다. 서수경과 나는 몸을 돌리기 어려울 정도로 그들과 밀착된 채로 그들의 안부와 일상에 관한 대화를 들었고 그들 중 다수가 과거에 직장 동료였으며 그들 중 한명이 들고 있는 큼직한 꽃다발은 추모식이 끝난 뒤 광화문에 있는 아이들 영정을 위해 마련되었는데 인파를 뚫고 다니는 틈에 꽃 모가지가 벌써 손상되었다는 내용을 알게 되었다. 국화와 백합의 조합으로 그 꽃다발을 준비해온 여성은 이따금 가던 꽃집이 문을 닫고 사라져 부근에서 다른 꽃집을 찾느라 고생했다고 말했다. 어머닌 좀 어떠세요? 여성이 누군가에게 물었고 내 오른쪽 어깨 위에서 한 남성이 아 그게 말이죠,라고 비교적 밝은 어조로 답했다. 그의 대답에 따르면 그의 어머니는 고관절 부위의 오랜 통증 때문에 수술을 앞두고 있었고 그와 그의 형제들은 수술을 망설이고 있었다. 그의 어머니는 십여년 전에 무릎 수술을 했고 그때에도 통증 때문에 재활하는 데 어려움을 겪었는데 수술 뒤 바로 재활에 들어가는 무릎 수술과는 다르게 고관절 수술은 침대에 오래 누워 지내야 한다니 하루 다르고 이틀 다른 노인네가 그 연세에 그렇게 오랜 침대 생활을 하고 난 뒤에 과연 기력을 회복할 수 있을지, 수술의 목적 그대로 통증은 덜할지 몰라도, 걷지 못하게 되는 것은 아닌지를 그는 걱정하고 있었다. 삶의 질, 그것을 고민하고 있다고 그는 말했다. 나는 그들의 꽃다발을 뭉개지 않도록 머리를 앞으로 약간 숙인 채 서 있어야 했는데 그런 자세로 꽤 오래 있다보니 목이 뻣뻣해 바로 서 있기가 어려웠다. 서수경이 내 어깨를 한번 쥐더니 자리를 바꿔주었다. 우리는 둘 다 낮에 먹은 게 없어 배가 고팠다. 서수경이 주머니를 뒤져 견과류 에너지바를 찾아냈다. 우리는 그걸 둘로 쪼개 반쪽씩 먹은 뒤 무교로 쪽에 설치된 무대를 바라보았다. 무대는 밝게 빛나고 있었지만 너무 멀어 무대에 오른 사람들 얼굴이 보이지 않았다. 우리는 그냥 그 쪽으로 얼굴을 돌린 채 서 있었다. 2015년 4월 16일에 세월호는 맹골수도에 가라앉아 있었고 아홉명의 실종자가 남아 있었다. 위쪽이 희고 아래쪽이 파란 모형 배가 무대 아래쪽에서 위쪽으로 상승하기 시작했다. 이제 사람들은 입을 다물었다. 광장이 고요해졌다. 청해진해운의 연락선連絡船 세월호가 진도 앞바다에 가라앉은 지 366일째 되는 날. 해가 저물어 이제 밤이었다.

우리는 누군가 내민 국화꽃을 받고 시청광장을 떠나 광화문 쪽으로 이동했다. 가로등이 남김없이 켜져 있었다. 자박자박 걸어가는 사람들 발소리로 세종대로가 소란스러웠다. 청계광장에 다가갈수록 인파의 흐름은 느려졌고 밀도는 조밀해졌다. 청계광장 사거리에 이르자 흐름은 멈췄다. 서수경과 나는 몇몇 사람들이 하는 것처럼 차도에서 인도로 올라섰다. 발뒤꿈치를 들고 서서 앞의 상황을 살펴보았다. 폴리스라인을 두른 경찰 차벽이 광화문광장으로 이어진 세종대로를 가로막고 있었고 차벽 바로 앞까지 전진한 사람들이 길을 트라고 외치고 있었다. 비가 내리지 않았는데 바닥이 젖어 있었고 캡사이신 냄새가 공기에 배어 있었다. 전철역이 막혔다고 누군가 말했다. 지하보도로도 내려갈 수 없게 쟤네들이 다 막아놨어. 차벽 뒤쪽에서 누군가 확성기로 미란다 원칙을 고지하기 시작했다. 서수경이 가만히 서서 그쪽을 보고 있다가 방금 그가 "여러분에게 불리한 진술을 할 권리가 있다"고 말했다고 했다. 뭐라고? 여러분에게 불리한 진술을 하지 않을 권리가 아니고 불리한 진술을 할 권리가 있다고. 서수경의 말을 듣고 누가 말하고 있는지를 보려고 나는 고개를 들었지만 차벽 건너편에서 사람들을 내려다보고 있는 경찰들

중에 확성기를 쥔 사람을 찾아내지는 못했다. 그 목소리가 두번째로 "여러분에게는 불리한, 불리한 진술을 할 권리가 있"다고 말하기 시작했다. 경찰이 여러분을 헌법 제37조에 의거…… 현행범으로 체포할 수 있으며 여러분의 안전을 위해 지금 즉시 해산하시기 바란다…… 서수경은 국화 줄기가 ㄱ자로 꺾인 것을 발견하고 꺾인 부분을 마저 꺾어 바닥에 버렸다. 내 것은 송이가 작았는데 아직 멀쩡했다. 우리는 국화를 쥐고 청계천 쪽으로 우회하는 사람들의 흐름을 따라갔다.

청계천 쪽으로 붙은 인도는 비좁았고 인도를 따라 빈틈없이 늘어선 경찰버스로 가로막혀 더 비좁게 여겨졌다. 그 길을 사람들과 밀착된 채로 꾸역꾸역 나아가며 서수경과 나는 밤하늘을 바라보았다. 서수경은 그 밤이 좀 낯설다고 말했고 그건 내게도 마찬가지였다. 우리는 도심 불빛으로 반짝거리는 밤을 올려다보며 걷다가 소리가 사라졌기 때문이라는 것을 알았다. 목요일 밤이었고 보통 그 시각 광화문과 종로 부근에서 끊임없이 들을 수 있는 소리가 사라지고 없었다. 사…… 사…… 사…… 하고 도로를 달리는 차 소리. 서두르며 지나가는 소리. 평범한 밤이라

면 그 시각 그 장소에서 들렸을 소리는 사라졌고 사방에
서 사람들이 웅성거리며 청계천을 따라 이동하고 있었다.

시행령을 폐기하라.

시행령을 폐기하라.

박근혜는 물러나라.

세월호를 인양하라.

서수경과 나는 청계천을 따라가며 종로 쪽으로 나갈 길을
찾다가 우리 둘 다 분명하게 기억하지 못하는 어느 순간
에 어느 좁은 길을 통해 종로로 나갔다. 문득 종로,라는 느
낌으로 종로였다. 그 거리에도 사람이 많았다. 우리는 우
리 앞에서 걷거나 뒤에서 걷거나 옆에서 걷는 사람 중에
누가 조금 전까지 우리와 청계천로를 걷고 있었는지, 누
가 광화문광장으로 가고, 누가 영화관으로 가는 사람인지
알 수 없었다. 호각을 입에 문 경찰 한두명이 차도 중앙에
서 있었다. 경찰의 통제로 차도가 거의 비어 있었는데 거
기에 신경을 쓰는 사람은 없는 것 같았고 인파로 북적이
는 인도에서 차도로 내려서서 걷기를 선택하는 사람도 없
었다. 서수경과 나는 행인들 속에서 천천히 종로를 거슬

러 올라가며 커피 마실 장소를 찾는 사람과 봄에 입을 옷을 사고자 하는 사람들이 서로 주고받는 말을 들었다. 종각을 지나자 거리는 문득 비었다. 서수경과 나는 방패를 들고 출동을 대기하고 있는 경찰들로 막힌 인도에서 차도로 내려섰고 그 길을 더 올라가 경찰버스들로 봉쇄된 세종대로 사거리에 이르렀다. 그곳에 당도해서야 우리는 우리가 청계광장 쪽에서 목격한 차벽 뒤로 몇겹의 벽이 더 있었음을 알았다. 북쪽과 남쪽을 잇는 세종대로는 두겹의 차벽으로 가로막혀 북쪽으로도 남쪽으로도 갈 수 없게 되어 있었다. 우리는 오가는 차도 행인도 없이 넓은 도로가 깨끗하게 비어 있는 것을 보았다. 세종대로 사거리는 두개의 긴 벽을 사이에 둔 공간空間이 되어 있었다. 청계광장 쪽에서 차벽에 가로막힌 사람들이 지르는 함성이 들려왔다. 여태 많은 사람이 거기 남아 있는 듯했다. 이제 어떻게 할까.

더 가볼까?

우리는 서대문 방향으로 조금 더 걷다가 금호아트홀을 끼고 사잇길로 접어들었다. 세종문화회관 뒷길은 대로변보다 공기가 싸늘했는데 봄을 맞아 새로 잎을 낸 은행나무 가지들이 한밤에도 부드러운 연두색을 띠고 있었다. 서수 경은 칸나미 유이찌가 마지막 공중전을 결심하고 전투기를 몰아가며 티처teacher,라고 말했는지 파더father,라고 말했는지 혼동된다며 내게 그것을 기억하느냐고 물었다.

스카이 크롤러?

그래 거기서…… 칸나미 유이찌의 마지막 대사 말이야. I'll kill my father, I'll kill my teacher. 어느 쪽이었지?

파더였다고, 갑자기 그렇게 말해서 놀랐지,라고 나는 대답했다.

「스카이 크롤러」에서 티처는 흑표범이 그려진 전투기를 모는 정체불명의 파일럿으로 누구도 이길 수 없는 존재다. 라우테른과 로스토크 사社의 끊임없는 대리전으로 평화와 권태를 유지하고 있는 「스카이 크롤러」의 세계에서는 어느 한쪽의 전력이 너무 우월해 균형이 무너질 때 티처가 출몰해 균형을 유지한다. 칸나미 유이찌를 포함한 키르도레들은 티처를 이길 수 없다. 그것이 그 체계의, 그 엔터테인먼트의 고정된 각본이다. 영원한 아이들은 티처/파더를 이길 수 없고 그들의 전투/죽음은 끝나지 않는다. 그것이 기본값이라는 것을 알게 된 칸나미 유이찌의 전생은 공허에 시달리다 자살하지만 칸나미 유이찌라는 현생은 티처를 죽이러 돌아간다. 이길 가능성이 거의 없다는 것을 알면서도 그가 티처에게 응전하는 것은 탈출할 수 없었기 때문 아니겠느냐고 서수경은 말했다. 탈출이 불가능한 세계의 파일럿은 파더/티처/기본값을 죽이러 돌아갈 수밖에 없다. 탈출이 불가능하다면 여기서 날 수밖에, 여기서 마찰하는 수밖에 없어.

탈조脫朝. 서수경은 그 이야기를 하고 있었다. 사람들은 여기를 빠져나가고 싶다고 말하지만, 여기를 나가서, 어디로 가겠다는 걸까?

정부청사 별관과 세종문화회관 사잇길을 빠져나오자 세종대로였다. 서수경은 차량 흐름이 끊긴 도로를 건너 광화문광장으로 넘어갔고 나도 그 뒤를 따랐다. 어디에서 어떤 경로로 들어왔는지 촛불을 든 조문객들이 긴 줄을 이루고 있었다. 교보빌딩과 달을 향해 움직이는 구름과 세종대로와 조선일보. 그것이 한눈에 다 들어오는 광장이었다.

—

2016년 4월 16일에 우리는 광화문역을 통해 광화문광장으로 올라갔다. 날씨가 좋지 않을 것이라는 예보를 들었으므로 각자 추위를 대비해 내피만 떼어낸 겨울용 외투를 입었고 광장으로 올라가기 직전엔 그 위에 우의를 덧입었다. 비가 내리고 있었다. 금세 폭우가 되었다. 외투의 두께와 등에 멘 가방 때문에 우의를 제대로 여밀 수 없었다. 서수경과 나는 서로의 우의를 여며주려고 노력하다가 어떻게 입어도 단추를 전부 채울 수는 없다는 것을 알고 위쪽 단추 두개를 내버려둔 채 각자의 가방에서 발포방석을 꺼냈다. 앞쪽에서 우산을 펼치고 있는 사람들에게 뒤쪽 사람들이 우산을 접으라고 말하고 있었다. 우산이 사라지고 우의를 입은 사람들의 등과 머리가 빗속에 드러났다. 바닥은 이미 고인 빗물로 웅덩이가 되어 있었고 그 위로 꽂히듯 쏟아지는 빗줄기 때문에 우의도 별 소용이 없었다. 입으로 턱으로 비가 들이쳤다. 뒷사람들을 위해 이제 자리를 잡고 앉으라고 마이크를 쥔 누군가가 말했다. 사람이 줄어 광화문광장으로 축소된 봉쇄 속에서 우리는 자리를 잡았다. 빗물이 스며들기 시작했다.

11

2009년 1월 20일, 서울 용산구 한강로2가 남일당 건물에서 철거민들이 고립되고 사망한 과정은 여러모로 1996년에 서수경과 내가 연세대학교에서 겪은 일을 연상시켰다. 안에서 쌓은 바리케이드와 고립과 화재. 남일당 옥상에 선 철거민들의 망루가 불타오르는 광경을 뉴스로 보면서 서수경과 나는 서로 말하지 않았지만 우리가 각자 무엇을 생각하는지, 어떤 가능성을 생각하고 있는지를 알았다. "우리에게도 저 일이 일어날 수 있었다." 그렇지만 우리는 사건 이후로 남일당에 간 적이 없었다. 가봤자. 무력감만 확인할 테니까. 그리고 우리는…… 우리는 철거민이 아니었지. 아니었고 아니며 앞으로도 아닐 거라고 우리는 믿었지.

2014년 4월 16일 9시 26분에서 38분 사이, 동거차도 앞바다에 도착한 해경 항공기 CN-235기와 해경 헬기 B-511호, B-512호, B-513호, 해경 123정이 세월호와 교신 시도조차 하지 않은 채 수면을 향해 쓰러진 세월호 주변을 돌고 있을 때.("123정 역시 CN-235기나 해경 헬기와 마찬가지로 세월호 참사 전 과정에서 세월호와 단 한번도 교신하지 않습니다." 416세월호참사 국민조사위원회『세월호참사 팩트체크: 밝혀진 것과 밝혀야 할 것』, 북콤마 2017)

그날 정오를 넘겨서야 전원구조 보도가 오보이며 침몰한 배에 탑승객들이 남아 있었다는 소식이 알려졌을 때.

이미 뒤집힌 그 배의 바닥을 우리가 바라보며 말을 잃고 있을 때.

그때에 우리는 저 일이 우리에게도 일어날 수 있다거나 우리는 그들이 아니라거나 하는 생각조차 할 수 없었고.

그 배가 침몰하는 내내 목격자이며 방관자로서 그 배에 들러붙어 있을 수밖에 없었어.

2014년 4월 16일 이후 한동안 김소리는 서수경과 내가 사는 집으로 건너오지 않았다. 서수경과 나도 그 집으로 건너가지 않았다. 그 집과 우리 집이 겨우 사백여 미터 떨어져 있었고 느린 걸음으로도 십분이면 갈 수 있는 거리였는데도 우리는 서로를 방문하지 않았다. 정진원이 지금보다 어려서 외출하기가 어려운 때였는데 김소리는 그 집에서 아이와 둘이 뭘 하며 지냈을까.

우리가 다시 모이기 시작한 시점이 언제였는지는 정확하게 기억나지 않는다. 2014년 5월 중순 무렵이었을 것이다. 저녁을 같이 먹었다. 다른 날과 크게 다를 것 없는 대화를 나눴다. 각자의 직장에서 만나는 사람들, 아이의 교육과 그에 관련된 걱정들. 그 뒤로 몇달 동안 우리가 모일 때마다 무슨 대화를 나누었는지를 다 기억할 수는 없지만 우리가 그 사건에 관해 거의 말하지 않았다는 점은 분명하다. 우리는 온갖 것을 말했지만 그 일은 말하지 않았다. 농담, 한담, 조소, 걱정, 약속, 확인, 숱한 대화들 속에 웅얼거리듯 몇마디 등장한 적은 있어도 각자가 본 것이 무엇인지 무엇을 생각하고 있는지를 우리가 서로에게, 말하자면 내가 김소리에게/김소리가 나에게, 말한 적은 없었다. 거의 무관해 보이는 대화도 불시에 그 사건과 연결되고는 했는데 그럴 때 우리는 말꼬리를 흐렸다가 다른 이야기로 넘어가거나 입을 다물었다. 서수경과 나의 일상과 일정에서 세월호 관련 뉴스나 시위는 중요한 부분을 차지하고 있었고 김소리도 그걸 알았다. 서수경과 나는 접을 수 있는 방석과 간단한 간식과 수건을 넣은 시위용 배낭을 하나씩 가지고 있었고 세월호 관련 시위나 집회가 있는 주말엔 그걸 메고 광장이나 거리로 나갔다. 서수경은 김소리에게 그 일정들을 말하는 것을 삼갔다. 아이가 있는 입장에 부담이 되거나 강요가 될 수 있다고 걱정하는 것 같았다. 나도 걱정했다. 아이가 있으니까. 그리고 두려웠다. 김소리가 그만하라고 말하면 어쩌나.

언니, 그 얘기는 이제 그만하면 안 될까.

늘 그것을 걱정하고 있었기 때문에 마침내 김소리가 그렇게 말했을 때, 나는 김소리를 비난할 준비가 되어 있었다. 2016년 4월 16일 광화문광장에서 흠뻑 비를 맞고 돌아온 뒤 좀처럼 그치지 않는 기침을 불평하다가 그날의 폭우를 말하고 그 무렵 집회에 참가할 때마다 서수경과 내가 느끼는 무력감을 말하고 있을 때였다.

언니 이제 그만하면 안 될까,라고 김소리가 말했다.

뭐를.

그 얘기.

……내가 뭘 많이 얘기했어?

아 늘 하지. 하지 않아도 하지.

하면 안 되는 얘기야? 너는 그래서 안 하는 거야?

김소리는 물끄러미 나를 보더니 자기는 그 일을 말할 수 없는 것뿐이라고 대답했다. 한 집에서 아이가 자란다는 것을 내가 모른다고 김소리는 말했다. 아이가 얼마나 더디게 자라는지 얼마나 빠르게 자라는지 그걸, 언니는 모른다,라고. 부모는 아이와 같은 공간에서 일상적으로 아이의 흔적을 목격한다고 김소리는 말했다. 아이와 같이 산다는 건 매일 숱한 감정적 소용돌이와 아이의 흔적에 휩쓸린다는 거야. 우리 집에도 그런 게 잔뜩 있어. 내 아이가 엉뚱한 장소에 넣어둔 장난감, 이로 씹은 물건들, 아이 옷에 일어난 보푸라기들, 펼쳐진 그림책, 낙서들. 내 집에서 내 아이의 자국들을 볼 때마다 난 그 애들이 생각나. 나처럼 그런 걸 하나하나 목격하며 그 나이로 자랄 때까지 아이를 키웠을 엄마아빠들이. 그러니까 내가 그 일을 생각해야 한다는 것처럼 내게 말하지 마. 나는 그 일을 생각해. 그 사람들의 집을 생각하고 그 사람들을 생각해. 그래서 말할 수 없어. 무서워서.

뭐가 무서워.

나는 무서워.

아니 네가 무서운 것이 뭐냐고. 그걸 말하는 동안 네가 두렵고 상처받을 것이 무서워? 그것이 너는 무서워?

......

너는 그게 제일 무서워?

2016년 11월 26일, 광화문역 해치마당과 연결된 화장실 앞에서 순서를 기다리며 나는 그날의 내 말을 생각하고 있었다. 내가 그때 왜 그렇게 했을까. 너는 그것이 제일 무섭냐고 나는 물었지만 실은 비열해,라고 말하고 싶었고 끝내 그 말은 하지 못했는데 했다면 돌이킬 수 없었을 것이다. 그 무렵 나는 단지 누군가를 혹은 뭔가를 향해 비열하다, 그 말을 하고 싶었던 것은 아니었을까. 그게 누구든, 그것이 무엇이든. 김소리는 그날의 나를 어떻게 생각했을까. 야속했을까. 비열하다고 생각했을까. 졸렬하다고. 그날 김소리와 내가 창백해진 채 서로 노려보고 있는 상황을 정리한 것은 서수경이었고 나는 김소리가 바로 자기 집으로 가버릴 거라고, 이튿날부터 한동안은 오지 않을 거라고 예상했는데 김소리는 그날 늦게까지 남아 차를 마시고 갔고 이튿날에도 그 이튿날에도 저녁을 먹으러 왔다. 이후로 내내 우리는 마치 그런 대화를 나누지 않은 것처럼, 다투지 않은 것처럼 굴었지만 각자가 그 일을 기억하고 있으며 앞으로도 오랫동안 기억할 것을 알고 있다. 언젠가는 우리가 그 일을 말하기도 하겠지. 그때 내가 김소리에게 사과할 수 있을까.

그런 것을 생각하고 있을 때, 나는 데모 같은 거에 관심이 없었다고, 그런데 아무리 생각해도 이거는 아니라고 말하는 목소리가 들려왔다. 내 앞에서 차례를 기다리는 여성들이 말을 나누고 있었다. 서로가 초면인 그들은 각각 사는 장소가 다르고 그날 광화문에 도착한 시간도 달랐다. 챙이 짧은 갈색 니트 모자를 눌러쓴 여성은 정오부터 광장에 와 있었으며 벌써 5차까지 진행된 탄핵 요구 촛불집회에 자기는 한번도 결석한 적이 없다고, 자기는 개근상을 받아야 한다고 말했다. 아플리케를 덧붙인 점퍼를 입고 두툼한 목도리로 얼굴 절반을 감싼 여성은 한시간 반전에 도착했으며 이번이 첫번째 참석이었고, 겉옷 위에 '박근혜 OUT'이라고 적힌 큼직한 스티커를 두장이나 붙인 여성은 그보다는 일찍 와 있었으며 이번이 세번째 참가라는 이야기를 하고 있었다. 아니 나는 정말 데모 같은 거는 모르고 살았는데 집에서 티비를 보다가 이것들 하는 게 너무 더러워가지고…… 딸이래…… 누가…… 아니 몰랐어요? 무슨 동영상도 있다고, 우리 집 양반이 엄청 지지자였는데 이제 아주 안 되겠다고 아주 단호하게 그러대…… 보자 보자 했는데 이거는 아니야! 내가 그래서 우리 아들이랑 다 데리고 지금 여기 온 거야……

2016년 11월 26일은 JTBC 뉴스룸을 통해 청와대 비선실세인 최순실의 태블릿피씨가 공개되고 약 한달이 지난 날이었고, 대통령에게 국정농단에 대한 책임을 묻고 국회에 탄핵을 요구하는 촛불집회가 다섯번째로 열린 날이었다. 눈雪 때문에 집회 참가자가 적을 것이라는 예상이 곳곳에서 있었지만 서울에서만 150만명이 광장에 모였다.(「150만

촛불집회에 연행자 '0명'…평화가 분노를 이겼다」,『이데일리』2016.11.26.)

이번주에도 시위 나갈 거냐고 묻는 김소리에게 그럴 거라고 대답은 했지만, 서수경과 나는 이날 광화문광장에 나가지 않을 생각이었다. 우리는 지쳤다. 차고 딱딱한 바닥에 몇시간이고 앉아 있는 일을 더는 견디기가 어려웠다. 아무리 든든하게 입어도 집으로 돌아갈 무렵엔 뼈에 스민 냉기 때문에 몸이 덜덜 떨렸고 한번 나올 때마다 이틀이고 사흘이고 그 냉기가 가시지 않아서 우리 둘 다 몇주째 감기약을 먹고 있었다. 일단 집회가 시작되면 발 디디기도 어려울 정도로 많은 사람들 틈을 헤집고 화장실을 찾아가는 것도 큰일이었고 광장으로 진입할 때나 광장을 빠져나갈 때나 엄청난 밀착을 겪어야 했는데 우리 둘 다 평소에도 그런 걸 잘 견디지 못했다. 광장에서 우리는 매번 뺨과 가슴과 배와 등과 엉덩이와 종아리와…… 발뒤꿈치까지 낯선 사람들과 밀착되어서 말없이 얼굴을 찌푸린 채로 떠밀리듯 이동했고 간신히 그 장소를 벗어나면 불쾌감과 어지럼증이 사라질 때까지 구석에 서 있곤 했다.

매번 집회의 평화적 측면을 강조하는 분위기도 나는 불편하다고 여기고 있었다. 평화적 시위에 대한 사람들의 열광은 서수경과 내게 거의 강박처럼 보였다. 광장이나 여론이 모이는 곳에서 종종 보이곤 하는, 평화적으로 시위하는 착한 시민이라는 자부가 우리는 불편했다. 착한 시민의 정상적 시위와 착하지 않은 시민의 비정상적 시위가 이렇게 나뉘는 것일까…… 세월호 유가족과 미수습자 가족들은 지난 3년 내내 착하지 않은 시민이었다는 말인가…… 트랙터를 몰아 서울로 올라오던 농부들은 어제 고속도로에서 경찰들에게 트랙터를 빼앗기고 머리도 터졌다는데(「안성IC 진입로에 '차벽' 세운 경찰, 전봉준투쟁단 상경 막아」, 『한국농정』 2016.11.25) 오늘 광화문엔 또 스티커(「'차벽을 꽃벽으로'…의경들 고생 생각해 잘 떼어지는 꽃스티커 등장」, 서울신문 2016.11.26)가 등장하겠지 환장할 꽃 스티커…… 집에서 시위용품과 간단한 간식을 챙기는 내내 나는 투덜거렸고 전철을 타고 배낭을 끌어안은 채 광화문역까지 가는 내내, 오늘은 정말 광장에 가고 싶지 않다고 불평했다. 눈이 내리지 않았다면, 날이 이렇게 추워서, 사람이 적을 것이라는 걱정이 없었다면. 그러나 막상 광장에 도착하고 보니 일주일 전보다도 그 전보다도 사람이 많았다.

세면대에서 손을 씻고 해치마당으로 나가보니 화장실 입

장을 기다리는 사람들의 줄은 여전히 끝이 없었다. 광화
문광장으로 올라가는 완만한 비탈을 천천히 올라갔다. 서
수경이 있는 곳은 세종대왕 동상에서 광화문 방향으로
50여 미터 떨어진 자리였다. 광장을 꽉 채우고 앉은 사람
들 사이로 오솔길처럼 난 틈을 아슬아슬하게 걸어 거기로
돌아갈 일이 아득했다. 눈은 그쳤지만 여전히 춥고 이제
더 추워질 테고. 느슨해진 목도리를 풀어 다시 묶으며 세
종문화회관 방향으로 올라가는데 손팻말을 가슴 높이로
들고 서 있는 남성이 보였다. A4 사이즈인 그의 손팻말엔
평범한 인쇄체로 다섯 글자가 적혀 있었다.

惡女 OUT.

내가 계속 바라보자 그는 그것을 더 높이 들어올려 자기
얼굴을 가렸다.

파도가 시작되었다.

서수경과 나는 촛불을 든 손을 올렸다가 내렸다. 파도가
뒤쪽으로 밀려갔다. 인파가 시청 앞 서소문로 너머까지
이어져 있다니 끄트머리에 이르려면 한참 걸릴 게 분명했
다. 고개를 돌려 더는 보이지 않는 곳까지 밀려가는 파도

를 바라보며 생각했다. 얼마나 많은 사람일까. 다 어떤 사람들일까. 다, 어떤 사람들이라고 말하지 못할 정도로 다양하겠지. 영희 순희 철수 금주 옥자 종진 금희 세진 서희 태영 경신, 그런 이름들이 다 있을 것이고…… 대통령 퇴진을 요구하는 현수막을 몇주째 거실 창에 붙여둔 우리 동네 아파트 주민도 와 있을 것이며 5대독자 3대장손인 T도 어쩌면 와 있을지 몰랐고 본인이 좋아했던 팝스타 쌤 스미스의 커밍아웃 소식을 뒤늦게 접하고 동성애자라니 황당하다고, 목사님이 말하길 그런 사람들은 지옥불에…… 운운했다는 서수경의 회원도 와 있을지 몰랐다. 서수경이 사탕 포장을 벗겨 내 입에 넣은 뒤 촛불을 쥐지 않은 손으로 내 손을 잡았다. 바람과 추위를 막으려고 코트에 달린 후드를 덮어쓴 서수경의 얼굴은 빨갛게 언 코와 입만 드러나 에스키모처럼 보였다. 뒤쪽에서 함성과 함께 파도가 밀려왔다. 서수경과 나는 촛불을 들었다가 내렸다. 화장실에 다녀오는 길에 악녀 아웃이라고 적힌 팻말을 봤다고 나는 서수경에게 말했다.

'녀'가 빨간색이었다고.

불쾌했겠다고 서수경은 말했다. 나는 그랬다고, 불편하고 불쾌했다고 대답했다.

왜냐하면…… 그걸 목격한 사람은 청와대 깊숙이 숨은 대통령이 아니고 그 팻말 앞에 선 나였으니까. 계집☆인 나. 惡女 OUT이 지금 그의 언어라면 그것이 그의 도구인데 그의 도구가 방금 여기서 내게 한 일을 그는 알까. 그는 자기처럼 이 자리에 나온 많은 여성들은 왜 보지 않을까. 惡女라고 빨갛게 지칭할 때 '그 사람'의 여성은 그렇게 선명하게 보면서도. 그 팻말 앞에서 나는 이렇게 하지 말라고, 이렇게 말하지 말라고……

말했어?

말할까 말하지 말까를 계속 망설였는데 왜냐하면 지금 우리가 우리니까……

모두가 좋은 얼굴로 한가지 목적을 달성하려고 나온 자리에서 분란을 만드는 일을 거리끼는 마음이 내게 있었고 그래서 결국은 그 팻말 앞을 그냥 지나쳐 왔는데 오늘 밤 집에 돌아가서 이 일을 계속 생각할 것 같다고 나는 말했다. 내가 그 말에 적절하게 반응하지 못했다는 생각을, 말하자면 그걸 말하지 않았다는 생각을 자꾸 할 것 같다고. 우리가 무조건 하나라는 거대하고도 괴로운 착각에 대해서도.

초를 타고 흘러내린 촛농이 내 털실 장갑에 스며들고 있었다. 나는 아예 초에 들러붙어버린 장갑에서 손을 뺐다가 찬 공기에 내놓고 있는 것보다는 따뜻한 촛농으로 코팅된 장갑에 손을 넣고 있는 쪽이 낫다는 것을 알고 구덕구덕한 장갑 속에 도로 손을 넣었다. 내가 가방에 떨어진 채 이미 굳어버린 촛농을 발견하고 손가락으로 긁자 옆에 앉아 있던 여성이 그걸 그렇게 긁으면 안 된다고 일러주었다. 자기는 그대로 두었다가 나중에 집에 가서 뗀다고 그는 말했다. 그가 다리미와 깨끗한 흰 종이를 사용해 촛농을 깔끔하게 떼어내는 방법을 서수경과 내게 설명하고 있을 때, 뒤쪽에서 다시 한번 파도가 밀려왔다.

—

2016년 12월 3일은 지난한 과정 끝에 대통령 탄핵소추안이 국회에 제출된 날(「'야3당+무소속' 의원 171명, 朴대통령 탄핵소추안 발의」, 연합뉴스 2016.12.3)이었다. 광장에 나온 사람들은 화가 나 있었다. 이날 서울에서는 170만명이, 전국 합산으

로는 232만명(「'모두가 놀랐다'…전국 232만 촛불, 또다시 '사상 최대'」,
JTBC 2016.12.4)이 거리로 나와 촛불을 들었다. 횃불 416개
가 광화문을 떠나 청와대 앞 100미터까지 나아간 날(「청와
대로 향한 횃불 '개수'의 슬픈 의미」, YTN 2016.12.4)이기도 했다.
서수경과 나는 '즉각 퇴진, 새누리당 해체'를 외치며 광화
문을 지나 자하문로를 걷는 사람들을 따라 청운효자동주
민센터 앞에 이르렀다. 먼저 도착한 사람들이 도로에 앉
아 있었고 자유발언자들이 마이크를 이어받으며 말하고
있었다. 콜트콜텍과 유성기업의 노동자들, 사드THAAD로
고통을 겪고 있는 성주…… 전에는 알지도 못했던 사회적
문제를 당사자로서 겪고 있는 사람들을 여기에서 만나고
그들의 이야기를 직접 들은 것이 촛불집회에서 가장 크게
얻은 배움이라는 발언이 있고 얼마 뒤, 누군가의 폭죽이
무슨 이유에선지 점화되었다. 도로에 앉은 사람들의 머리
위로 불꽃이 짧은 꼬리를 달고 픽, 픽, 연달아 올라갔다.
사람들은 그쪽을 걱정스럽게 바라보았다. 폭죽을 끄라는
웅성거림이 일었다. 폭죽을 쥔 사람은 모직 코트를 입은
남성이었는데 그는 난감하다는 기색으로 사람들을 향해
고개를 흔들어 보이며 한번 점화되면 중간에 끌 수가 없

다고, 어쩔 수가 없다고 말하고 있었다. 불꽃은 얼마간 그치지 않고 밤하늘을 향해 올라갔고 도로를 가득 메운 사람들은 긴장과 걱정으로 침묵하며 그것을 보고 있었다.

서수경과 나는 그 침묵 속에서 함께 침묵하는 동안 평화적 시위를 원하는 사람들의 갈망에서 상처를 보았다. 누군가 다치는 광경을 우리는 너무 보았다. 사람들은 그렇게 말하고 싶은 게 아니었을까. 누구도 다치게 하지 말라, 우리는 이미 너무 겪었다고.

2016년 12월 9일 금요일, 대통령 탄핵소추안이 국회에서 가결(「국회, 朴대통령 탄핵…찬성 234표·반대 56표」, 연합뉴스 2016.12.9) 되어 헌법재판소로 넘어갔다. 이튿날인 12월 10일 토요일에, 서수경과 나는 서대문역에서 내려 광화문 방향으로 걸어갔다.

밀착이 시작되었다.

오늘은 어떻게 기억될까.

1939년 9월, 두번째 세계대전이 발발하고 며칠이 지난 어
느 오후, 슈테판 츠바이크는 사라져가는 평화를 맛보려고
산책을 나섰다가 집으로 돌아가는 길에 자신의 앞에 드
리워진 자신의 그림자를 보았다.『어제의 세계』에서 그는
그 경험을 "마치 이번 전쟁의 뒤에 지난 전쟁의 그림자가
드리워 있음을 보았던 것과 같았"다고 하면서도 "모든 그
림자는 궁극적으로 빛에서 태어나는 것"이라는 말로 원
고를 마쳤지만, 일본의 진주만 기습공격으로 미국이 참
전을 선언하자 세계의 비참한 끝을 확신하고 1942년 2월
에 반려자인 로테 알트만과 자살한다. 슈테판 츠바이크에
게 1939년 9월 1일(나치 독일의 폴란드 침공), 1941년 12월 7일
(일본의 진주만 공습), 1941년 12월 8일(미국의 선전포고), 1942년
2월 22일(로테 알트만과 슈테판 츠바이크의 사망)과 그 전날은 오
늘이었을 것이다.『어제의 세계』종장엔 츠바이크 부부
의 사진이 실려 있다. 침대에 나란히 누운 슈테판 츠바이
크와 로테 알트만의 사진이다. 침구는 푹신해 보이고 침

대 곁 협탁엔 기름등과 술병과 성냥갑과 동전으로 짐작되는 물건들이 놓여 있다. 두 사람은 다정하게 몸을 기댄 채 낮잠을 자는 것처럼 보인다. 누군가 이 부부가 낮잠을 자는 방에 들어가 몰래 사진 한장을 찍고 나온 것은 아닐까. 그러나 이미 사망한 상태라는 것을 짐작하게 하는 부분들이 있다. 츠바이크는 넥타이를 메고 있고 그의 어깨에 얹힌 로테의 턱엔 토사물로 보이는 얼룩이 있다. 오늘은 과거의 그림자를 떨쳐낼 수 없고 그들은 그 그림자의 영향으로부터/그들의 오늘로부터 완전히 벗어나기를 원했다. 슈테판 츠바이크와 로테 알트만은 이미 전쟁을 겪은 사람들이었으며 그들에게 1942년과 이후의 세계는 구체적이고도 뻔한 현실이었을 것이다. 다시 시작된 '만인에 대한 만인의 전쟁'(『어제의 세계』), 추방, 인간 정신의 파괴, 다시 모든 것. 그들에게 오늘은 틀림없이 오늘, 다른 날일 가능성이 없는 오늘이었을 것이다.

책을 덮고 벽에 걸린 시계를 올려다본다. 오후 1시 23분.

드림캐처가 시계 밑으로 늘어져 있다.

저것은 새뼈처럼 가늘고 가벼운 회백색 나뭇가지를 둥글게 구부려 만든 틀 속에 낚싯줄과 색실로 그물을 짜 넣은 손바닥만한 물건이다. 오래전 서수경과 내가 섬에 갔을 때 하룻밤 묵은 숙소에서 저걸 발견했다. 담배에서 ㅁ이 떨어져 나간 다배,라는 간판을 그대로 내버려둔 작은 공방이었다. 숙소라거나 공방이라기보다는 어수선하게 비어가는 창고 같았던 그 집 곳곳에 집주인인 여성이 만든 드림캐처가 걸려 있었다. 나쁜 꿈을 떠내는 그물이라고 공예가는 말했다. 우리가 흥미를 보이자 주인은 심드렁하면서도 기꺼운 기색으로 각각의 공예품에 대해 설명하면서 이게 전부 쓰레기였다고 말했다. 플라스틱과 유리와 낚싯줄과 어망. 바닷가로 밀려온 부유물을 주워서 몇 주 동안 햇볕에 말렸다가 사용한다고 말이다. 틀을 만드는 데 사용된 나뭇가지도 바다를 떠돌다가 해변으로 밀려온 것들이었다. 오랫동안 가라앉았다가 떠오르길 반복하며 소금물을 먹은 나무들이라서 단단하고 썩지 않는다고…… 분명 그 비슷한 말을 하며 그는 그걸 내게 팔았다. 할머니에게 물려받았다는 그의 집은 바다에서 너무 가까운 곳에 있었다. 벽에 남은 지난여름의 흔적들을 가리켜 보이며 해마다 바다가 더 다가오고 있다고 공예가는 말했다. 십년도 더 지난 일이다. 그 집은 어떻게 되었을까.

나쁜 꿈을 떠내는 그물.

이제 내게는 저 그물망의 상태가 명확하게 보이지 않는다. 불규칙이 패턴인 그 무늬는 물방울이 붙은 유리를 통해 보는 것처럼 어떤 부분은 흐릿하게 왜곡되어 있고 어떤 부분은 선명해, 간단하게 전체로 파악되지 않는다. 그 패턴 전체가 수년 전처럼 내게 명확하게 보이는 일은 다시 없을 것이다. 심호흡을 하자 그 숨에 가장 끄트머리에 늘어진 회색 깃털이 흔들리는 것처럼 보인다. 우리는 그동안 저 깃털 아래에서, 저 그물 아래 이 탁자에서 온갖 이야기를 나눠왔고 오늘 아침에도 이 자리에 모였다.

2017년 3월 10일.

오늘은 어떻게 기억될까.

오늘 제18대 대통령 박근혜는 헌법재판소 재판관 전원의 찬성으로 대통령직에서 파면되었다.

사람들은 오늘을 어떻게 기억할까.

탄핵이 이루어진다면 혁명이 완성되는 것이라고 사람들

은 말했지. 동학농민운동, 만민공동회운동, 4·19혁명과 87년 6월항쟁까지, 한번도 제대로 이겨본 적 없는 우리가 이기는 것이라고. 이 나라 근현대사에서 우리는 최초로 승리를 경험한 세대가 될 것이라고. 탄핵을 바라며 거리로 나선 사람 모두에게 그 경험은 귀중하고 벅찬 역사적 경험이 되어줄 것이고 그리고…… 그렇지 내게도 그러할 것이다. 산다는 것은 우리보다 먼저 존재했던 문장들로부터 삶의 형태들을 받는 것…… 저 문장을 빌려 말하자면 우리는 지난 계절 내내 새로운 문장을 써왔고 사람들의 말에 따르면 이제 그 문장은 완성되었다. 그래서 오늘은 그날일까. 혁명이 이루어진 날. 사람들이 말하는 것처럼 피 한방울 흘리지 않고 혁명은 마침내 도래한 것일까.

김소리는 어젯밤에 내게 전화를 걸어서 내일은 언니들 광장에 나가지 말고 자기와 있으면 안 되겠느냐고 물었다. 탄핵재판 결과를 혼자 볼 자신이 없으니 같이 있자고. 그래서 오늘 아침 우리는 이 집에 모였다. 오전 열한시부터 시작된 선고는 11시 21분에 끝났다. 오늘 아침, 광화문과 헌법재판소 앞에 모인 사람들도 그것을 전부 들었을 것이다. 파면이 선고된 순간에 광장은 환호성과 함성으로 난리였을 것이다. 승리와 완성의 축제였을 것이다. 조금 쌀쌀했겠지만 춥지 않았겠지 상관할 일이 아니었겠지 거기 모인 사람들에게 추위 같은 건. 어쩌면 그 밤들에 그랬던 것처럼 파도를 탔는지도 모르겠다. 축배를 전하듯 파도가 앞에서 뒤로 이 끝에서 저 끝으로 거리에서 거리로 그리고…… 그리고 파도가 가고 남은 자리에 이 식탁이 남는 광경을 나는 생각해본다. 지금 이 집에서 낮잠에 든 사람들 우리가, 저 조그만 그물망 아래 이 식탁에 남는 광경을.

이제 모두를 깨울 시간이다.

그들을 흔들어 깨우는 동안 여기에도 혁명은 있을까, 나는 궁금할 것이다. "한번 일어났다. 그러면 그것은 다시 일어난다."(2017년 9월 22일 세월호아카데미. 박래군 416연대 공동대표의 쁘리모 레비 인용을 재인용함. "사건은 일어났고 따라서 또다시 일어날 수 있다." 프리모 레비 『가라앉은 자와 구조된 자』, 돌베개 2014) 오래전 내가 읽은 책에 그런 구절이 있었는데 그것이 여기의 이야기가 될 수도 있을까. 혁명, 그 이야기가 될 수도 있을까.

펼쳐둔 책들을 모두 덮어 식탁 구석에 쌓는다. 오시프 만델슈탐의 『아무것도 말할 필요가 없다』가 맨 바닥에 놓였다. 이 시집의 편집자는 어째서 그 시의 첫 구절("오시프 만델슈탐의 시 가운데 제목이 없는 경우는 시의 첫 구절을 제목으로 삼았다." 『아무것도 말할 필요가 없다』 편집자 주, 문학의숲 2012)을 시집의 제목으로 삼았을까. 아무것도 말할 필요가 없는 세계란 내게는 아무래도 죽음인데 시집을 담당한 편집자에게는 어땠을까. 그에게도 죽음이었을까. 누구에게도 목격되지 못한 채 그처럼 아무것도 말할 필요가 없는 세계에 속해버린 만델슈탐을 그는 추모하고 싶었을까.

오시프 만델슈탐은 스딸린의 숙청작업이 이어지던 1938년 5월에 강제수용소로 보내졌다가 언제 죽었는지도 모르게 사라졌다. 금지되어 압수당하고 불태워진 그의 시가 망각 속으로 가라앉지 않은 이유는 그의 아내인 나데즈다 야꼬블레프나 만델슈탐이 그 시들을 끊임없이 암송하고 필사한 덕분이었다. 나데즈다는 말할 필요가 있었고 나 역시 그렇다. 누구도 죽지 않는 이야기 한편을 완성하고 싶다. 언제고 쓴다면, 그것의 제목을 '아무것도 말할 필요가 없다'로 하면 어떨까. 그것을 쓴다면 그 이야기는 언제고 반드시 죽어야 할 것이므로. 누구에게도 소용되지 않아, 더는 말할 필요가 없는 이야기로.

그것은 가능할까.

오후 1시 39분.

혁명이 도래했다는 오늘을 나는 이렇게 기록한다.

우리가 여기 모였다고.

간밤에 잠을 설친 사람들이 세수만 하고 이 자리에 모여 늦은 아침을 만들어 먹었다고. 김소리가 정진원에게 줄 간식으로 하룻밤 달걀물에 담근 식빵을 가져왔고 양이 넉넉해서 우리가 거기에 버터를 더해 토스트를 해 먹었다고. 오렌지도 잘라 먹고. 아무것도 아닌 일에도 깔깔 웃으며 서둘러 식사를 준비하고 다 같이 먹고 올리브잎 차도 한잔씩 마셨다고. 남자는 울지 않는 법이라며 구석에 숨어서 우는 아이를 말하고 그 아이에게 어떤 이야기를 들려주며 살아야 하는지를 걱정하기도 하면서. 쌤 스미스의 커밍아웃을 말하다가 보편성과 특수성에 대해 회원들과 작은 언쟁을 벌이고 만 일을 말하기도 하면서. 헌법재판소로 들어가는 재판관의 머리칼에 핑크색 헤어롤 두개가 말려 있는 것을 우리가 보았으나 그런 것은 하나도 중요하게 여겨지지 않아서 그것에 관해 별말을 하지 않았다고.

앉아주십시오.

헌법재판소 재판관 여덟 사람이 대심판정에 입장하는 광경을 보고 우리도 서둘러 자리에 앉았다. 2016헌나1 대통령 탄핵 사건에 대한 선고가 시작되었고 그 뒤로는 판결문을 낭독하는 목소리뿐이었다. 위배한 것이라고 볼 수 없고…… 부족하고…… 분명하지 아니하고…… 인정할 만한 증거는 없습니다…… 재판관이 판결문을 낭독해갈수록 우리의 얼굴은 빨개졌고 침묵은 무거워졌다. 서수경은 손끝으로 이마를 비볐고 나는 턱을 받친 손으로 입을 가렸으며 김소리는 손으로 눈을 문질렀다. 재판관이 생명권 보호의무에 대한 판결을 읽기 시작했다.

아무도 말하지 않았다.

세상의 모든 존재들에게, 우산을

강지희

1

　『디디의 우산』은 최근 한국에서 일어났던 '혁명'에 대한 기록이다. 그러나 이 소설은 뜨거운 분노와 변화에 대한 열망으로 광장에 모여든 시민들이 만들어낸 광경을 묘사하거나 혁명의 성공에 갈채를 더하는 데 관심이 없다. 오히려 주목해야 할 것은 소설에서 지워져 있는 시기이다. 「d」와 「아무것도 말할 필요가 없다」, 이 두 소설에는 촛불집회가 시작된 2016년 10월부터 박근혜 대통령 탄핵선고가 있었던 2017년 3월에 이르기까지의 기간이 의도적으로 누락되어 있다. 「d」에서 연인 dd의 죽음을 오랫동안 받아들이지 못하던 d가 광장의 진공과는 다른 무엇을 오디오 진공관에서 발견할 때, 혁명은 시작되는 듯 보인다. 실제로 작가는 한 인터뷰에서 이 소설의 마지막 단락을 퇴고하고 있을 때, JTBC에서 최순실의 태블릿피씨가 공개되며 바로 촛불집회가 시작되었다고 밝힌 바 있다.(『Axt』 2017년 9/10월호) 그런데 이어서 발표된 「아무것도 말할 필요가 없다」는 그 혁명의 과정을 따라가는 대신, 혁명이 승리한 날짜로 기록된 2017년 3월 10일 헌법재판소가 탄핵을 선고한 후 정오가 막 지난 짧은 시간만을 시간적 배경으로 둔다. 2016년 겨울 초입의 뜨거웠던 촛불집회 광경들이 파편적으로 등장하고는 있지만, 이는 수많은 개인적 회상과 역사적 맥락 속에 섞여 들며, 독자적인 사건으로서 부각되지 않는다.

혁명의 시작점과 끝점만을 날카롭게 짚고 있는 소설 두편이 나란히 놓이면서 『디디의 우산』에는 팽팽한 긴장감이 감돈다. 그것은 모두가 어둠 속에서 절망하고 있던 시기에 가능성을 포착하고, 반대로 혁명이 성공적으로 완수되었다고 믿는 시기에 불가능성을 겹쳐두는 시선의 낙차에서 비롯되는 것이다. 혁명은 정말 이루어졌을까. 이 소설집은 2019년 1월인 현재, 혁명이 완수되었다고 믿는 이들에게 보내는 서신이다.

2

2009년 용산참사 이후로 황정은의 소설과 정치성은 어깨를 나란히 하고 걸어온 바 있지만, 그것은 현실에서 조금 비켜선 알레고리적인 형태로 자리하고 있었다. 그의 소설에서 종종 등장하던 끝없이 낙하하는 운동성의 감각은 모순적이게도 폐쇄된 공간의 감각과 나란히 놓여 나날이 야만이 진화하는 시대의 폭력성을 증언해왔으며, 2014년 세월호 이후의 서사들에서는 급작스럽게 가장 가까운 자의 죽음을 겪고 그 이후를 살아내는(죽어가는) 형태로 서늘한 공백을 드러냈다. 「d」는 그 연장선상에 놓여 있지만 다른 가능성을 발견하는 소설이다.

이 소설 이전에 단편 「디디의 우산」(『파씨의 입문』, 창비 2012)과 단편 「웃는 남자」(『아무도 아닌』, 문학동네 2016)가 있었음을 상기할 필요가 있다. 단편 「디디의 우산」은 낙관적인 분위기로 둘러싸여 있다. 어린 시절 도도에게 빌렸다가 돌려주지 못한 우산에 대한 디디의 부채감은 다시 재회한 두 사람을 이어주는 매개가 된다. 도도는 세척작업에 쓰이는 화학약품에 의한 발진으로 고통받고, 디디는 유연성과 합리성을 빙자한 회사에 의해 폭력적으로 구조조정을 당하지만, 그들은 고립되어 있지 않다. 어느날 디디는 양장본 책의 표지에 쓰인 '혁명'이라는 생소한 말을 무심코 따라 읽은 뒤 조금 놀랐다가 옛날 만화를 떠올리며 피식 웃는다. 이 작은 웃음의 순간은 친구들과 함께 유쾌한 시간을 갖는 가운데 이라크 기자가 미국 대통령에게 신발을 던진 이야기로 확장되며, 정치적 조롱을 담고 있는 좀더 거센 웃음으로 번져나간다. 다 같이 모여들어 웃는 동안 자연스럽게 찾아드는 저항으로의 전환은 놀라운 것이었다. 그러나 단편 「웃는 남자」에 이르러 작가는 「디디의 우산」에서 긍정적인 저항성을 담고 있던 웃음을 부정한다. 똑같이 혁명을 되뇌며 웃는 디디가 나오지만, 디디는 끔찍하게 죽고 만다. 가장 사랑하는 연인조차 버스에서 사고가 벌어진 순간 그를 구해주지 못한다. 그저 하던 대로 해왔던 익숙한 "패턴"이 끝내 가장 사랑하는 존재 디디를 파괴했다는 사실에 절망하며, 연인이었던 '나'

는 스스로를 가둔다.

「d」는 이 두 단편을 결합하며, '우산'을 매개로 이어졌으나 '패턴'의 반복으로 dd의 죽음을 겪게 된 화자 d가 사물들의 끔찍한 온기를 감지하는 데서 시작된다. dd의 죽음을 방 안에서 견뎌나가던 d가 처음으로 방 바깥으로 나왔을 때, 그는 dd가 자신의 세계에서 예외였을 뿐이며 "잡음으로 가득"(40면)한 세계로, "본래 이러했"(38, 40면)던 상태로 돌아왔을 뿐임을 잔인하게 깨닫는다. 그러나 d가 세운상가에서 택배를 수집하고 상차하는 노동을 매일 반복하는 가운데, 그는 타인을 인지하고 타인에게 인지되며 서서히 생성해나간다. 무엇을? 기억을. 그는 어린 시절 두 사람이 낙뢰 자국을 같이 보았다던 dd의 말을 거듭 돌이킨 끝에 그 광경의 기억을 만들어낸다. 이따금 그 광경을 꿈에서 볼 때마다 dd를 살릴 수 있도록 그 어린아이에게 "팔을 내밀어 안아 올리"고 싶어하는 장면(45면)은 이 소설에서 가장 아픈 장면이다. 여기에는 어떤 노력으로도 다시 살아날 수 없는 dd의 죽음이 남긴 그림자가 어른거린다. d가 생성하는 또다른 기억은 1983년 북한의 공군이었던 이웅평 대위가 전투기를 몰고 남한으로 귀순했던 순간에, 서해에서 긴 사이렌 소리와 함께 아무것도 없는 하늘을 바라봤던 장면이다. 그 사건은 d에게 "환멸의 반대 방향으로" 가는 "탈출의 경험"(114면)에 대한 상징이다. 본래 가지고 있던 기억이라기보다는 생성해낸 이 기억들 안에는, 불가능하다는 것을 알지만 사랑하는 이를 어떻게든 살려내고 싶으며 이 체제를 벗어나고 싶다는 갈망이 있다.

그래서 이 기억의 생성은 자본주의에서 강조되는 '생산력'이나, 세운상가가 걷는 '재생'의 길과 반대편에 있다. 세운상가의 재생은 인간을 살리는 것이 아니라, 자본의 흐름과 상권을 살리고자 하는 것이다. 그것은 '여소녀'처럼 사십년간 세운상가에서 일해온 가운데, 시대의 새로움을 따라가지 못하고 나머지가 되어 잔류하게 된 존재들의 맥락을 소거시킨다. dd의 죽음에 오래 잠겨 있었던 d에게 재생이 그리 쉽고 단순한 일일 수 없다. 롤랑 바르뜨(Roland Barthes)가 하이꾸(俳句)를 두고 한 표현처럼 "딱 한번 발생하는 것"(『롤랑 바르트, 마지막 강의』, 민음사 2015)으로서 모든 인간은 유일성의 세계를 구축한다. 그리고 그것이 붕괴되었을 때, 이를 복원한다는 것은 거의 불가능에 가깝다.

이 불가능에 저항하며 만들어낸 d의 기억들이 소설 마지막 순간에 오디오에서 "흐르는 빛과 신호로 채워져 있"는 "작고 사소한 진공"(144면)을 새롭게 발견하게 했을 것이다. 죽음으로 향하던 무력한 한 인간은 어떻게 그 모든 자기혐오를 이기고 삶 쪽으로 방향을 트는가. 오디오 안의 "위태로워 보일 정도로 얇은 유리 껍질"은 충돌 한번에도 쉽게 내동댕이쳐지는 삶과 닮아 있다. 그러나 그 안에 빛과 소음으로 채워진 작은 진공은, "혁명을 거의 가능하지 않도록 하는"(133면) 광장의 "어둡고 고요하게 정지"(144면)된 진공과는 다른 것이다. 그렇게 소설은 서두에서 '번개'가 떨어져 그을린 자리에 남아 있던 뜨거운 열을 잊지 않고, 오디오 진공관의 "섬뜩한 열"(145면)로 이어간다. 인간이라는 존재의 하찮음을 껴안고서 어떻게든 살아가보겠다는 의연함을 담은 이 소설이, 모든 것이 어둠 속에 있는 가운데 변화가 시작되는 찰나였던 2016년 겨울에 도착했을 때의 감격을 잊을 수 없다. 혁명이란 무엇인가. 황정은은 그것이 번개처럼 크고 단절적인 절대적 힘이 아니라, 작고 사소한 진공관 속의 빛과 소음을 발견하는 일이라 말한다. 어떤 사소한 사물조차 "세상에 그거 한 대뿐"(145면)이라는 유일성을 담고 있음을 인지한 자라면, 그 안에는 결코 우습게 볼 수 없는 뜨거움이 있다는 사실을 알게 될 것이다. 그리고 이 뜨거움은 시대가 주는 환멸과 낙담으로부터 벗어나는 길을 열어낸다.

3

「d」에서 「아무것도 말할 필요가 없다」로 넘어가는 이음매에는 "모두가 돌아갈 무렵엔 우산이 필요하다"(147면)라는 문장이 놓여 있다. 이것은 단편 「디디의 우산」에서 친구들과 웃고 떠들다 잠든 끝에 새벽에 깨어나, 친구들이 돌아갈 길을 걱정하며 신발장을 들여다보는 '디디'에게서 흘러나온 생각이다. 사소한 사물에 대해서도 오래 부채감을 지니고 사는 마음, 그 부채감으로 어느덧 가까운 이들을 돌보는 데까지 나아가는 힘은 황정은의 소설세계 안에서 다시 부활하는 것일까. 전작 소설집 제목이기도 했던 '아무도 아닌'의 세계는 혁명을 분기점으로 '모두'

의 세계로 향하는 것일까. 그런데 이 달라진 주어에 주목하기보다 이제 다른 것을 보아야 할 것만 같다. 그 모두는 대체 어디로 돌아가려는 것일까. 모두에게 필요한 우산이 충분하지 않다면, 그 우산은 누구에게 쥐어질 것인가.

4

「아무것도 말할 필요가 없다」는 많은 사람이 촛불혁명이 성공적으로 완수되었다고 믿고 있던 시기인 2017년 가을에 연재된 소설이다. 그리고 작품은 2017년 3월 10일 헌법재판소가 박근혜 대통령의 탄핵을 선고하던 날, 그러니까 "혁명이 이루어진 날"(314면)의 정오가 막 지난 오후의 고요한 풍경으로부터 시작된다. 혁명 이후의 소설. 이 소설에서 그 혁명이 야기한 도약의 흔적을 읽어내고자 하는 사람이라면, 「d」와 동일하게 광장을 배경으로 둔 2015년 4월 16일에 대한 서술 속에 새롭게 끼어든 한 문장에 주목하게 될 것이다. 다시 한번 세종대로 사거리가 "두개의 긴 벽을 사이에 둔 공간空間이 되"(132, 290면)었을 때, 화자는 더이상 이곳을 많은 사람들의 함성이 도저히 통과하지 못할 진공이라고 부정적으로만 감각하지 않는다. "이제 어떻게 할까"(123, 132, 290면)라는 말은 「d」에서는 체념을 담은 중얼거림이었지만, 「아무것도 말할 필요가 없다」에서는 이 말 직후 "더 가볼까?"(290면)라는 말이 불쑥 튀어나오며 적극적인 질문과 대답을 구성한다. 이 놀라운 차이는 작가가 어떤 가능성을 보고 있음을 말하는 것일까. 이어지는 애니메이션 「스카이 크롤러」에 대한 대목에서 우리는 탈출할 수 없다는 끔찍한 제약이 "이길 가능성이 거의 없다는 것을 알면서도" 응전하는 힘으로 전환되었다는 설명을 듣게 된다. "탈출이 불가능하다면 여기서 날 수밖에, 여기서 마찰하는 수밖에 없"다는 「스카이 크롤러」 속 "탈조脫朝"(292면)의 꿈은 곧 그들의 현실에서 한눈에 들어오는 광장의 풍경과 함께 어디로도 갈 수 없다는 잔혹한 자각으로 번진다.

황정은은 이 소설에서 오히려 혁명의 감격이 날카롭게 단절되는 지점들, 혁명이 휩쓸고 간 자리에 남겨진 부스러기 같은 존재들에게 몰두한다. 「d」에서 미완의 느낌을 주던 9개의 장(章)은 「아무것도 말할 필요가 없다」에서 12개로 늘어나며 숫자상으로 완결된 느낌을 준다. 그러나 그 완결성을 강력하게 부정하듯, 각각의 장은 시간적으로 매끄럽게 연결되지 않는다. 이 연속된 병렬이 주는 절단의 느낌은 개인적 회상들과 역사적 사건들을 넘나드는 광범위한 시공간적 움직임으로 인해 발생하는 것이다. 소설을 감싸고 있는 서술의 층위에서 시간적 배경은 2017년 3월 대통령 탄핵선고일의 정오가 막 지나가고 있는 짧은 동안이지만, 내용적 층위에서 배경은 1996년 8월의 연세대 항쟁(연대 한총련 사태)을 거쳐 1987년 6월항쟁으로 내려갔다가, 2009년 용산참사와 2014년 세월호사건과 그 이후의 시위들로 거슬러 올라온다. 그 사이사이로 세계사를 가로지르며 1882년 시력장애로 고통을 겪던 니체와, 2013년 가을에 목격한 베를린 홀로코스트 메모리얼과 폴란드 오시비엥침의 수용소 풍경이, 1942년의 슈테판 츠바이크의 결단이 나타난다. 그러나 이 넘나듦은 각각의 장을 파편으로 만드는 대신에 "논리의 파괴를 의미하지 않는 연속"(『롤랑 바르트, 마지막 강의』)을 보여주며, 롤랑 바르뜨가 하이꾸에 대해 설명했던 공현전(共現前, co-présence)의 방식을 만들어낸다. 전혀 상이한 이 시기들이 현전하며 서로에게 기대고 있는 맥락은 전쟁이나 혁명 같은 역사적 사건과 일상 속에서 특정 젠더들이 지속적으로 배제되어온 양상의 동일성에 있다.

화자와 서수경이 우연히 다시 만난 곳은 바로 1996년 8월 "제6차 8·15통일대축전이 열릴 예정이었던 연세대학교"(171면)였다. 작가는 세상을 "관리자의 방향으로"(189면) 공감하며 바라보게 만들어 운동을 효과적으로 무력화시키는 '툴'(tool)이 확립된 기원으로 1996년의 '연세대 항쟁'을 주목하는 가운데, 문득 외부의 정보를 삽입한다.

그 뒤로도 많은 시간이 흘렀고 적지 않은 사건이 있었지만 1996년은 덜 삼킨 덩어리처럼 목구멍 어디엔가 남아 있다. 오감이 다 동원된 물리적 기억으로. 페퍼포그와 안개비처럼 공중에서 쏟아지던 최루액 냄새, 굶주림과 목마름, 야간 기습과 체포에 대한 공포, 더위와 습기와 화학약품 부작용으로 문드러진 동기생의 등, 만지지 않아도 상태가 느껴지는 타인의 피부, 세수 한번과 양치 한번에 대한 끔찍한 갈망, 그리고 "보지는 어떻게 씻었냐 드러운 년들."(172~73면)

소설은 인간의 정신이 동물적 육체로 내려앉는 그 처절한 순간에 대한 건조한 묘사들 끝에 맥락 없이 충격적인 발화 하나를 덧붙여놓는다. 이 이물감에 잠시 멈춰 섰던 독자들이 바로 옆에 붙은 괄호를 읽어나가면, 「'초선' 추미애가 국감장서 쌍욕 읊은 이유」라는 제목의 기사 일부를 만나게 된다. 1996년 연세대 항쟁 당시 경찰이 학생들을 연행하는 과정에서 자행된 성적 추행과 폭력 행사에 대한 기사 속 상세한 언급들은 가히 충격적이다. 하지만 이 기사를 괄호 속에 주석과 같은 형식으로 직접 인용하면서 생기는 효과 중 하나는 남성으로 추정되는 기자가 한 여성 국회의원의 공식적인 정치적 행위에 대해 '초선'과 '쌍욕'이라는 단어가 강조되는 제목을 붙임으로써 여성의 공적 행위가 그 온당성과 무관하게 격하되고 있다는 사실의 적시다. 객관적 사실을 보도하는 신문기사라는 '툴'에 대한 믿음은 젠더적 프레임을 가져다 대는 순간 무너진다. 1996년 8월에 연세대에서 함께 싸웠던 학생들 가운데 여성들은 또다른 방식으로 이중으로 모욕당하며 분리되었다. 그리고 이후에 이 여성들을 위한 공적인 문제

제기 역시 교묘한 방식으로 뭉개졌다. 이것은 그간 정치의 영역에서 대의라는 명분 아래 투명하게 치부되었던 또 하나의 폭력적인 역사다.

민주주의 정치 한가운데 자리한 가부장적인 권력의 문제들은 사소한 일상들을 가로지른다. 1996년 투쟁의 현장에서 생리혈로 얼룩진 바지를 입고 지낸 L의 트라우마는 '별난' 것으로 회자되고, 대학원에서 서수경이 여자라는 이유만으로 잡다한 영수증 관리에 시간을 쓰는 동안 남자 선배는 '가장'이라는 이유 하나만으로 학위논문을 획득한다. 동기생 J는 '여자들이 자기 때문에 자꾸 죽는다'며 자신의 연애담에 도취되어 있고, 여름농활에서 화자의 목걸이와 귀걸이는 모두를 매도시킬 수 있는 위험하고도 불경한 사물로 취급되며, 동아리의 남자 선배들은 유머로 간주하며 성희롱을 일삼는다. 이 일상들은 괄호 속의 「이명박 후보, 편집국장들에게 부적절 비유, 얼굴 '예쁜 여자'보다 '미운 여자' 골라라?」 같은 제목의 기사(194~95면)와 만나며 불편함을 증폭시킨다. 당선이 유력한 대통령 후보의 자리에 있는 사람이 '마사지걸을 고를 때 얼굴이 덜 예쁜 여자들이 서비스가 좋다'는 식의 말을 할 때, 그것이 공공연하게 유머로 통용될 수 있는 사회에서 여성의 자리는 어디에 놓일 수 있는 것일까. 그 농담이 발화되는 자리에 여성이 있었다면, 그는 그 농담을 이미 승인하고 동의한 것일까. 소설 속 화자는 2016년 11월 26일 광화문에서 열린 집회에서 "惡女 OUT"이라는 손팻말에 대한 불쾌함을 느꼈으나, "모두가 좋은 얼굴로 한가지 목적을 달성하려고 나온 자리에서 분란을 만드는 일을 거리끼는 마음"(306면)에 의해 묻어야만 했음을 말한다. 일상에서 용인되어온 여성혐오는 거대한 사회문제와 대결하는 순간에 사라지는 것이 아니라, 오히려 불거지며 끝내 덮일 수 없는 균열로 남는다.

왜 '모두'를 위한 혁명이 일어나는 광장의 자리에서 '여성'들만은 거듭 교묘하게 배제되는가. 남성과 동등하게 투쟁하고 있음에도 왜 여성이라는 성별은 지워져야 할 결격사유로 자리하고, 성(性)과 관련된 문제들은 언제나 대의에 밀려 부차적인 것으로 치부당하는가. 캐럴 페이트먼(Carole Pateman)은 일반적으로 성적 관계에서 여자의 거절은 사회적 편견에 따라 '예스'로 재해석되며 체계적으로 무효화된다고 말했다. 문제는 동의에 관한 문제가 사적 영역의 관계들에만 한정되지 않고, 공적 영역의 시민권에도 영향을 미친다는 것이다. 호감을 빙자한 성희롱이 난무함에도 많은 이들이 이를 낭만적 예술성의 발로나 유쾌한 농담으로 받아들여주는 동안, 남자들의 통치가 여자들의 신체에 성적으로 접근할 수 있는 권리는 사회적으로 이미 허용되는 셈이다. 그리고 이때 근대 정치이론의 근본인 사회계약과 동의 문제에 있어서도 여성의 동의는 실천의 문제가 아니라 강제된 복종의 형태가 된다. 시민권을 향한 여성들의 투쟁과 성적 자유에 대한 투쟁은 실은 동일한 메커니즘을 공유하고 있는 것이다. 한국에서 가장 뜨거운 정치적 투쟁이 끝난 자리에서 미투 운동이 새롭게 일어나는 맥락이 여기에 있다.

공론장에 올리기에는 사소한 문제로 치부되어왔던 맥락들이 전혀 사소하지 않음을 말하는 「아무것도 말할 필요가 없다」에서 황정은 소설에 처음 등장하는 괄호 내부의 정보들은 이전과 다른 방식으로 서사를 비틀며 독해 속도를 지연시킨다. 이 정보들은 대개 '객관적'이고 '상식적'인 사전적 정의나 역사적 사실을 전하고 있다. 그런데 같은 자리에 놓여 사회현상을 다루는 기사들 속에서 여성들은 성별이 강조되며 희화화되거나 성희롱의 대상으로 나타난다. 아마도 정치면에 가십거리처럼 배치되었을 이런 기사들 속에서 여성들이 권리와 의무를 행하는 주체가 아닌 대상으로 등장하는 방식은 낯익다. 이 기사의 내용 자체가 주는 놀라움보다, 이 기사들 역시 대다수의 사람에게 '객관적' 정보로 받아들여지며 우리 사회의 '상식'을 형성해왔음을 인지하는 순간의 충격은 크다. 이 방식은 모든 사람에게 속하고 순환되는 정보 이면에 어떤 존재들이 누락되어왔는지를 선명하게 부조한다.

5

그러나 이는 여성에게만 국한된 문제일까. 소설의 전반부가 화자와 주변 사람들의 생애 안에 얼마나 많은 여성혐오가 깔려 있었는지를 보여준다면, 후반부는 그 아래 자리한, 사회의 근본적인 사유방식의 문제를 말하기 위해 나아간다. 소설에 인용된 "산다는 것은 (…) 우리보다 먼저 존재했던 문장들로부터 삶의 형태들을 받는 것"(211,

242, 314면)이라는 롤랑 바르뜨의 말을 참고해본다면, 특별한 문제로도 인식되지 않을 만큼 혐오가 광범위하게 퍼져 있는 사회라면 그 문화가 이어받아온 사유의 메커니즘 자체에 문제가 있다는 뜻이기 때문이다. 1987년 6월혁명의 현장에 있었음을 자랑스럽게 여기지만 지금의 데모를 명분 없는 것으로 치부하는 아버지의 모습에서 화자는 한나 아렌트(Hannah Arendt)가 묘사한 아이히만 식의 상투성을, 사유하는 것에 대한 무능함을 본다. "툴을 쥔 인간은 툴의 방식으로 말하고 생각한다"(159, 189면)라는 서두의 가정은 이 소설 전체를 끌고 가는 전제다. 사람들이 '상식'이라는 말을 사용할 때는 대개 "사리분별을 하고 있지 않은 상태"라는 것, 그저 "굳은 믿음"이자 "몸에 밴 습관"(265면)이라는 소설의 통찰은 정확하다. 상식은 강자의 것이다. 그러므로 대개 상식은 약함에 대한 혐오와 긴밀한 관계를 맺는다. 혐오는 누군가를 사랑하는 대신 증오하기 때문에 문제인 것이 아니라, 사회에서 반복되어온 이데올로기를 무비판적으로 재생산하기 때문에 문제가 되는 것이다. 무엇보다 '상식'이라는 말은 혐오의 작동방식을 순식간에 비가시적으로 만들어버린다.

베를린에서 '나치에 희생된 동성애자 추모관'을 마주했을 때, 화자는 나치가 게이에게 핑크 트라이앵글 배지로 낙인을 찍은 것과 달리, "레즈비언의 낙인/상징이 따로 존재하지 않았다는"(249면) 사실을 착잡하게 받아들인다. '상식' 속에서 혐오의 대상조차 되지 않은 채 더 손쉽게 지워지는 존재는 누구인가. 그리고 그들은 어떻게 살아가는가. "상식적으로 결혼은 남자와 하는 거라고"(252면) 가르쳐주는 사회에서, 20년을 함께 살아온 서수경과 화자에게 서로의 귀가는 "매일의 죽음에서 돌아"(257면)오는 것이다. 이 절박함과는 무관한 자리에서 두 사람이 무슨 관계인지를 궁금해하는 사람들은 자신의 호기심이 결국 사유의 무능과 다름 아니라는 것을 모른다. 그러나 그 무지가 특수한 사람들의 예외적인 문제가 아니라, 우리 모두가 "묵자(墨字)"의 세계 속에 살아가고 있음을 알려주는 것이 황정은 특유의 날카로운 윤리감각이 드러나는 지점이다. 맹인의 글자를 '점자'라고 읽는 것은 모두가 알지만, 비맹인의 글자가 '묵자'라는 것은 대부분 알지 못한다. 볼 수 있다는 세상의 기본적인 전제에서 바라볼 때, "그것을 말할 필요가 없"(274, 275면)기에 무지는 수치스러운 것으로 들춰지지 않고 용인되어왔다.

마찬가지로 광장에도 '묵자'의 자리에 놓인 이들이 있지 않았을까. 다시 일어난 혁명과 변화 속에서도 끝내 변하지 않은 것들이 있지 않았을까. 상업고등학교에 다니며 패스트푸드 매장에서 아르바이트를 하던 김소리가 1996년에 데모하는 대학생들에게 느꼈던 불편과 소외감은, 세월호에 대한 이야기를 무서워하는 것이 결국은 너의 감정을 보호하려는 방어가 아니냐는 화자의 공격 속에서 반복된다. 일상에 만연하던 여성혐오는 혁명이 일어나는 광장에서 "惡女 OUT"이라는 손팻말로 또다시 나타난다. 이 모든 불편과 소외는 광장의 승리를 기록하는 역사 어디에도 기입되지 않을 것이다. 소설의 마지막에서 화자는 동거하는 서수경, 동생 김소리와 조카 정진원을 승리한 광장에서의 환호성과 함성의 파도가 지나가고 남은 바닷가에 밀려온 부유물처럼 느낀다. 화자는 묻는다. "여기에도 혁명은 있을까"(315면). 있어야만 할 것이다. '묵자'를 모르는 세계에서 어떤 약자도 침묵하는 자(黙子)들로 남겨두지 않기 위해서.

6

마지막으로 「아무것도 말할 필요가 없다」에서 달라진 서술방식에 대해 말해야만 하겠다. 이전 황정은 소설의 주된 형식을 이루어왔던 시적인 알레고리는 '현시'되는 것이 있고 그 아래 '잠재'되어 있는 의미를 찾아내는 독서를 요청해왔다. 이는 세계에 잠재된 의미에 대한 기대와 희망이 존재하고 있기에 작동할 수 있었던 형식이었다. 그러나 「아무것도 말할 필요가 없다」는 일상과 한국 현대사와 세계사를 가로지르는 방식으로 사건들을 비논리적으로 병치해두고 있으며, 여기에서 현시되는 세계와 그 잠재된 의미에 대한 화자의 바람은 어긋나며 파열음을 낸다. 무엇보다 이 비논리적인 사건의 병치는 전체(총체성)를 조화롭게 구성하는 대신, 세계라는 공간과 역사라는 시간을 평평하게 만든다. 사건들은 서로 충돌하는 것이 아니라, '이미' 너무 많이 발생했으며 현재에도 여전히 일어나고 있는 젠더 문제로 동일하게 묶이기 때문이다. 역사 속에서 전쟁이 일어나든 혁명이 일어나든, 끊임없이 배제되고 격리되어온 자들이 있었다. 이 사건들은 우리를 분개하게 만들지만, 한편으로는 역사 속에서 닫혀 있기에 한없이 무력하게 만들기도 한다. 우리의 슬픔이 1942년 2월 22일에 반려자인 로테 알트만과 자살한 슈테판 츠바이크를 살려낼 수 없는 것처럼. 슈테판 츠바이크에게 나치 독일이 폴란드를 침공한 1939년 9월 1일과 일본이 진주만을 공습한 1941년 12월 7일, 미국이 선전포고한 1941년 12월 8일이 모두 영원히 반복되는 '오늘'이었기에 그들이 절망을 벗어날 수 없었던 것처럼, 서사에서 반복되는 차별과 배제의 사건들은 흐르지 않는 시간의 폭력성을 상기시킨다.

하지만 「아무것도 말할 필요가 없다」는 소설을 구성하는 액자 바깥에 고요하게 홀로 앉아 글을 쓰기 위해 애쓰고 있는 화자를 그림으로써 이 폐쇄적 시간의 폭력성을 깨고, 다른 시간을 열어낸다. 화자는 책에 대한 자신의 취향과 온갖 종이와 책이 지닌 미세한 차이들을 경이감을 가지고 상세히 풀어낸다. 그리고 동시에 끊임없이 자문한다. "오늘은 어떻게 기억될까."(162, 196, 310, 313면) 그의 시간은 2017년 3월 10일, 18대 대통령 박근혜의 파면 판결이 내려진 날의 오후를 천천히 지나가고 있다. 소설은 혁명이 이루어진 날의 감격에 가득 찬 광장이 아니라, 고요한 오후의 식탁으로 우리를 이끈다. 그리고 3월 10일이라는 역사에 기입될 날짜 대신에, 정오가 막 지난 시간이 오후 1시 23분으로, 다시 1시 39분으로 바뀌는 짧은 순간을 기입한다. 많은 서사들이 대개 새로운 출발의 순간을 날짜 단위로 기록하는 반면, 종말이 도래할 때는 좀더 조밀한 시간 단위로 접근하기에, 이 시간감각은 시작보다도 끝에 더 가까운 어떤 것이다. 긴장감이 어리기보다는 어딘가 쓸쓸하게 느껴지는 이 시간의 분절은 "우리가 무조건 하나라는 거대하고도 괴로운 착각"(306면) 앞에서, 그 거대한 하나라는 허상을 균열시키며 개인성을 내보이려는 의지와 맞닿아 있다. 그의 글쓰기는 "다른 날일 가능성이 없는 오늘"(311면)을 미지의 미래로 열어두기 위해 "그만하자"(159, 161, 186, 208면)라는 단절의 욕망과 분투하며 이루어진다. 그는 언젠가는 "'완주完走'라는 제목으로 이야기 한편을 쓸 수 있"(151면)기를 바라는 사람, 12개의 장으로는 충분하지 않았다는 것을 알기에 이제 다시 열세번째 이야기를 쓰려 하는 사람이다. "누구도 죽지 않는 이야기"(151, 277, 316면)를 꿈꾸는 이 소설들이 그의 손에서 아직 완결되지 않았으므로, 혁명이 이루어진 날은 오늘이 아닐 것이다. 일상 속에서 사소하게 치부되어온 문제들과 지워져온 존재들을 위해 무한히 많은 혁명들이 계속되어야 하고, 정말 혁명이 도래하는 그날에는 "아무것도 말할 필요가 없"(316면)는 대신에 모두가 말하게 될 것이다.

7

세상의 모든 존재들에게, 우산을.
묵자(墨子)의 세계에 있는 당신에게도.

姜知希 | 문학평론가

「d」의 전신인 「웃는 남자」는 「디디의 우산」을 부숴 만든 단편이다.

2014년 가을, 다시 소설을 써야겠다고 스스로를 몰아붙였을 때 내게는 누군가의 죽음 외에는 생각할 수 있는 것이 없었고 그걸 어떻게든 소설로 쓰지 않으면 소설 쓰는 일이 여태와는 다른 방식으로 아주 어려워질 거라는 직감이 있었다. 종래 내가 가진 것 중에 무언가가 심각하게 파괴된 것처럼 종래 내가 쓴 소설 중 무언가가 파괴될 필요가 내게는 있었고 나는 「디디의 우산」을 선택했다.

「디디의 우산」을 선택한 이유는 디디가 혁명,이라고 말했기 때문이었다.

그렇게 섣부르게 디디를 죽이고 d를 남긴 뒤
빚을 갚는 심정으로 중편 「웃는 남자」(「d」)를 쓰고 「아무
것도 말할 필요가 없다」를 썼다.
내게는 여기까지가 모두 연결된 작업이다.

여기까지 걷는 데 사년하고도 반년이 걸렸는데 세상은 변
한 것처럼도 보이고
변하지 않은 것처럼도 보인다.

욕이 조금 늘었는데
여전히 읽기와 쓰기를 사랑하고
사람을 좋아합니다.

부주의한 문장을 같이 고민해준 전성이 선생님과
잊지 않고 원고를 재촉해 결국 출간에 이르게 한 강영규
선생님,
서로 배우며 함께 갈 수 있다는 믿음에 흔쾌히 응답해준
강지희 선생님,

344

줄곧 안부가 궁금한 사람들과 언제고 이 책을 읽을 사람
들 모두에게
감사를 전한다.

모두 조금씩 더 건강하기를
더 자주, 행복하기를.

2019년 1월

황정은

| 수록작품 발표지면 |

d ······『창작과비평』2016년 겨울호(당시 제목 '웃는 남자')

아무것도 말할 필요가 없다 ······『문학3』문학웹 2017년 10월~12월

디디의 우산

초판 1쇄 발행 • 2019년 1월 20일
초판 24쇄 발행 • 2024년 12월 30일

지은이 / 황정은
펴낸이 / 염종선
책임편집 / 전성이
조판 / 박아경 황숙화
펴낸곳 / (주)창비
등록 / 1986년 8월 5일 제85호
주소 / 10881 경기도 파주시 회동길 184
전화 / 031-955-3333
팩시밀리 / 영업 031-955-3399 · 편집 031-955-3400
홈페이지 / www.changbi.com
전자우편 / lit@changbi.com

ⓒ 황정은 2019
ISBN 978-89-364-3754-1 03810

* 이 책 내용의 전부 또는 일부를 재사용하려면
  반드시 저작권자와 창비 양측의 동의를 받아야 합니다.
* 책값은 뒤표지에 표시되어 있습니다.